UN THRILLER DE AJ DOCKER Y BANSHEE

ECUACIÓN LETAL

GARY GERLACHER

Black Rose Writing | Texas

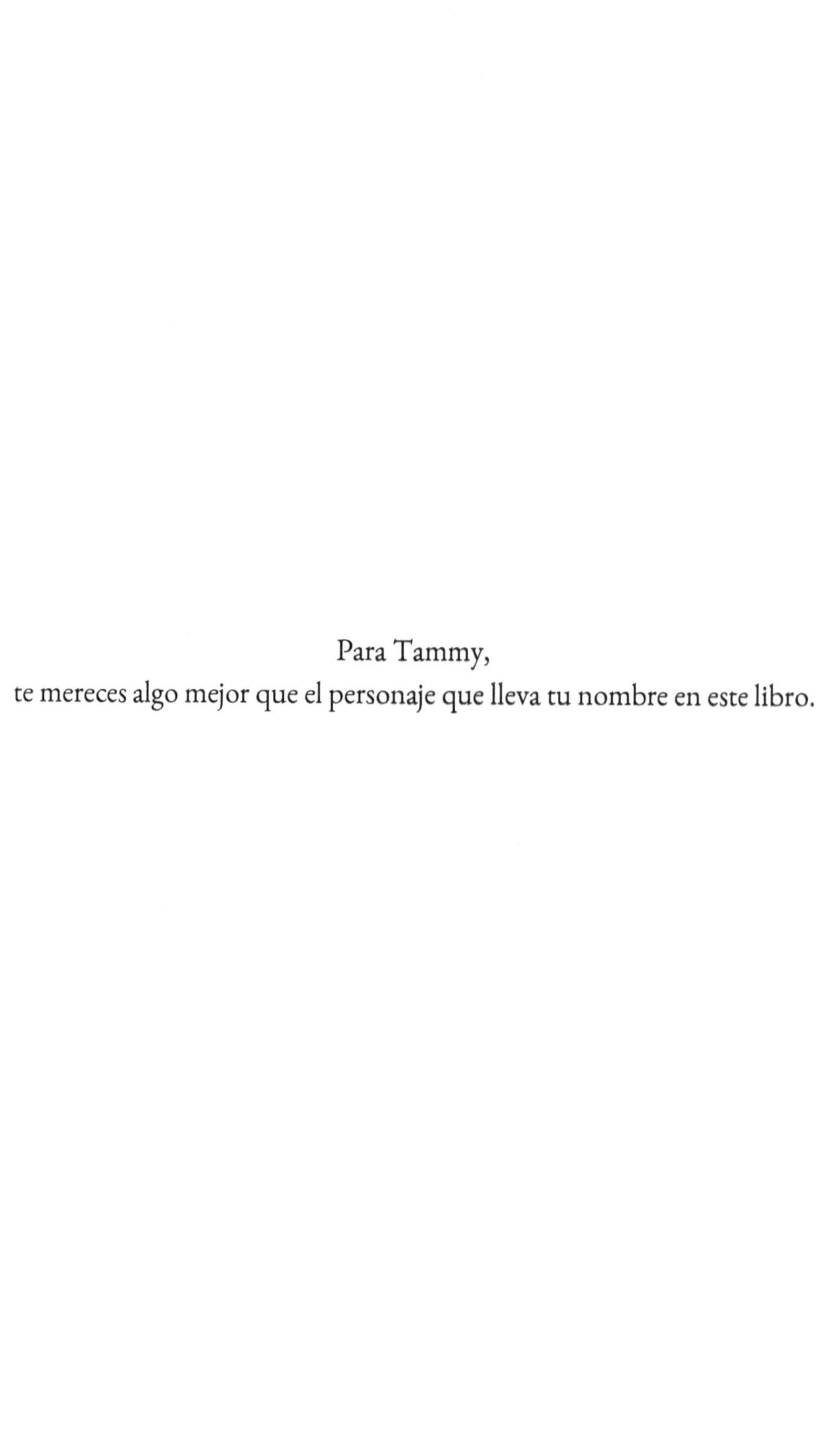

Para Tammy,
te mereces algo mejor que el personaje que lleva tu nombre en este libro.

ECUACIÓN LETAL

CAPÍTULO UNO

Tres años antes

Las vacaciones de Mark Lawton fueron interrumpidas por una pistola apuntando a su nariz, lo que hizo que sus ojos marrones se cruzaran, mientras se enfocaba en el arma.

—Vacía tus bolsillos. Todo. Apúrate.

Mark suspiró, mirando más allá de la pistola a los ojos despiadados del taxista. República Dominicana puede ser un paraíso tropical, pero mientras los turistas buscaban la playa perfecta, los delincuentes se aprovechaban de ellos. Le habían advertido de los peligros de los taxis sin licencia, pero en su emoción, no había prestado atención cuando se subió al carro. El taxista se inclinó hacia adelante y presionó la pistola contra su frente.

—Última oportunidad. Saca todo de tus bolsillos ¡ahora!

Mark levantó las manos en señal de rendición, luego vació lentamente sus bolsillos, entregando su cartera, la llave del hotel y el teléfono.

—Dame ese reloj.

Mark se lo quitó para que el codicioso ladrón se lo llevara. El Apple Watch le haría ganar un buen dinero.

El ladrón extendió la mano por encima del asiento y palpó los bolsillos de Mark, deteniéndose en la parte delantera derecha.

—¿Qué es esto?

Mark se metió la mano en el bolsillo.

—Solo recogí un pedazo de ámbar.

Levantó el ámbar dorado que brillaba a la luz del sol. El ladrón lo miró con los ojos entrecerrados y se burló.

—Estúpidos malditos turistas, pagando un buen dinero por ámbar barato. Guarda esa mierda como un recordatorio de tu tiempo en mi país. Salte. Deja la computadora en el asiento.

Mark abrió la puerta y se paró en la banqueta, mientras el taxi se alejaba a toda velocidad con más de cinco mil dólares de sus pertenencias, dejándolo solo con el ámbar. Lo inclinó hacia el sol anaranjado de la tarde, con los rayos brillando a través de él en un prisma espectacular.

Hace más de diez millones de años, un bosque tropical había cubierto la isla. La resina del árbol Hymenaea Protera, ahora extinto, atrapó a los insectos a medida que se hundían en la pegajosidad y se endurecían para formar el ámbar, dejando los cadáveres de los insectos eternamente sepultados. Mark se maravilló de la termita inusualmente bien conservada encerrada en su muestra. Había buscado en la zona de Bayaguana durante días antes de encontrar esta pieza. Los insectos encerrados en ámbar no eran inusuales, y las termitas se encontraban entre los más comunes. Había examinado miles de muestras antes de descubrir esta. Si su teoría era correcta, los ojos vacíos que le devolvían la mirada cambiarían el mundo.

Mark comenzó la caminata de un kilómetro y medio de regreso a su hotel, girando el ámbar en su bolsillo. No le había contado a nadie su hipótesis, ya que era demasiado fantástica para creerla. Sus compañeros de trabajo pensaron que se había tomado unas merecidas vacaciones en un resort de playa, pero aún no había pisado la arena. Ahora que había encontrado el ámbar, podría relajarse un día antes de volar de regreso al trabajo. Pateó una pelota de fútbol a un grupo de niños que jugaban en la calle, mientras contemplaba al ladrón que le robó sus pertenencias. El único objeto que había dejado atrás era más valioso de lo que el ladrón podía imaginar. Mark apretó el ámbar con fuerza, mientras planeaba los próximos pasos de su investigación.

CAPÍTULO DOS

Viernes 13 de marzo
6:23 p. m.

Mark Lawton nunca se apresuraba, un rasgo que le costaría la vida. Incluso cuando era niño, había sido decidido en cada movimiento y acción. La espontaneidad corría el riesgo de cometer un error inaceptable. Los errores eran predecibles y evitables, dada la información correcta, y Mark había evitado con éxito errores importantes a lo largo de su vida.

Prodigio de las matemáticas, su talento había sido pasado por alto al principio. Sus profesores de su escuela católica lo juzgaban perezoso y desinteresado, cuando su mente vagaba en clase para imaginar escenarios complejos e insondables para ellos.

Su situación cambió cuando tomó el álgebra requerida en la escuela secundaria. Finalmente, encontró algo interesante y vagamente desafiante. Devoró las lecciones del año en las primeras semanas, atrayendo la atención de su maestra. Asombrada, formuló su propio plan de estudios con problemas cada vez más difíciles de resolver. Al final de su primer año, Mark había dominado todo el material que el departamento de matemáticas de la escuela secundaria podía ofrecer.

Sus maestros compartían sus habilidades con los profesores del cercano Instituto Tecnológico de Massachusetts. A los diez minutos de su entrevista, el decano de matemáticas admitió a Mark. La vida de un estudiante universitario de quince años tuvo sus desafíos, pero la familia y los mentores de Mark mantuvieron una sólida red de seguridad a su alrededor. A los diecinueve años había obtenido su primer doctorado y el segundo a los veintiuno.

Su trabajo se centró en convertir datos complejos en fórmulas matemáticas que pudieran modelar y predecir datos. Su experiencia impresionó a la industria privada, donde generó múltiples patentes que le garantizaron riqueza para el resto de su vida. También llamó la atención del gobierno que siempre tiene un uso para las matemáticas avanzadas en sus programas de investigación.

Hace cinco años, a la edad de 33 años, Mark dejó la industria privada para trabajar a tiempo completo en el gobierno. Con su propio laboratorio, acceso a las supercomputadoras más poderosas y un presupuesto casi ilimitado, Mark centró su atención en maximizar su contribución a la humanidad, pero ahora, los militares querían convertir su tecnología en un arma. Mark no podía permitirlo.

Sentado en su laboratorio, Mark borró sistemáticamente todo rastro de su investigación actual. La forma en que los militares habían descubierto su trabajo lo desconcertó. Menos de diez personas sabían en qué había estado trabajando, en todas las cuales confiaba. Ocultaría sus descubrimientos hasta que encontrara una manera de limitar su uso a fines benévolos. Tenía una copia de su trabajo escondida fuera del lugar, una precaución que había tomado desde el primer día del proyecto. La había actualizado con frecuencia y era el único que sabía cómo acceder a ella.

Ahora, con su vida posiblemente en peligro, tenía que dejar un camino para que alguien en quien confiaba absolutamente encontrara los datos si algo le sucedía. Solo confiaba en una persona para hacer lo correcto sin importar qué, su gemela. Una sonrisa de agotamiento visitó brevemente su expresión cansada, mientras preparaba el primer paso para que ella encontrara sus datos. Su hermana, igualmente brillante, tenía acceso a recursos considerables. Ella lo resolvería. Se metió la memoria USB en el bolsillo y abandonó el laboratorio por última vez. Su mochila, llena de papeles y manuales sin sentido, distraería a cualquiera interesado en robar su investigación.

Las calles de Washington, D.C. estaban abarrotadas de trabajadores que se dirigían a sus casas sobrevaloradas, muchos de ellos preparándose para volver a salir para ser vistos junto a personas importantes. A Mark no le importaba nada el circuito social de D.C. Concentrado en su entorno, buscó caras familiares y patrones anormales. El flujo de multitudes seguía a la previsibilidad matemática, y las aberraciones eran obvias para Mark, razón por la cual notó de inmediato que los dos hombres familiares lo seguían mientras salía de su edificio.

Para la mayoría, parecerían insignificantes y, por lo tanto, invisibles, solo otros dos hombres trajeados que regresaban a casa después de un largo día de trabajo, pero para Mark, bien podrían haber tenido focos brillando sobre sus movimientos demasiado casualmente indiferentes, ya que lo ignoraron torpemente. Sus trajes mal cortados no lograban disimular sus voluminosos cuerpos. Lo más preocupante eran sus manos vacías. Todos los demás llevaban teléfonos, carteras o bolsos, pero estos dos habían dejado las manos libres, lo que sería útil en un asalto, pensó Mark, mientras ajustaba la correa del hombro de su mochila.

Sopesó sus opciones y se detuvo en medio de la banqueta, se dio la vuelta y miró a los hombres. Los peatones se separaron a su alrededor con diversas miradas de perplejidad y molestia, y los dos hombres se congelaron bruscamente y le devolvieron la mirada. El juego mortal había comenzado.

· · ·

El doctor John Pastone dio otro mordisco a su sándwich mientras contemplaba la ciudad, que se oscurecía con el sol poniente.

—¿Crees que esos francotiradores podrían darnos un tiro limpio?

Me comí la última de mis papas fritas y miré en la dirección a la que hacía referencia antes de responder.

—Esos muchachos están a menos de un kilómetro y medio de distancia. Probablemente podrían acabar con los dos de un solo disparo.

—Cierto. Me pregunto si sabrán que estamos aquí arriba.

—Te garantizo que saben que estamos aquí arriba. El Servicio Secreto sabe todo lo que pasa en esta ciudad, especialmente en una azotea cerca de la Casa Blanca.

Las suaves temperaturas primaverales en Washington D.C. trajeron un cambio refrescante después del largo y lúgubre invierno. John y yo nos relajamos en el helipuerto del Hospital Universitario George Washington, tomando un descanso de nuestros trabajos en la sala de urgencias de abajo. A sus cincuenta años, John todavía era un buen hombre del este de Texas. Había estado trabajando en la sala de urgencias durante más de veinte años y no mostró evidencia de desaceleración. Se mantuvo en forma y montó en bicicleta con la mayor frecuencia posible. Unos centímetros más bajo que mi cuerpo de 1.88 metros, y con el pelo más delgado y gris que el mío, podía superarme con una resistencia impresionante. John tenía un estilo de liderazgo sensato que le sirvió bien como Jefe del Departamento de Urgencias.

Había estado en el hospital solo dos meses, como parte de un contrato de cuatro meses para ayudar a cubrir la sala de urgencias. Finalmente me estaba acostumbrando a la vida en D.C., un cambio significativo con respecto a mi último trabajo en Las Vegas. A mí no me gustaba mucho la política, y todo en este pueblo giraba en torno a la política.

—¿Dónde está Banshee? —preguntó John.

Silbé y él salió corriendo de unos aparatos de aire acondicionado. Saltó por encima de un muro de un metro y medio que protegía el área de aterrizaje del helicóptero y corrió hasta hacer una parada controlada frente a nosotros. Se sentó obedientemente a esperar su próxima orden, emocionado por la perspectiva de un trabajo para él.

—RELÁJATE, Banshee.

Vertí un poco de agua en un cuenco y él la bebió. Banshee es un pastor belga malinois y ex perro policía que resultó herido cuando recibió una bala destinada a mí. Incapaz de continuar con sus deberes policiales, su cuidador me lo entregó. Desde entonces, ha sido mi compañero constante y leal. Funcionó como un perro de apoyo emocional para calmar a los pacientes en la sala de urgencias, así como un perro guardián para hacer cumplir el buen comportamiento de los alborotadores. Equipado con un chaleco cerámico personalizado, conocía cientos de órdenes.

—¿Hay algo que el perro no pueda hacer?

—No sabe cocinar ni lavar la ropa, pero tiene muchas cosas resueltas.

—Necesito un súper perro así, pero por mientras, tenemos que volver al trabajo.

—Al menos mientras todavía tengamos trabajo. ¿Esos imbéciles de la firma de capital privado todavía están tratando de robar su contrato?

—Sí. Tenemos algunas reuniones más programadas para la próxima semana. No puedo entender por qué la administración del hospital querría que el personal de la sala de urgencias fuera determinado por hombres de capital privado en lugar de por una empresa propiedad de un médico. Sabemos lo que necesitamos y lo que necesitan los pacientes, y ellos no.

—¿Qué ofrecen los nuevos?

—La mierda de siempre. Pueden dotar de personal de manera más eficiente y el hospital ganará más dinero, por lo que pueden permitirse contratar a más administradores. La verdad es que sus modelos de explotación de personal son más baratos, pero demasiado baratos. Los pacientes van a morir, si recortan el personal de manera tan agresiva, y no estoy seguro de quién querrá trabajar en ese entorno de todos modos.

—Los hospitales son todos iguales. Miran lo que está funcionando y luego encuentran una manera de arruinarlo. Si se despidiera al azar al cincuenta por ciento de los administradores de todos los hospitales del país, la prestación de atención médica mejoraría en todos los ámbitos.

—Por no hablar de sus resultados. A esos weyes les pagan más de lo que yo les pago a mis médicos.

—Estoy bastante seguro de que reciben bonificaciones en función de la cantidad de reuniones y memorandos que producen cada año. Tal vez deberían considerar pagarles en función de la cantidad de pacientes que recibieron una mejor atención debido a sus decisiones. Por supuesto, eso tendría sentido e iría en contra de los procedimientos operativos estándar del hospital.

—Lamentablemente, tienes razón.

Recogimos nuestra basura y echamos una mirada más a la ciudad que nos rodeaba. El Monumento a Washington y el Capitolio de los Estados Unidos se iluminaban majestuosamente a lo lejos. Desafortunadamente, como en cualquier gran ciudad, la violencia estalló después de la puesta del sol. En algún lugar a lo lejos sufrió nuestro siguiente paciente.

CAPÍTULO TRES

Viernes 13 de marzo
6:28 p. m.

Mark giró sobre sus talones y continuó su marcha por la calle con sus dos seguidores solo unos pasos detrás. Las calles abarrotadas ofrecían un mínimo de seguridad, pero necesitaba perder a los hombres y hacer llegar la información a su hermana.

La parada de metro de Ballston en Fairfax Drive estaba a tres minutos a pie. Mark caminaba a un ritmo normal, resistiendo la tentación de mirar por encima del hombro. No estaba demasiado preocupado por los dos hombres, pero sí temía a otros que pudieran estar persiguiéndolo sin que él percibiera el peligro potencial. Sus ojos marrones dorados escudriñaron la multitud, reconociendo patrones y sin notar interrupciones que normalmente serían inquietantemente obvias para él. Se tranquilizó a sí mismo diciendo que solo los dos acosadores lo perseguían en ese momento.

Llegó a la entrada, escaneó su tarjeta y bajó por la escalera eléctrica hasta las vías. Caminó hasta el andén de la línea naranja en dirección este y esperó el siguiente tren. Limpia y bien iluminada, como todas las estaciones de metro de Washington, la pared sostenía su espalda, mientras se inclinaba para ver a sus dos seguidores salir al andén. Hizo contacto visual con ellos, y se separaron, uno dirigiéndose al este de él, mientras que el otro permaneció al oeste.

Mark los ignoró para concentrarse en la multitud restante. Ambos seguidores tenían AirPods y estaban hablando con alguien. Quería identificar a esas personas. El tren llegó, y Mark esperó hasta el último momento posible para entrar en el vagón. No esperaba que su acción de último segundo engañara a sus seguidores, pero pensó que también podría hacer que trabajaran duro para ganarse lo que les pagaban por acosarlo.

Optó por situarse en el centro del compartimento, frente a la puerta. Sus seguidores entraron en los vagones adyacentes, observándolo de cerca para ver si salía de repente. La sonrisa de Mark parpadeó, mientras pensaba en fingir que se iba, pero reprimió el impulso. Estudió de cerca a cada hombre a medida que el tren avanzaba por las vías. Demasiado corpulentos para ser militares y demasiado mal vestidos para ser de seguridad privada, supuso que probablemente pertenecían a un gobierno extranjero. Estos tipos eran musculosos puros y simples, destinados a intimidar, no a pensar. Serían difíciles en una pelea, pero Mark no planeaba pelear con ellos. El músculo no le preocupaba, pero el cerebro sí, y aún no había encontrado el cerebro.

Diez paradas hasta el Smithsonian, y luego los perdería. Con su acceso y la seguridad del museo, se perdería en los kilómetros de túneles interconectados debajo del edificio. Podía esconderse allí durante días.

En la parada de la plaza Farragut, ocho personas subieron al tren y cuatro se bajaron. Los ocho parecían ser trabajadores agotados que esperaban con ansias volver a casa, pero algo andaba mal con la mujer frente a él. Unos vaqueros y un blazer sobre una playera ajustada abrazaban su atlética figura. El largo cabello rubio se derramaba de su gorra de béisbol de los Nacionales de Washington, y los grandes lentes magnificaban sus ojos azules. Para la mayoría de la gente, ella parecería cansada y aburrida después de un largo día de turismo, pero Mark no era la mayoría de la gente. Notó que su supuesta indiferencia enmascaraba un estado de hiperalerta. Estudió a todos los que iban en el vagón, excepto a Mark. Tratarlo de manera diferente alteró un patrón, y para Mark, bien podría haber llevado una luz intermitente en su sombrero. Tal vez ella era el cerebro que controlaba a los hombres musculosos.

Continuó su exploración de la multitud, sin dejar entrever que había notado a la mujer. De vez en cuando hacía contacto visual con los dos primeros vigilantes, que lo miraban abiertamente desde los vagones adyacentes. Todos los demás parecían ajenos al minidrama que se desarrollaba ante ellos.

Se acercó la parada del Smithsonian y Mark se movió para pararse frente a las puertas. Otras cuatro personas se colocaron detrás de él preparándose para salir, incluida la mujer. Las puertas se abrieron, y Mark dio un paso fuera del tren y se detuvo bruscamente, se quedó quieto y obstruyó la salida del vagón. La muchedumbre desconcertada y molesta detrás de él se derramó a su alrededor murmurando maldiciones. La mujer no tuvo más remedio que pasar junto a él también.

Mark se quedó completamente quieto, mientras las puertas se cerraban y el tren se alejaba. Las pocas personas que lo notaron descartaron su comportamiento como comúnmente excéntrico y continuaron su viaje. La mujer y uno de los hombres musculosos se quedaron al norte de él y el otro al sur. Mark optó por moverse al norte, prefiriendo que hubiera menos personas detrás de él. El vigilante y la mujer lo precedieron en la escalera eléctrica, mientras el segundo hombre lo seguía de cerca.

Mark respiró hondo. Desde lo alto de la escalera eléctrica, el Smithsonian lo llamaba a menos de un minuto a pie para llegar a su entrada. La seguridad estaba cerca.

Bajó de la escalera eléctrica y encontró a su vigilante esperándolo en la parte superior, mirándolo fijamente y funcionando solo como una distracción. La mujer era la verdadera amenaza. Ella se acercó desde su izquierda, con indiferencia y despreocupación, fácil de pasar por alto, pero Mark notó su sutil inclinación hacia la izquierda, liberando su mano derecha que descansaba sobre su bolsa abierta. Nadie viajaba en el metro con una bolsa desabrochada.

Cuando metió la mano en la bolsa, él le golpeó la cabeza con la mano derecha y, al mismo tiempo, la izquierda se sumergió en el bolso. El arma estaba justo donde él esperaba, y su mano también luchó por ella. Puede que estuviera bien entrenada, pero no esperaba un ataque de un nerd de investigación, y Mark cerró la mano alrededor de la empuñadura de la pistola. Lo sacó y apartó a la mujer, haciéndola tropezar, mientras ella caía hacia atrás.

Mark se volvió hacia el primer vigilante, que estaba sacando su propia arma de su funda. Mark no dudó. La Glock no tenía seguro, y esperaba que ella tuviera un cartucho en la recámara. Con la mira frontal en el blanco, apretó el gatillo dos veces, acertando dos disparos en el pecho del hombre. El hombre cayó, mientras los gritos estallaban de la multitud aterrorizada. Se desató el caos, ya que los turistas y los residentes locales se dispersaron en todas direcciones.

Mark se volvió para buscar al segundo vigilante, que acababa de salir de la escalera eléctrica. Levantó su arma y Mark se arrodilló para convertirse en un objetivo más pequeño, alineó sus miras y disparó dos tiros mortales en el pecho del segundo vigilante. Los disparos y los gritos lo ensordecieron momentáneamente, y perdió la noción de dónde había caído la mujer al suelo.

Mark se puso de pie para buscar otras amenazas, cuando sintió que le ardía el estómago. Sus manos se agarraron el abdomen, mientras un segundo disparo se estrellaba contra él, y cayó hacia atrás. La sangre caliente cubrió sus manos mientras miraba a su alrededor en busca de la fuente del disparo. La mujer a la que había desarmado y tropezado sonrió desde el suelo, mientras deslizaba su revólver en la funda de su cinturón, se levantaba y se acercaba a él con calma. Ella se agachó y le sonrió, mientras recogía su mochila. Ningún remordimiento ni empatía habitaba sus ojos, solo la satisfacción por el trabajo bien hecho. Ella le lanzó un beso y se dio la vuelta para desaparecer en el caos.

Mark se recostó y contempló cómo había cometido un gran error.

CAPÍTULO CUATRO

Viernes 13 de marzo
7:18 p. m.

La Sala de Urgencias del hospital cuenta con un centro de trauma de nivel 1, y Washington, D.C. puede ser una ciudad violenta. Con todas las habitaciones ocupadas y más pacientes registrándose en el triaje, el personal se movió para completar los protocolos en una coreografía caótica. Una cacofonía de voces competía por hacerse oír por encima del resto. Gritos ocasionales de pena, dolor o sorpresa perforaban el ruido de base. Respiré hondo, inhalando el peculiar aroma que solo produce el miedo y la energía de una sala de urgencias.

John y yo nos separamos para ver a nuestros próximos pacientes. Tomé la historia clínica de una mujer con dolor abdominal, pero una llamada por la llegada inminente de un trauma interrumpió mi revisión de su historial. Cambié el enfoque a la sala de trauma para encontrar la reunión del equipo. Nueve miembros, cada uno con funciones definidas, se movilizaron para prepararse para un paciente con un trauma grave. Se agregarán miembros adicionales, según sea necesario. Banshee sabía cuál era su lugar y se acurrucó en la esquina más alejada para vernos trabajar.

—Déjame adivinar. ¿Motociclista atropellado por un carro? —pregunté.

—Buen intento, pero no. Hombre de unos treinta años con dos heridas de bala en el vientre. Despierto, pero la presión está disminuyendo —informó Lisa, la enfermera a cargo.

Lisa, una pequeña bola de energía, había trabajado en la sala de urgencias como enfermera durante más de veinte años. Había visto todo tipo de lesiones, había oído todos los insultos imaginables y había sido desafiada por innumerables médicos consultores, y nada la desanimó. Todas las salas de emergencia tenían a una Lisa que actuaba como una piedra angular en el mar de caos, y desafiarla rara vez era un buen paso en su carrera.

—Está bien, todos. Asegurémonos de tener sangre lista. Tomaré la vía aérea, si es necesario. Asegúrese de que los cirujanos de traumatología estén despiertos. Tan pronto como lo estabilicemos, lo querrán en el quirófano.

Terminamos nuestros preparativos y disfrutamos de un momento de paz para ordenar nuestros pensamientos y prepararnos para rendir al máximo. Aproveché la proverbial calma antes de la tormenta, una última oportunidad para explicarme lo que tendría que hacer. ¿Y si se tratara de una vía aérea difícil? ¿Qué pasaría si no pudiéramos obtener acceso intravenoso? ¿Y entraba en código antes de que pudiéramos llevarlo al quirófano? Las posibles soluciones a tales escenarios pasaron por mi cabeza, mientras esperábamos su llegada.

Los paramédicos interrumpieron nuestro ensueño, mientras llevaban al paciente en silla de ruedas, informando mientras cruzaban el umbral de la habitación.

—Hombre, treintañero, dos disparos de calibre pequeño en el abdomen. Uno en el cuadrante superior derecho y otro en el flanco izquierdo. Sin heridas de salida. Presión 90/60 y tendencia a la baja. El paciente está despierto.

Vi a mi equipo ponerse a trabajar. El paciente gritó mientras los paramédicos levantaban la camilla y lo trasladaban a la mesa de examen. Un médico presionó con vendajes ensangrentados sobre las dos heridas de bala en su abdomen. Ya había una vía intravenosa colocada, y una enfermera agregó una bolsa de presión para acelerar la infusión. Una segunda enfermera buscó una vía intravenosa en el brazo opuesto para prepararse para infundir sangre rápidamente. Los técnicos transfirieron los cables de los signos vitales a nuestro monitor, y un vistazo rápido mostró un pulso alto, presión arterial baja y saturaciones de oxígeno casi bajas. Estos eran los signos vitales de alguien en estado de shock, y se necesitaba atención inmediata para evitar su muerte.

Los médicos cortaron los restos de su camisa, luego revisaron sus pantalones de mezclilla y bóxers, dejando su cuerpo expuesto sobre la mesa. Lo rotaron brevemente para confirmar la ausencia de heridas de salida u otras lesiones en su espalda. Las conversaciones tranquilas entre los miembros del personal coordinaron sus esfuerzos, mientras trabajaban juntos para salvar la vida del extraño. Nuestra danza mortal determinaría el resultado en pocos minutos.

A cargo de las vías respiratorias y la respiración, me incliné para llamar su atención.

—Señor, ¿me oye? Míreme. ¿Cómo se llama?

El paciente se concentró en mí e intentó hablar. Me acerqué más para escucharlo por encima de las otras voces en la habitación. Coloqué mi oreja cerca de su boca y le pedí que repitiera sus palabras. Respondió con un áspero susurro.

—Mi bolsillo derecho. Dáselo a Mac. No confíes en nadie. Solo Mac.

Este esfuerzo por hablar agotó sus últimas reservas, y se desvaneció hasta la inacción y luego hasta la inconsciencia.

—Preparándome para intubar —anuncié.

Incliné su cabeza hacia atrás y empujé su barbilla hacia abajo, abriendo sus vías respiratorias, y deslicé una cuchilla Mac en la parte posterior de su boca. Las cuerdas vocales brillaban a la luz de la fibra óptica y coloqué un tubo endotraqueal de 8.0 sin dificultad. Un terapeuta respiratorio se encargó de ventilar y oxigenar al paciente, mientras yo volvía a centrar mi atención en su estado general. Sus saturaciones de oxígeno mejoraron, pero su presión arterial continuó bajando y su pulso aumentó a pesar de la reanimación agresiva con líquidos. La temida alarma por asistolia llenó la habitación, mientras su corazón, privado de sangre y oxígeno, se detenía.

Un médico comenzó las compresiones de RCP, mientras una enfermera le administraba epinefrina por vía intravenosa. Tuvimos una breve ventana para salvarlo. Empujamos solución salina a través de una vía intravenosa e infundimos sangre bajo presión a través de la segunda vía intravenosa.

El corazón es responsable de bombear sangre al resto del cuerpo y necesita oxígeno fresco para bombear correctamente. La sangre suministra oxígeno fresco. Si no hay suficiente sangre en el cuerpo, significa que no llega suficiente oxígeno al corazón. Cuando su corazón se detuvo, supimos que no había llegado oxígeno nuevo a su corazón. La reanimación cardiopulmonar podía bombear manualmente algo de sangre a través de su cuerpo, pero si sangraba internamente, entonces no había suficiente sangre que pudiera llegar a sus órganos vitales. El corazón y el cerebro son los más vitales y los más sensibles a la privación de oxígeno. Comenzarían a morir en minutos sin suficiente oxígeno.

Ordené una pausa en la reanimación cardiopulmonar para verificar si tenía pulso, pero seguía sin pulso. Le administramos una segunda dosis de epinefrina y continuamos con las compresiones, pero permaneció en asistolia. Nuestros esfuerzos de reanimación continuaron durante trece minutos más con fuertes compresiones del tórax y poderosas respiraciones para llenar sus pulmones, pero lo intentamos en vano. No pudimos restaurar la función cardíaca y, a las 8:32 p. m., llamé el código y lo declaré muerto.

Toda actividad se detuvo, y el silencio se apoderó de la habitación, mientras mirábamos al hombre que yacía muerto ante nosotros. Dos pequeños agujeros en su abdomen estaban llenos de sangre oscura que intentaba coagularse. El resto de su abdomen se manchaba de sangre más brillante, contrastando con la piel, que se volvía más blanca a medida que la vida abandonaba su cuerpo. Sus ropas, ahora harapos ensangrentados, yacían hechas jirones y esparcidas por la cama y el suelo. El equipo recogía sus pertenencias y limpiaba las manchas de sangre más pesadas antes de cubrirlo con una sábana limpia, lo que le daba algo de dignidad después de sus últimos momentos.

¿Cuál fue su historia? ¿Por qué le dispararon? ¿Por qué era hoy el día en que iba a morir? Todos contemplaban sus propias preguntas que corrían por sus mentes, mientras lloraban la pérdida de nuestro paciente. Habíamos pasado menos de veinte minutos con él y probablemente nunca sabríamos las respuestas. Siempre me llamó la atención la repentina pesadez de la muerte en la sala de urgencias. En mi carrera, probablemente había visto morir a más de mil personas, a menudo varias muertes en un turno, y cada una era diferente.

—Gracias a todos. Probablemente la bala alcanzó el hígado o el bazo, lo que no nos dio ninguna posibilidad. Terminemos aquí y volvamos con nuestros otros pacientes —le dije a mi equipo.

Una dura realidad de trabajar en la sala de urgencias es la necesidad de volver al trabajo después de perder a un paciente. Nunca tuvimos tiempo suficiente para procesar las pérdidas que experimentábamos a diario. Una vida había sido truncada violentamente, y se esperaba que viéramos a nuestros próximos pacientes con quejas comparativamente menores, como si nada hubiera pasado. No tuvimos tiempo para oraciones ni para recordar a la víctima. Ni siquiera sabíamos su nombre o cómo honrarlo a través de la religión desconocida que podría haber practicado. ¿Era judío, cristiano, musulmán o hindú? Tal vez adoraba a Odín o a los Dioses Antiguos y a los Nuevos. Tal vez era ateo. Cualesquiera que fueran sus creencias, no estábamos equipados para honrarlas adecuadamente. El agotamiento es alto entre el personal de la sala de urgencias.

—Nadie se va a ir a ninguna parte.

Nos volvimos hacia uno de los tres hombres corpulentos con trajes oscuros que estaban de pie frente a la puerta cerrada. Los gruesos hombros del orador estiraban las costuras de su traje. Su mandíbula cuadrada no ofrecía ningún indicio de sonrisa, y la cicatriz sobre su ceja izquierda indicaba que no era ajeno a la violencia. Claramente, este hombre se había acostumbrado a ser obedecido cuando daba órdenes.

Lisa, sin inmutarse, se acercó a él.

—¿Quién chingados eres y qué haces invadiendo mi sala de urgencias y gritando órdenes?

—Seguridad Nacional, señora. Esta sala está ahora bajo nuestro control por una cuestión de seguridad nacional. Vamos a registrar a cada uno de ustedes antes de que puedan abandonar esta sala. No traten de sacar nada de aquí, o los voy a arrestar.

Lisa miró a los tres hombres, sin retroceder ni un poco. A lo largo de sus veinte años en la sala de urgencias, había visto cosas extrañas en Washington, D.C., como invitados VIP que recibían tratamiento bajo alias, políticos que alteraban convenientemente sus historias, e incluso el servicio secreto que traía a la gente para recibir tratamiento, pero esta era la primera vez que el Departamento de Seguridad Nacional se hacía cargo de una habitación y detenía al personal. Y a ella no le gustó. A ella especialmente no le gustaba que amenazaran a su personal. Es posible que el agente la superara en más de cincuenta kilos, pero Lisa se le acercó a la cara para decirle lo que pensaba de su plan.

Surgieron protestas por parte del equipo, que se abalanzó sobre el orador, envalentonados por las acciones de Lisa. La distracción me permitió meter la mano en el bolsillo delantero derecho del pantalón del paciente, cortado de su cuerpo y apilado junto a su cadera. Mi mano se cerró alrededor de un pequeño objeto. Toqué una memoria USB y sopesé si dársela a estos oficiales de Seguridad Nacional o si debía honrar el último deseo de mi paciente. Dado que el agente continuaba gritando y amenazando al personal, y nuestro paciente utilizaba sus últimos y dolorosos esfuerzos para instarme, decidí cumplir el deseo de morir de mi paciente y le hice una señal con la mano a Banshee. Me agaché para acariciarlo, como si necesitara que lo tranquilizaran, y deslicé la memoria USB debajo de su chaleco.

La sala se calmó, mientras el interlocutor junto a la puerta tomaba el control. Parecía tener unos cuarenta años y se mantenía rígido de una manera que a menudo se asociaba con el ejército. La sombra de su barba de las cinco le daba un aspecto siniestro.

—Lamento cualquier inconveniente, pero todos deben ser autorizados antes de salir de esta habitación. Acérquense de uno en uno, vacíen todo de sus bolsillos y mi colega los va a escanear con un detector de metales. Cuando les den el visto bueno, pueden irse.

Un paramédico dio un paso al frente y fue rápidamente escaneado y autorizado para irse. Uno por uno, los miembros del equipo fueron procesados. Al final, solo quedamos Lisa, Banshee y yo. Lisa vació sus bolsillos. La varita alarmó en su pecho y el agente la miró fijamente.

—Es la varilla de mi sostén, señor agente secreto.

—No puede irse hasta que sepamos que no es nada más.

—¿En serio? ¿Mi sostén es un asunto de seguridad nacional?

Lisa metió la mano dentro de su camisa, se desabrochó el sostén y deslizó una correa de una manga y luego de la otra. Agitó el sostén en su cara, que se enrojeció cada segundo. El agente la escaneó y la autorizó a irse, aliviado de haber terminado con ella.

Vacié mis bolsillos y abrí los brazos para el escaneo.

—¿En dónde dijeron que trabajaban?

—Seguridad Nacional.

—¿Tiene alguna identificación?

—No una que vayas a ver.

—Entonces, ¿qué tal un nombre?

El hombre grande que aparentemente estaba a cargo extendió su mano.

—Agente John Smith.

Ignoré su mano.

—¿Qué tiene de especial este tipo que tiene a un montón de federales intimidando al personal de la sala de urgencias?

El agente Smith se acercó más.

—Como dije, es un asunto de seguridad nacional. Ahora cállate la puta boca y vete antes de que te arreste.

Me clavó un dedo en el pecho para enfatizar su punto. Banshee ladró una vez y se interpuso entre nosotros, emitiendo un gruñido bajo y profundo que hizo que los tres hombres dieran un paso atrás instintivamente. Me agaché para acariciarlo.

—¿Qué chingados hace ese perro aquí? —preguntó el Agente Smith.

—Es un antiguo perro policía. Ahora ayuda con la seguridad y a calmar a los pacientes. Es muy bueno detectando imbéciles que causan problemas en la sala de urgencias. Ten cuidado con él. Siente tensión, y si me vuelves a tocar, es probable que te use como un juguete para masticar.

—Como sea.

El agente se inclinó hacia Banshee con el detector de metales en la mano y Banshee bajó al suelo y gruñó desde el interior. El agente dio un paso atrás mientras los otros dos alcanzaron sus armas.

—Está bien, muchacho. Dame un beso.

Banshee se calmó y me dio besos, sabiendo que había hecho un buen trabajo protegiéndome, mientras seguía vigilando a los agentes.

—No creo que vaya a dejar que lo escanees, pero solo tiene estos dos bolsillos. Como puedes ver, están vacíos.

Abrí ambos bolsillos y el agente se inclinó para inspeccionarlos desde una distancia segura antes de hacernos señas para que saliéramos de la habitación. Los dos agentes que estaban junto a la puerta le dieron a Banshee mucho espacio mientras salíamos.

El Agente Smith me siguió.

—Esta sala está cerrada para todo el personal hasta nuevo aviso.

—¿Qué chingados? Esta es una de las dos únicas salas de trauma. ¿Qué hacemos si tenemos varias víctimas de trauma que llegan?

—No es mi problema.

Los dos agentes se colocaron fuera de la puerta y me miraron fijamente hasta que me di la vuelta, negando con la cabeza y esperando que no necesitáramos esa habitación.

Mientras John y Lisa discutían la situación en la estación de enfermeras, interrumpí.

—Sabes que soy nuevo en Washington. ¿Es normal que Seguridad Nacional acapare una sala de trauma? —pregunté.

—Primera maldita vez para mí —dijo Lisa.

—En mis veinte años, nunca había visto algo así, y parece que la situación está empeorando. —John señaló la entrada de ambulancias, donde cinco agentes más entraron en la sala de urgencias.

Sin decir una palabra, entraron en la sala de traumatología, mientras los dos agentes que estaban afuera cerraban y protegían la puerta.

Rasqué el cuello de Banshee y revisé la memoria USB. Todavía en su lugar, nadie sabía de ella. Decidí dejárselo a él hasta que descubriera quién era Mac. La moví al bolsillo debajo de su hocico. Cualquiera que intentara llegar a la memoria USB iba a tener que pasar primero por los dientes de Banshee.

CAPÍTULO CINCO

Viernes 13 de marzo
7:37 p. m.

Dentro de la sala de trauma, el Agente Especial Clarence Duff, conocido recientemente como Agente John Smith, dio órdenes a su equipo.

—Quiero que se registre cada centímetro cuadrado de esta habitación. Estamos buscando documentos o dispositivos electrónicos de almacenamiento de datos.

—¿Quiere que abramos todos estos paquetes? —preguntó un agente mientras señalaba los paquetes de trauma que había por toda la habitación.

—Si está sellado, déjalo en paz. Busca en todo lo que ya está abierto, y en cada armario, cajón y estante. Yo voy a cuidar del cuerpo.

Su equipo se dispersó mientras el Agente Duff se ponía los guantes y comenzaba la búsqueda del cuerpo. Retiró los restos de la ropa, registrando cada pieza en busca de algo en los bolsillos o costuras, antes de colocarla en una bolsa de pruebas. Una breve búsqueda en su cartera reveló solo las tarjetas y el dinero en efectivo habituales. Lo metió en otra bolsa de pruebas. Al no encontrar nada más, excepto un juego de llaves, dirigió su atención al cuerpo en sí. Dos agujeros oscuros rodeados de manchas de sangre en el abdomen del cadáver pálido y desnudo gritaban violencia. El cuerpo, una vez musculoso y la mente brillante, ya no parecían impresionantes, ya que yacía desnudo y ensangrentado bajo la enfermiza y brillante luz fluorescente.

—Búscame una bolsa para cadáveres y una camilla. Nos llevamos el cuerpo con sus pertenencias. ¿Hay información sobre cualquier otra cosa que hubiera llevado consigo?

Un miembro del equipo habló.

—Los informes indican que tenía una mochila, pero fue sacada de la escena por la mujer que le disparó. Varios testigos la vieron caminar hacia el Capitolio, pero nadie la siguió.

—¿Tenemos el control de esa escena?

—Sí, señor. Nuestros agentes se han hecho cargo de Homicidios en D.C. Debido a que las otras dos víctimas de disparos parecen ser rusas, nos lo conceden sin discusión.

—Muy bien. Quiero saber quién es esa mujer y qué contenía esa mochila. Quiero un apagón mediático sobre todo este evento. Si tenemos que publicitar algo, es solo otro atraco que salió mal. ¿Alguien encontró algo útil aquí?

Un coro de respuestas negativas dejó al Agente Duff decepcionado. Examinó la habitación. Los estantes, cajones y armarios estaban abiertos y vacíos, con su contenido apilado al azar en el suelo.

—Vamos. Necesitamos que el cuerpo esté en nuestra mesa de autopsias lo antes posible, y podemos centrarnos en la mochila y en cualquier otro dato que podamos encontrar. Tenemos que localizarlo.

Unos minutos más tarde, empujaron una camilla con el cuerpo metido en una bolsa. Ajeno a las miradas furiosas del personal del hospital, la mente del Agente Duff buscó a tientas posibles formas de encontrar esos datos.

·   ·   ·

—Estoy bastante seguro de que el Departamento de Seguridad Nacional acaba de secuestrar a un tipo muerto —dijo John.

—¿Se puede secuestrar a un muerto? —pregunté.

—Buen punto. Probablemente más bien un robo.

—Deberíamos llamar a la policía y denunciar el robo de un cuerpo. Agitar las cosas.

—Lo haría si no aumentara la cantidad de papeleo que ya tenemos que hacer. No puedo creer que se hayan llevado su cuerpo.

—¿Alguien consiguió siquiera el nombre del paciente? —preguntó Lisa.

Todos nos miramos en silencio. Nadie se había molestado en revisarle los bolsillos en busca de una identificación.

—No tengo ni idea, pero el informe del incidente sobre esto va a ser un chiste. Al menos recuperamos nuestra sala de trauma —señalé.

—Vamos a ver qué le hicieron —respondió Lisa.

La seguí y nos detuvimos bruscamente en el umbral. La habitación era un desastre, con armarios vacíos, cajones abiertos y todo el contenido de la sala de trauma esparcido por todo el suelo.

—Parece que rompieron todo lo que estaba abierto, pero dejaron todas las vendas y toallas selladas en paz —observé.

—Como sea, pero esto es inaceptable. Nos va a tomar horas limpiarlo y reabastecerlo. De haber sabido que iban a hacer esto, mejor estrangulaba a uno de ellos con la varilla de mi sostén.

Tenía una idea bastante clara de lo que estaban buscando y estaba más decidido que nunca a no entregarlo. De alguna manera, encontraría a Mac y llegaría al fondo de esto.

—Si vuelven, puedo hacer que Banshee les muerda las picrnas.

—Si regresan se van en bolsas para cadáveres —dijo Lisa, mientras se alejaba a toda prisa para organizar la restauración de la sala de trauma.

Me volví a concentrar en mi próximo paciente con la memoria USB segura en el bolsillo del chaleco de Banshee.

•　•　•

Casi al final de mi turno, Lisa me tocó el hombro.

—Es posible que tengamos un miembro de la familia de nuestro paciente misterioso. Una mujer dice que es la hermana del hombre al que le dispararon. Está en la sala de espera para familiares.

—Gracias. Voy a ir a hablar con ella.

Banshee y yo entramos en la sala de espera y encontramos a una mujer que había estado llorando recientemente, sentada ansiosamente a la mesa. Ella se puso de pie y se apresuró a hablar primero.

—¿Dónde está? ¿Cómo está?

Le hice señas para que tomara asiento.

—Mi nombre es AJ Docker, pero todo el mundo me dice Doc. ¿Cómo te llamas?

—Mackenzie Lawton, pero me dicen Mac. Estoy buscando a mi hermano. La policía dijo que le dispararon y que la ambulancia lo trajo hasta aquí. ¿Cómo está?

Interesado en que, aparentemente, me había encontrado con la misteriosa Mac que mi paciente había mencionado, le pregunté:

—¿Puedes describirme a tu hermano?

—Tiene treinta y seis años y mide poco menos de 1.80 metros, tiene el pelo oscuro y los ojos café, como los míos. La policía dijo que le habían disparado en el vientre.

—Mac, tuvimos un paciente así que vino esta noche. Tenía dos heridas de bala en el abdomen y llegó en estado crítico. Hicimos todo lo que pudimos por él, pero desafortunadamente falleció. Lo siento.

Las lágrimas se acumularon en los ojos de Mac, mientras procesaba la pérdida de su hermano. Le entregué un pañuelo de la caja y le di un momento para que se recuperara.

—¿Puedo ver su cuerpo y despedirme?

—Normalmente, eso no sería un problema, pero su muerte despertó el interés de Seguridad Nacional, y sus agentes se apoderaron de la sala y reclamaron su cuerpo. Lo siento, pero se fueron hace un par de horas y no tengo ni idea de dónde lo llevaron.

Su transición del dolor a la ira fue instantánea, mientras Mac se ponía de pie y caminaba de un lado a otro.

—¿Esos malditos monstruos ya han estado aquí? Son la razón por la que está muerto. No puedo creer que esto esté pasando.

Se desplomó en su silla, su cuerpo temblando de rabia, luego con lágrimas frescas.

Le di un momento para que se recompusiera.

—Mac, cuando llegó tu hermano, apenas estaba consciente, pero aún podía hablar. Me pidió que le diera algo solo a Mac. Esas fueron sus últimas palabras.

Sus ojos se clavaron en mí.

—¿Qué es?

—Llevaba con él una memoria USB, y estoy bastante seguro de que los agentes de Seguridad Nacional están ansiosos por tenerla en sus manos. Nos registraron a cada uno de nosotros, nos corrieron de la sala y luego la destrozaron en busca de algo. Supongo que estaban buscando la USB.

Llamé a Banshee y abrí el bolsillo de su chaleco. Le entregué la memoria USB, todavía cubierta de un poco de sangre de su hermano.

Mac se quedó mirando la memoria USB que tenía en la mano, y una Mac completamente profesional reemplazó a una Mac enojada y angustiada.

—¿Cómo dijiste que te llamabas? ¿Doc? ¿Puedo confiar en ti?

—¿En qué puedo ayudarte?

—Por favor, guarda esta memoria USB esta noche y encuéntreme con ella mañana por la mañana.

—¿Por qué no te la llevas ahorita?

—Porque es probable que esos necrófagos me localicen pronto para registrarme también. Si esa USB contiene lo que creo que contiene, no podemos dejar que caiga en sus manos. ¿Podrías, por favor, mantenerlo a salvo esta noche y reunirte conmigo mañana por la mañana?

Su extraña petición despertó mi interés y me pareció sólo un pequeño favor, y sentí la obligación de ayudar a mi paciente con su último deseo. Volví a meter la memoria USB en el chaleco de Banshee.

—Por supuesto. ¿Dónde quieres que nos encontremos?

—El edificio Hart.

—¿En dónde están todos los Senadores?

—Sí. Nos vemos en la entrada sur a las ocho. Guarda esa cosa y no le digas a nadie que la tienes.

—Las únicas personas que sabemos sobre la USB somos tú, Banshee y yo.

Mac rascó las orejas de Banshee.

—Parece que puede valerse por sí mismo. Gracias. Tengo que irme. Tengo cosas de las que ocuparme esta noche.

Con eso, salió por la puerta, dejándonos solos a Banshee y a mí. Me recosté en la silla y consideré todo lo que había sucedido en las últimas horas. Ya había sido un día extraordinariamente inusual antes de que Mac llegara y solicitara mi ayuda. Sus insinuaciones de una oscura conspiración parecerían una locura, excepto por la muerte de su gemelo y la aparición de Seguridad Nacional tan poco después.

La transformación instantánea de Mac de una hermana afligida a una solucionadora de problemas enojada me intrigó. Su ardiente determinación me llevó a creer que estaba a la altura de la tarea de descubrir qué le había sucedido a su hermano y por qué, y tenía curiosidad por ver cómo se iba a desarrollar esta situación. Sonriendo a Banshee, miré a sus ojos devotos.

—Parece que encontramos una nueva aventura.

La cola de Banshee se agitó contra la fría y dura baldosa.

CAPÍTULO SEIS

Viernes 13 de marzo
9:43 p. m.

El Agente Duff resumió sus hallazgos a Lenny Haskins, el Director de Seguridad Nacional, y a su personal superior. Como de costumbre, el Director Haskins se sentó a la cabecera de la mesa con su cuaderno abierto y la pluma exactamente paralela al lomo. Era un hombre preciso en todo lo que hacía, desde su vestimenta hasta su toma de notas. Se ajustó los lentes de montura de alambre plateado y luego cruzó las manos frente a él, colocándolas precisamente en el centro de su cuaderno. Sus ojos sin pestañear se enfocaron en el orador.

El Departamento de Seguridad Nacional se formó dos meses después de los ataques terroristas del 9/11 y comenzó a operar en marzo de 2003. Ha crecido hasta incluir casi un cuarto de millón de empleados, lo que lo convierte en el tercero más grande del gabinete del presidente, detrás de los Departamentos de Defensa y Asuntos de Veteranos.

El Departamento de Seguridad Nacional tiene una amplia declaración de misión: coordinar los esfuerzos del poder ejecutivo para detectar, prepararse, prevenir, protegerse, responder y recuperarse de ataques terroristas dentro de los Estados Unidos. Con ese fin, el

Departamento de Seguridad Nacional incorporó veintidós agencias gubernamentales en una sola organización. Con sus recursos casi ilimitados y su amplia carta, tiene un poder casi ilimitado en los Estados Unidos.

Durante sus cuatro años como Director, Haskins había convertido el Departamento de Seguridad Nacional en su propio reino personal después de un ascenso meteórico en el mismo. Después de obtener su título de abogado en Georgetown, se unió al FBI para convertirse en uno de los agentes especiales más jóvenes en la historia del FBI. Su habilidad para construir casos herméticos contra organizaciones criminales complejas llamó la atención de la Senadora Whitehurst, quien utilizó su influencia política para asegurar su nominación como jefe del Departamento de Seguridad Nacional. Su éxito continuado fue fundamental para asegurar la financiación futura del Comité de Asignaciones, razón por la cual el informe del Agente Duff era inaceptable.

—¿Me estás diciendo que el señor Lawton falleció y que no podemos encontrar absolutamente ninguna prueba de su trabajo en su casa o en su oficina?

—Así es, señor. Los aseguramos a los veinte minutos de su disparo y hemos buscado exhaustivamente. No se encontraron papeles, documentos o notas de importancia. Se recuperaron una computadora de escritorio y dos computadoras portátiles, pero los tres discos duros habían sido destruidos magnéticamente. El departamento de TI está trabajando en la recuperación, pero no podemos esperar obtener nada útil de las unidades.

—¿Nada en el cuerpo?

—La cartera tiene las tarjetas y el documento de identidad habituales, y sus llaves son para su casa y oficina. La autopsia no tiene nada de especial, excepto por los dos disparos. Uno alcanzó el bazo y el otro el hígado. Se desangró.

—¿Y la tiradora?

—Una profesional. Sacó su arma de repuesto y le disparó dos veces antes de alejarse con su mochila. La cachucha y los lentes de sol cubrían sus facciones. La seguimos con una cámara hasta un estacionamiento a cuatro cuadras de distancia, pero luego desapareció. Podría haber salido por la parte trasera del estacionamiento a pie o en un carro disfrazada y oculta. Estamos rastreando cada carro que se ve saliendo del estacionamiento, pero hasta ahora no tenemos nada.

—Así que tenemos el asesinato de un científico de alto nivel en el corazón de DC con el robo de secretos vitales para la seguridad nacional a poca distancia de esta oficina. Quiero a esa tiradora; quiero esa mochila; y quiero la investigación de Mark Lawton en mi escritorio. ¿Está claro?

—Sí, señor.

—¿Y los dos asaltantes muertos? ¿Estamos seguros de que son rusos?

—Sí, señor. Hemos confirmado sus identidades con la embajada rusa. Figuran como parte de una delegación comercial, pero obviamente iban detrás de Mark y estaban armados. Los rusos están inusualmente callados sobre el incidente. Normalmente estarían gritando a los medios de comunicación sobre la violencia en Estados Unidos y la muerte de sus ciudadanos, pero no han dicho una palabra. Quieren mantener esto tan callado como lo hacemos nosotros.

—Es como en los viejos tiempos, una guerra en la sombra librada a plena vista. Por ahora, estoy de acuerdo en mantener esto en silencio también, pero quiero esa tiradora, y quiero lo que sea que haya en esa mochila. Retírense.

El Agente Duff se fue con su equipo para continuar la búsqueda.

. . .

La tiradora estaba de pie sobre su escritorio, leyendo metódicamente el contenido de la mochila. Los papeles y carpetas al azar parecían no tener ninguna conexión con la investigación de Mark. Los dejó a un lado para que su equipo los revisara más detalladamente. Buscó en el resto de la mochila y encontró un surtido habitual de plumas y material de oficina en los bolsillos. Después de varios minutos, golpeó la mochila contra su escritorio con frustración. Había asumido un gran riesgo al disparar a Mark Lawton en público, pero estaba segura de que él estaba llevando a cabo su investigación. Tal vez había estado en su persona más que en su mochila. No pudo haber registrado su cuerpo en ese momento, y se había sentido afortunada de haber agarrado la mochila.

Había forjado su carrera arriesgándose a tomar medidas audaces para resolver problemas difíciles y nunca había cometido un error. Ahora, su audaz esfuerzo por conseguir la mochila parecía un fracaso rotundo. Entregó la mochila y su contenido a su equipo para que la estudiaran, pero no esperaba nada. Le aterraba la explicación que le daría a su jefe, pero al menos tenía un plan para recuperar los datos.

CAPÍTULO SIETE

Sábado 14 de marzo

7:39 a. m.

La idílica primavera presagiaba el inminente calor y la humedad del verano, pero Banshee y yo caminamos felizmente los veinte minutos hasta el edificio Hart acompañados de una suave brisa bajo un cielo ligeramente soleado. Llegamos a la entrada sur para saludar a Mac, que esperaba al otro lado de la estación de seguridad. Vestida con pantalones oscuros y un saco de vestir sobre una blusa blanca con una placa de identificación enganchada a la solapa, sus ojos se iluminaron al ver a Banshee.

—No estaba segura de sí iba a venir contigo hoy.

—Espero que no te importe. Odia que lo deje en la casa, y es un día hermoso.

—No me importa en absoluto. —Ella le rascó vigorosamente detrás de las orejas y luego me entregó una bolsa—. Pon tu teléfono en esto.

—¿Qué es?

—Es una bolsa de Faraday. Bloquea todas las señales de entrada y salida. Nadie puede rastrear el dispositivo o escuchar a través de su micrófono mientras está en esa bolsa.

—¿No es eso un poco paranoico? Estamos en el edificio del Senado.

Sus ojos se oscurecieron.

—A mi hermano lo mataron anoche. Espero que estemos siendo lo suficientemente paranoicos.

—Discúlpame. —Sellé el teléfono en la bolsa.

—Sígueme, por favor.

—¿Trabajas aquí?

—Sí. Soy Jefa de Gabinete de la Senadora Whitehurst.

—Eso es impresionante.

La Senadora de California en su tercer mandato era uno de los políticos más poderosos del Capitolio. Ella dirigía el Comité de Asignaciones, que determinaba cómo el gobierno gastaba su dinero, y las personas poderosas buscaban tiempo cara a cara con ella. Procedía de una familia adinerada y podría hacer una fuerte carrera hacia la presidencia, si quisiera.

Mac nos dirigió a una escalera que conducía a los niveles inferiores.

—¿Tu oficina está en el sótano? —pregunté.

—No vamos a ir a su despacho. Demasiados ojos vigilan esa puerta. La mayoría de los Senadores mantienen una segunda oficina, no incluida en la lista, para reuniones privadas, es donde el verdadero trabajo se realiza en Washington. La oficina principal es para turistas y fotografías.

Bajamos las escaleras dos niveles. La decoración pulida del nivel superior se transformaba en un pasillo utilitario con paredes desnudas y lámparas fluorescentes. Mac bajó por un segundo pasillo hasta una puerta con la inscripción «Almacenamiento». La abrió y lideró el camino hacia el interior, apagando una alarma dentro de la puerta.

Los suelos y paredes de madera maciza con iluminación empotrada, resaltada por una barra y estanterías incorporadas, daban a la habitación un ambiente pesado. Sillas de cuero acolchadas rodeaban una mesa para ocho personas, y una segunda área de asientos más íntima contaba con cuatro sillas que rodeaban una mesa de café más pequeña. Tres estaciones de trabajo con monitores grandes se alineaban en la pared lateral.

—Esta es el área de almacenamiento más bonita que he visto en mi vida.

—Es una de las ventajas de ser Senadora por tres períodos. Hay algunos de estos escondidos en el sótano de cada edificio. ¿Gustas una copa?

—Sí, una Coca-Cola Light, por favor.

—Siéntate. La Senadora debería estar aquí dentro de unos minutos.

Me hundí en una de las sillas de felpa y Banshee se acostó a mis pies.

—Mientras esperamos, por favor cuéntame un poco sobre ti. No hemos tenido tiempo de conocernos —dije.

Mac me entregó una lata de Coca-Cola Light y se sentó frente a mí.

—Fui a Georgetown y estudié ciencias políticas, como muchos otros en la escena política. Después de graduarme, deambulé un poco antes de hacer una pasantía con un representante durante unos años. Me mudé a la oficina del Senadora Whitehurst hace cuatro años. La Senadora y yo trabajamos bien juntas, y el año pasado fui ascendida a su Jefa de Gabinete.

—¿Qué hace exactamente una Jefa de Gabinete Senatorial?

—Respuesta corta: lo que sea que la Senadora necesite hacer, sobre todo programar y organizar los detalles de sus eventos. Yo decido con quién se reúne y localizo a las personas con las que quiere hablar. Asisto a la mayoría de sus reuniones y, por lo general, discute conmigo las decisiones políticas antes de votar. Es un trabajo de ensueño. Tengo la oportunidad de conocer a personas poderosas e interesantes y tal vez influir en la política. El inconveniente es el horario, 24/7/365. Mi teléfono nunca se apaga.

—¿Cómo es la Senadora?

—Probablemente estés familiarizado con su historia. De una familia adinerada, su padre fue Senador en su día. Cuando la Senadora anterior renunció, ella tenía el nombre y los fondos para agarrar el escaño y mantenerlo. Es muy práctica y dura como un hueso. Es más honesta que la mayoría de los políticos y realmente trata de hacer lo correcto. Escucha atentamente y hace preguntas directas. Espera respuestas directas.

La puerta se abrió, y los dos nos quedamos de pie cuando entró la Senadora Whitehurst. A finales de sus cincuenta, exudaba un poder grácil, mientras cruzaba la habitación y extendía la mano. Sobre su firme agarre, se presentó y saludó a Mac.

—¿Quién es este que está en el suelo? —preguntó.

—Ese es Banshee. Espero que no le importe. Se porta muy bien.

—¿Puedo acariciarlo?

—Por supuesto. Banshee, AMIGA, SONRÍE.

Banshee se sentó sobre dos patas y le sonrió a la Senadora. Ella le frotó las orejas mientras lo elogiaba.

—Es posible que tenga que hacer que ese perro se una a mi personal. Por favor, siéntense.

Nos acomodamos alrededor de la mesa más pequeña, y Banshee se acurrucó a los pies de la Senadora.

—Gracias por venir hoy y por su ayuda anoche. Mac me dice que tu rapidez mental evitó que la USB cayera en las manos equivocadas.

—Probablemente se la habría entregado si se hubieran comportado con normalidad, pero algo en ellos parecía estar mal.

—Tienes buenos instintos. Lo que voy a contarles es clasificado, conocido solo por unos pocos. Hice algunas verificaciones de antecedentes sobre ti anoche, y estoy al tanto de tus aventuras pasadas. Pareces un hombre que sabe manejarse y permanecer discreto. ¿Es esa una suposición correcta?

—Me gusta pensar que sí.

—Muy bien. Mac, por favor, cuéntanos los antecedentes.

—Mark Lawton, el hombre al que atendiste anoche, era mi hermano gemelo. Era brillante. Era doctor en genética y matemáticas por el MIT. Después de graduarse, trabajó en la industria privada durante unos años. Tiene algunas patentes sobre su trabajo que lo hicieron rico, y decidió centrarse en la investigación para DARPA. ¿Estás familiarizado con DARPA?

—He oído hablar de ella, pero no sé nada.

Explicó la Senadora.

—DARPA significa Agencia de Proyectos de Investigación Avanzada de Defensa, y es un tesoro nacional. Se formó hace sesenta años con el mandato de realizar inversiones fundamentales en tecnologías de vanguardia para la seguridad nacional. Los laboratorios de investigación independientes reciben subvenciones para sus proyectos, y DARPA supervisa los proyectos. Algunos de sus inventos más famosos incluyen Internet, el GPS, la tecnología de sigilo y los drones que se ven en la televisión. Muchos más de sus inventos permanecieron clasificados.

—¿Qué hacía Mark allí?

—DARPA tiene cuatro pilares principales de investigación, y uno de ellos es aprovechar la biología como tecnología. Mark dirigió un equipo que investigó las enfermedades genéticas. Se centró en nuevos sistemas para ofrecer terapias más eficaces. Se rumoreaba que estaba cerca de un gran avance, pero nadie conocía los detalles.

—¿Es ese secretismo la norma?

—Muchos proyectos están clasificados al más alto nivel, y los científicos pueden ser extremadamente protectores de su trabajo. No es raro que pocos, o nadie, conozcan el alcance completo de su trabajo.

—¿Es eso por lo que mataron a Mark?

—Creemos que sí. Mark le confió a Mac que tenía preocupaciones con respecto a esta tecnología. No dio ningún detalle, pero sus últimas conversaciones indicaron que quería destruir su investigación. Sentía que era demasiado peligroso.

—¿No puede alguien más continuar donde él lo dejó y continuar el proyecto?

Mac respondió.

—No lo sabemos. Mark era un genio. Pocas personas poseen el intelecto y el interés para replicar su trabajo, pero hasta que no sepamos exactamente en qué estaba trabajando, no lo sabremos. Nunca compartió su investigación con nadie de su equipo y, hasta donde sabemos, no existe ninguna copia.

—Entonces, ¿quién le disparó y por qué Seguridad Nacional estaba en la sala de urgencias anoche?

Contestó la Senadora.

—Seguridad Nacional está interesada en obtener la tecnología para fines militares y no se detendrá ante nada para controlarla. En cuanto a quién le disparó, Mark devolvió los disparos anoche y mató a dos de sus atacantes. Un tercero le disparó y escapó con su mochila, según testigos. Los dos hombres fallecidos son ciudadanos rusos. Se desconoce la identidad de la mujer que lo mató.

—Anoche no escuché nada sobre un asesinato de ciudadanos extranjeros.

—Los encubrimientos son una especialidad gubernamental. La información fue contenida por motivos de seguridad nacional. Aparentemente, los rusos están igual de felices de mantenerlo en secreto, probablemente una buena idea ya que sus ciudadanos eran los que tenían armas.

—¿Los rusos buscan esta tecnología?

—Sí. Los rusos pagan bien por la información. No tenemos ni idea de lo que saben, pero están lo suficientemente interesados como para arriesgarse a disparar a uno de nuestros científicos en público.

—Esto es aterrador. ¿Por qué estoy sentado aquí siendo informado de todo esto en lugar del FBI o la CIA? Parece un problema de Seguridad Nacional.

—Lo es, pero el gobierno es parte del problema. Ciertos segmentos de la administración, particularmente en el ejército, creen que esta tecnología podría convertirse en un arma, y quieren el control. No puedo permitir que eso suceda.

—¿Qué se supone que debo hacer yo que el gobierno no pueda?

—Encuentra su investigación y tráemela antes de que cualquier gobierno extranjero, o incluso el Departamento de Seguridad Nacional, se ponga a ello.

—¿Cómo se supone que voy a hacer eso?

—Eres ingenioso. Tienes a la gemela de Mark para ayudarte, y tienes la primera pista en esa memoria USB.

—¿Primera pista?

Mac respondió.

—Mark era un gran fan de las búsquedas. Supongo que creó un proceso de varios pasos para encontrar la información de su investigación. Cuando éramos jóvenes, creábamos búsquedas con pistas el uno para el otro. Por lo general, teníamos que resolver al menos cinco pistas para obtener la respuesta. Creo que Mark podría haber hecho eso para que solo yo pudiera descubrir su trabajo.

—Entonces, ¿no es el tipo de persona que te da un mapa con una X?

Mac sonrió.

—Mark nunca toleraría algo tan directo. ¿Todavía tienes la memoria USB?

Le hice señas a Banshee para que se sentara, abrí el cierre de su chaleco y saqué la memoria USB.

—Ese perro es muy útil —comentó la Senadora.

—Supuse que nadie pondría su mano cerca de sus mandíbulas sin ser invitado. —Le entregué la memoria USB a Mac.

La insertó en una computadora.

—Esta computadora está aislada, por lo que no tiene acceso a Internet y no hay posibilidad de que nadie la piratee. Vamos a ver lo que tenemos —dijo.

La pantalla se abrió con un mensaje. «Ingrese la contraseña o solicite una pista».

Mac presionó el botón para solicitar una pista y apareció un nuevo mensaje.

· · ·

Me quedé mirando la pantalla con impotencia.

—Espero que haya más o esa es la peor pista que he visto en mi vida.

—Eso es porque probablemente nunca estudiaste matemáticas mayas.

—Cierto. El tema nunca surgió en la facultad de medicina, o tal vez se ofertaba, y a nadie le interesaba.

—Los mayas desarrollaron su propio sistema de numeración basado en veinte, en lugar de diez que usamos nosotros. Esos símbolos son un número maya, dos, cinco y cinco.

—¿Qué significa 255?

—No 255. Eso se escribiría de otra manera. Estos son los números individuales dos, cinco y cinco. Convertida en una fecha, es el 5 de febrero de 2005.

Levanté las manos en señal de rendición.

—¿Qué pasó el 5 de febrero de 2005?

—Ese es el día en que el mejor amigo de la infancia de Mark murió en la guerra de Afganistán. Un artefacto explosivo improvisado lo mató a él y a otros tres soldados en el acto. Tenía diecinueve años y sólo le quedaban dos meses de despliegue cuando murió.

—Lo siento. Tantas vidas se pierden en la guerra.

—Es lamentable que tantos hayan tenido que dar el máximo sacrificio por nuestras libertades, pero yacen con honor en el Cementerio Nacional de Arlington. Creo que ahí es donde Mark quería que fuéramos. —Sacó la USB y miró alrededor de la habitación—. Se supone que este lugar es seguro, pero todavía no sé quién podría estar detrás de esto. ¿Puede Banshee seguir protegiendo la USB?

—Está encantado de hacerlo.

La Senadora se puso de pie.

—Te dejo con tu búsqueda. Maclaw me va a mantener informada. Ten cuidado y protégela. Sería inaceptable que le pasara algo, especialmente después del asesinato de su hermano. Tráeme esa investigación.

Salió y cerró la puerta tras de sí.

—¿Maclaw? —pregunté.

—La Senadora se lo inventó. Dijo que Mackenzie Lawton era demasiado largo, así que lo acortó. Ella es la única que me llama así.

—Parece un poco raro.

—Raro, pero entrañable.

—Ciertamente, me han llamado cosas peores que esa.

Mac rascó detrás de las orejas de Banshee, mientras ella volvía a meter la memoria USB en el bolsillo de su chaleco.

—Gracias, buen chico. ¿Qué tal un viaje al Cementerio de Arlington?

Banshee movió la cola.

—Vamos. Podemos tomar un Uber. Está a solo unos diez minutos en carro al otro lado del río. ¿Has estado allí antes?

—No. Con tantos lugares que ver en Washington, todavía no he llegado allí.

—Me alegro de que puedas verlo. Es un lugar especial. Más de 400,000 hombres y mujeres están enterrados allí en 250 hectáreas de tierra. Todos lucharon y murieron por este país. Contiene una historia conmovedora y fascinante. La finca fue establecida por el nieto adoptivo de George Washington, y el ejército estadounidense se apoderó de ella al comienzo de la Guerra Civil para defender a Washington. Se construyeron tres fuertes en el lugar, pero después de la guerra, se convirtió en un cementerio. Se convirtió oficialmente en un cementerio nacional en 1864 y ha crecido desde entonces.

—Pareces una guía turística.

—Parte de mi trabajo con la Senadora es acompañar a los VIP a sitios populares a veces. Después de hacerlo unas cuantas veces, he aprendido algunas cosas.

•   •   •

Poco después de que se fueran al cementerio, la Senadora Whitehurst llamó desde un teléfono desechable en su oficina principal.

—Tenías razón. Mark le dio a ese doctor una memoria USB.

—¿Cómo chingados la sacaron de la sala de traumas?

—Lo escondió en el chaleco del perro.

—¿Qué hay en la memoria USB?

—Todavía no estoy segura. Necesita una contraseña y cree que podría estar en el Cementerio de Arlington.

—Manténme informado.

La Senadora terminó la llamada sin decir una palabra más y centró su atención en su próxima reunión.

CAPÍTULO OCHO

Sábado 14 de marzo
8:53 a. m.

Nuestro Uber nos dejó en la entrada principal y, después de un breve control de seguridad, entramos al cementerio.

La transición del ajetreo y el bullicio de Washington a la serenidad del cementerio me impactó, mientras paseábamos por los jardines. Las lápidas se extendían en la distancia en perfectas líneas blancas, cada una contando una historia única. Las familias se reunieron en algunas tumbas para recordar a sus seres queridos perdidos. Las risas respetuosas emanaban de un grupo que compartía historias, mientras que otros grupos compartían lágrimas silenciosas.

Nos hicimos a un lado mientras pasaba un cortejo fúnebre.

—En el cementerio se realizan unos veinticinco funerales al día en promedio, y cada uno es especial para las familias. Hacen un trabajo increíble. Vayamos por aquí —dijo Mac.

Caminamos lentamente entre los imponentes árboles y las colinas.

—Antes de que visitemos la tumba de nuestro amigo, debes ver la Tumba del Soldado Desconocido. Es por aquí, y cambian la guardia cada hora. La tumba se estableció en 1921 y el primer soldado fue un veterano de la Primera Guerra Mundial que murió en Francia. Su cuerpo fue enviado a Washington con todos los honores militares antes de ser velado en el Capitolio. El 11 de noviembre de 1921 fue enterrado el primer soldado. En ceremonias posteriores se enterraban los cuerpos de los soldados de la Segunda Guerra Mundial y la Guerra de Corea. Un soldado desconocido de Vietnam fue enterrado durante catorce años, luego identificado y exhumado. La cripta de la Guerra de Vietnam Desconocida permanece vacía hoy en día y está dedicada a todos los que aún están desaparecidos en acción. Hoy en día, la tumba está custodiada las veinticuatro horas del día por miembros del Tercer Regimiento de Infantería de los Estados Unidos, conocido como «La Vieja Guardia». Eso es lo que vamos a ver.

Mac subió una colina hacia un edificio neoclásico de mármol blanco que se alzaba en la cima de una colina con vistas a Washington. El sarcófago blanco estaba detrás del edificio, mirando hacia la ciudad. Un soldado caminaba lentamente de un lado a otro frente a la tumba, veintiún pasos medidos en cada sentido antes de un giro brusco, siempre manteniendo su arma entre la multitud y los soldados que custodiaban. El chasquido brusco de sus tacones sobre el trillado camino era el único sonido que perturbaba el respetuoso silencio. Nunca había experimentado una solemnidad tan agridulce.

Otro soldado rompió el silencio para anunciar el cambio de guardia. Un nuevo soldado emergió para intercambiar lugares con el guardia actual. En una ceremonia bien ensayada, se inspeccionaron las armas, se relevó al viejo guardia de su deber, y el nuevo guardia comenzó, con tacones que sonaban veintiún veces, al pasar frente a la tumba.

Un pequeño grupo observó la ceremonia en silencio, y el tiempo pareció detenerse, mientras yo me concentraba en los soldados. Sus movimientos precisos, coreografiados por expertos, repetidos durante todo el día año tras año, proclamaban el respeto que estos soldados tenían por sus hermanos caídos.

Mac me apartó y, después de que estuvimos a una distancia respetuosa de la tumba, le expresé mi gratitud.

—Gracias por mostrármelo. Es una de las experiencias emocionales más poderosas que he tenido.

—Es especial. Todo el mundo debería verlo al menos una vez para darse cuenta del sacrificio que hicieron estos soldados y del sentido del deber que invocan los militares. Es uno de los mejores lugares de esta ciudad. Sigamos, vamos a visitar a Jojo. La sección 60 contiene restos de Irán y Afganistán.

—¿Cómo encuentras una tumba entre todas estas?

Levantó su teléfono.

—Cada tumba está documentada en su aplicación. Puede ayudarte a encontrar a cualquiera enterrado aquí, pero ya sé dónde descansa Jojo.

Bajó con confianza una fila y se detuvo ante una lápida de mármol blanco idéntica a las miles que la rodeaban.

Andrew Joseph Walker Sargento de la Fuerza Aérea de los Estados Unidos
Afganistán, 14 de febrero de 1986
5 de febrero de 2005
Amigo de todos. Nunca olvidado.

Mac se arrodilló y colocó su mano sobre la piedra, con lágrimas en los ojos.

—Era un chico genial, lleno de energía, divertido, intrépido. No puedo creer que ambos se hayan ido. Mark y él eran inseparables en la preparatoria, con toda la vida por delante. —Se secó los ojos—. Es hora de ver qué nos dejó Mark.

La hierba perfectamente cuidada alrededor de la piedra no revelaba evidencia de perturbación, y el mármol blanco liso no mostraba ninguna alteración evidente. Mac palpó alrededor de la piedra, mientras sus manos examinaban la base. Un leve sonido de desgarro precedió a la retirada de la cinta blanca de la base. Rápidamente lo examinó.

—¿Qué encontraste?

—Una contraseña.

Le dio la vuelta a la cinta y me mostró una larga serie de números y letras dibujados en un pedazo de plástico.

—Es la contraseña más larga que he visto en mi vida —dije.

—Mark no era del tipo «contraseña123». Volvamos a la oficina y veamos qué encontramos.

—Eso puede ser un problema. Parece que estamos a punto de tener algo de compañía.

Dos hombres trajeados corrieron hacia nosotros. Nada en su apariencia indicaba peligro abiertamente, excepto por la amenaza que ardía en sus ojos. Su intensa mirada alternaba entre enfocarse en nosotros y escudriñar nuestro entorno. Banshee percibió la tensión y soltó un gruñido bajo.

.   .   .

Al otro lado del cementerio, dos hombres observaron el enfrentamiento con binoculares.

—¿Intervenimos? —preguntó el primer hombre—. No, a menos que se vuelva violento. Graba un video.

El primer hombre levantó su cámara y enfocó al grupo. Aunque de apariencia normal, la cámara contenía la última tecnología que le permitía hacer zoom 1,000 veces sin distorsión. Transmitía videos continuamente mientras miraban.

.   .   .

Mac me susurró Mac.

—Mantén la calma. Esto no es inesperado.

Le di la orden a Banshee para que se relajara. Se acostó, pero permaneció en alerta.

Los hombres se detuvieron unos metros delante de nosotros.

—Creo que encontraste algo que nos pertenece. Nos gustaría que nos lo devolvieran.

Extendió la mano, permitiendo que su abrigo se abriera para revelar una pistola en su cadera. La mano de su compañero descansaba dentro del saco de su traje.

Sin inmutarse por el juego de poder, Mac se tomó un momento para mirar el código. Lo sostuvo frente a ella, frente al hombre, mientras se levantaba.

—Debes estar hablando de esto. ¿Es esto lo que quieres? —Se lo ofreció lentamente—. Es tuyo. Tómalo.

El hombre le arrebató el papel de la mano y los dos hombres se retiraron apresuradamente. Mac se sentó a mi lado.

—¿De qué carajos se trataba todo eso? —pregunté.

Mac se echó a reír.

—Esos idiotas me han estado siguiendo durante el último día más o menos. Supuse que harían acto de presencia aquí. Es más fácil darles el código y dejar que huyan.

—Pero ahora no tenemos el código.

Mac se tocó la cabeza.

—Sí, lo tenemos

—Es un código muy largo para recordar.

—Son solo veintiocho dígitos. Dales unos minutos para que se vayan de aquí.

—¿Quiénes son?

—Estoy bastante segura de que son rusos. Se esfuerzan por encajar, pero siempre hay algo demasiado formal y rígido en ellos. También se puede decir por la ropa. Los rusos nunca parecen tener un traje que les quede bien. Seguridad Nacional también me ha estado siguiendo. Están por ahí en alguna parte.

Miré a mi alrededor, pero no vi nada sospechoso.

—No los verás. Son fanáticos de la alta tecnología. Están muy lejos con un par de miles de millones de píxeles apuntando a nosotros. Sonríe para ellos.

Saludó como una reina de un concurso de belleza en todas direcciones.

—¿Querías que también tuvieran el código?

—Claro. Saben que hemos encontrado algo. Si tratamos de ocultarlo, simplemente irrumpirán para tratar de conseguirlo. Ahora saben que los rusos lo tienen y perderán el tiempo siguiéndolos. No importa, porque el código no tiene sentido sin la memoria USB, y nosotros somos los únicos que la tenemos. Además, de todos modos, no podrán descifrar el código.

Pensé en todo lo que había aprendido, mientras ella se acostaba en la suave hierba. Yo también me acosté, y Banshee apoyó su cabeza en mi pecho.

—¿A qué te dedicaste exactamente después de la universidad y antes de unirte al equipo de la Senadora?

—Yo era un oficial de la Agencia de Inteligencia de Defensa, trabajando para la oficina del Secretario de Defensa. Nos enfocamos en las necesidades de inteligencia a nivel nacional, a largo plazo y estratégicas y nos coordinamos con las fuerzas armadas y las unidades de inteligencia del Departamento de Defensa para proporcionar información precisa para el Secretario.

—Ese es un título elegante de Washington. ¿Qué hiciste realmente por ellos?

—Yo formé parte de la Dirección de Ciencia y Tecnología en la recopilación y evaluación de inteligencia nuclear, química y biológica sobre nuestros enemigos. Sobre todo, desarrollamos activos humanos que nos proporcionaron datos precisos.

—¿Entonces reclutaste espías en el extranjero?

—Esa es una forma de describirlo, aunque no es tan glamoroso. No tuve la oportunidad de manejar un Aston Martin a un casino en Mónaco para encontrarme con una fuente. Sobre todo, se trata de caminar penosamente por las partes malas de los países malos para encontrarse con gente mala.

—Suena peligroso.

—Puede ser. Los estadounidenses no son queridos en la mayor parte del mundo. Gran parte del entrenamiento implica habilidades de supervivencia, con las que parece que estás familiarizado.

—¿Me investigaste anoche?

—Estoy entrenada en recopilación de inteligencia. Tienes un historial considerable, crimen organizado en Houston, dinero sucio en Montana y los atentados con bombas en Las Vegas. Los problemas parecen encontrarte.

—No lo busco, pero detesto cuando veo sufrir a personas inocentes. Cuando me lo propongo, lo hago hasta el final.

—¿Estás en esto hasta el final?

—Absolutamente. No conocí a tu hermano antes de que le dispararan, pero un hombre inocente se acercó a mí para pedirme ayuda mientras moría, y lo voy a hacer hasta el final. ¿Cómo terminaste trabajando con la Senadora?

—Mi trabajo implicaba una interacción frecuente con miembros de alto rango del Congreso, y me llevé bien con la Senadora Whitehurst. Me ofreció un trabajo como su Jefa de Gabinete.

—¿Sabes lo que realmente está pasando aquí?

Se puso de pie.

—Todavía no, pero lo voy a saber pronto. Alguien, probablemente los rusos, mataron a mi hermano por algo en lo que estaba trabajando. Voy a encontrar su trabajo y cazar a los hijos de puta que lo mataron y darles una lección sobre la justicia estadounidense. Vamos. A estas alturas, todo el mundo debería haber despejado la zona. Volvamos y veamos lo que Mark nos dejó.

CAPÍTULO NUEVE

Sábado 14 de marzo
9:39 a. m.

Viktor y Nikolai, con la orden de seguir a la mujer y tomar lo que encontrara, se apresuraron a salir del cementerio con su tesoro. Su jefe estaría agradecido, especialmente después del desastre del viernes que resultó en la muerte de dos de sus hombres.

Después de un viaje en taxi a la embajada rusa sin molestarse con maniobras evasivas, entraron por una puerta de seguridad, aliviados de estar de vuelta en territorio ruso. Pasaron por alto la residencia del Embajador, donde se celebraban las fiestas diplomáticas, y entraron en el edificio administrativo principal. Construido con todo el encanto de un edificio de viviendas ruso, los ocho pisos de espacio de oficinas cuadrados de hormigón se sentían aún más deprimentes por dentro que por fuera. Los suelos de linóleo desgastados, las paredes beige y la iluminación fluorescente resaltaban los muebles anticuados. Pasaron por un control de seguridad y entraron en un ascensor. Sus insignias accedían a tres de los cinco pisos subterráneos. Apretaron el botón del subsótano tres. No tenían ni idea de lo que contenían los dos pisos inferiores y sabían que no debían albergar curiosidad. La ignorancia deliberada era una habilidad de supervivencia aprendida en la Rusia moderna.

Viktor y Nikolai llegaron a la puerta de la oficina y esperaron en silencio en las incómodas sillas que había delante. El asistente tomó nota de su llegada y volvió a centrar su atención en los papeles que tenía sobre la mesa. Bien entrenados para mantener una paciencia respetuosa, aceptaron la espera.

Después de veinte minutos de silencio ansioso, la puerta de la oficina se abrió y una mujer se fue. El asistente les hizo señas para que entraran en la oficina con un gesto desdeñoso. Se pararon atentos frente a un escritorio enorme, mientras el Subdirector terminaba algunas anotaciones.

El Director adjunto Dmitry Petrov había estado a cargo de la Dirección S durante los últimos seis años. La Dirección S, una de las ocho direcciones del SVR, era el Servicio de Inteligencia Exterior de la Federación Rusa encargado de las operaciones ilegales de inteligencia fuera de Rusia. El SVR se formó en 1991 a partir de las cenizas de su predecesor, la KGB. Petrov era uno de los pocos oficiales que quedaban que había comenzado su carrera en la KGB. Las cicatrices en los brazos y la frente le recordaban las batallas ganadas y perdidas en Afganistán. Era un hombre de línea dura que creía en las viejas costumbres y añoraba los días en que la KGB gobernaba a través del miedo y la intimidación.

Petrov dejó a un lado su trabajo para concentrarse en los dos jóvenes agentes que tenía delante. Capaces, pero ordinarios, estaban destinados a una carrera de mediocridad, supuso.

—Señor, seguimos al sujeto hasta su despacho, y luego hasta el cementerio de Arlington, donde la observamos quitando un trozo de cinta adhesiva de una de las lápidas. Nos acercamos a ella y la adquirimos sin resistencia. Viktor colocó la cinta sobre el enorme escritorio y Petrov la examinó detenidamente. El código o la contraseña eran inútiles sin más información, una pieza del rompecabezas que puede o no tener valor futuro.

—¿Y no peleo para tratar de quedárselo?

—No, señor.

—¿Estaba sola?

—No, señor. Ella estaba con ese médico y su perro.

—Interesante. Uno de ustedes presente un informe completo y el otro vuelva a seguirla. Quiero saber a dónde va, con quien se reúne, y recopilar cualquier información adicional que puedas. Retírense.

Viktor y Nikolai salieron de la oficina, mientras Petrov volvía a leer el código y luego le pedía a su asistente que llamara a la agente Morozova a su oficina. Tres minutos después, ella estaba frente a él.

Alina Morozova, de sólo veintisiete años, había comenzado a entrenar para el SVR trece años antes. Su fluidez en inglés con múltiples acentos regionales junto con su cabello oscuro, ojos cafés y figura atlética le permitieron mezclarse con la sociedad estadounidense. Con cambios en el color de su cabello, lentes de contacto tintados, diferentes alturas de tacón y ropa acolchada, podía cambiar su apariencia a voluntad. Figuraba como secretaria de la embajada y no tenía inmunidad diplomática. Como espía encubierta para Rusia, fue una de sus mejores agentes, responsable de disparar a Mark Lawton y de recuperar su mochila. Desgraciadamente, no contenía nada de valor. Petrov apreciaba su audacia de riesgo, su decisión y su voluntad de usar la violencia. A Alina le habría ido bien en la KGB.

Tiró la cinta sobre el escritorio.

—Viktor y Nikolai recibieron esto de la hermana.

Alina le echó un vistazo.

—Una contraseña, no tiene sentido si no sabemos dónde usarla.

—De acuerdo, pero significa que está tras la pista. Necesitamos encontrar esa investigación antes de que los estadounidenses lo hagan. Es un asunto de suma importancia para el propio Presidente. El éxito en este asunto asegurará que algún día te sientes en esta silla.

Lo que no se dijo fueron las consecuencias del fracaso.

—Entiendo, señor.

—Encuéntralo. Lo que sea que necesites, lo que sea que haya que hacer, encuéntralo. Retírate.

Alina salió de la oficina con confianza. Maestra en el seguimiento de personas, nunca fallaría. El primer paso había sido la vigilancia electrónica de las casas, los carros, las computadoras y los teléfonos de la hermana de Lawton y del médico, vigilados constantemente. Cualquier información que descubrieran, ella la iba a tomar a escondidas o por la fuerza.

CAPÍTULO DIEZ

Sábado 14 de marzo
11:03 a. m.

De vuelta en la oficina del sótano, Mac encendió la computadora aislada de la red e insertó la memoria USB. En un bloc de papel, escribió los veintiocho dígitos de memoria con letra precisa. Veinte letras, ocho mayúsculas y doce minúsculas, así como ocho números parecían mezclados al azar en el código.

—¿Por qué no introduces el código? —me pregunté en voz alta.

—Mark no lo haría tan simple. La clave debe estar en los números.

Reescribió sólo los ocho dígitos, 72828977, y quiso que se revelaran por sí mismos.

—¿Sabes qué tiene de especial este número?

—Nada que yo pueda imaginar.

—Correcto. Es un número insignificante, y Mark nunca usaría un número ordinario.

—¿Estás segura?

—Positivo. Cada número que elija tendrá un significado, y este no tiene sentido. Necesitamos averiguar el número más cercano con propiedades especiales.

—Espero que sepas algo sobre los números especiales, porque todavía uso mi cumpleaños como mi contraseña PIN.

—¿Sabes lo que es un número primo?

—Sí, un número que solo se puede dividir por uno y por sí mismo.

—Bastante bueno para un médico.

—Incluso los médicos tienen que tomar algunas clases de matemáticas.

—Los números primos son importantes en la creación y ruptura de códigos. El número aquí tiene un parecido sorprendente con un número muy único, 73939133. ¿Quieres adivinar por qué es especial?

—¿Por qué es el mejor?

—Te doy parte del crédito. Es primo, pero también es el número primo más grande que permanece primo sin importar cuántos dígitos se eliminen del final. Esa cualidad única atraería a Mark.

—¿Entonces 7393913, 739391 y todos los demás son primos? ¿Quién se da cuenta de estas cosas?

—Por lo general, estudiantes de posgrado con un intenso deseo de ser famosos en el mundo de las matemáticas mientras evitan trabajar en sus disertaciones.

—No tenía ni idea de que ser famoso en matemáticas existiera.

—El público es pequeño, pero apasionado.

Ingresó pacientemente los nuevos números en el código y luego lo escribió cuidadosamente en la solicitud de contraseña. Caras sonrientes aparecieron en la pantalla antes de que apareciera un mensaje. «No te hagas la creída, las primeras pistas son las fáciles. Siguiente: imagen reflejada del 37. Te quiero, hermanita».

Mac se secó una lágrima mientras miraba el mensaje.

—Mark siempre fue astuto. No puedo creer que se haya ido, y parece que todavía está aquí conmigo.

—Lamento mucho tu pérdida.

—Gracias. —Mac se secó los ojos mientras hablaba.

—¿Alguna idea de lo que significa esta pista?

—Ni la menor idea. Voy a tener que pensar en esto.

—¿Algo que pueda hacer para ayudarte?

—No. Estas pistas eran para mí. Dame un poco de tiempo. Te llamo cuando encuentre algo.

—Está bien. Banshee y yo estamos encantados de ayudarte cuando nos necesites.

—Es probable que la gente también te esté observando. Probablemente no te van a molestar, pero si lo hacen, diles la verdad. No sabes nada. Supón que tu teléfono y computadoras están siendo monitoreados. Si necesitas hablar conmigo o con cualquier otra persona sin que alguien te escuche, usa esto.

Me dio un teléfono barato del escritorio.

—¿Un desechable? —pregunté.

—Es completamente seguro. Nunca se ha utilizado. El número guardado allí es para otro desechable que tengo. Recuerda, no seas un héroe, y no sabes nada si alguien te pregunta.

—No debería ser demasiado difícil. Estoy completamente confundido. ¿Qué quieres hacer con la memoria USB?

—Me la voy a quedar. Es inútil para todos los demás, pero es uno de los últimos mensajes de mi hermano.

Sus ojos se llenaron de lágrimas de nuevo.

—Debe ser duro perder a tu gemelo.

—Me imagino que es duro perder a alguien que nos importa, pero nadie es como un gemelo. Desde mis primeros recuerdos, estábamos en sintonía. Completábamos las frases del otro; compartíamos pensamientos complejos con una mirada; e imitábamos nuestros gestos. A veces juro que podíamos comunicarnos telepáticamente. Ojalá pudiera hablar con él ahora. Siento como si me hubieran arrancado una parte mía.

—Lo siento. Nunca tuve un hermano, así que no puedo imaginar por lo que estás pasando, pero sé que es difícil. Una vez más, Banshee y yo estamos dispuestos a ayudar de cualquier manera para que puedas encontrar un cierre.

—Gracias. Eso significa mucho. Voy a estar en contacto.

La dejamos sentada en el escritorio, mirando la memoria USB, como deseando que le hablara.

—Tenemos que ayudarla. ¿Está bien, amigo?

Banshee movió la cola.

.   .   .

Apreciando el hermoso día, nos detuvimos en un parque de camino a casa, y Banshee corrió sin rumbo fijo, mientras yo disfrutaba de un cono de nieve. Regresamos a mi casa adosada, una casa de dos pisos cuyo alquiler costaba una pequeña fortuna, pero teníamos una ubicación conveniente y un pequeño patio para Banshee. Abrí la puerta. Banshee se sentó de inmediato y gruñó. Entrenado para detectar nuevos olores cada vez que volvíamos a casa, me estaba avisando de que alguien había estado en la casa. Dado que yo tenía la única llave, el huésped no deseado aún podía estar adentro.

Le hice señas a Banshee para que se mantuviera alerta y en silencio y entré en la casa con él a mi lado. Entré en el estudio, la primera habitación a mi derecha, y abrí el cajón superior del escritorio para recuperar una pistola que guardaba por seguridad. Confirmé que el cargador estaba lleno con un cartucho en la recámara. La Glock no tenía un seguro del que preocuparse.

Le susurré a Banshee que buscara, y él comenzó su viaje metódico por la casa, olfateando por todas partes. Despejamos el primer piso sin incidentes y subimos las escaleras con Banshee a la cabeza. Una búsqueda rápida en cada armario y debajo de cada cama confirmó que estábamos solos. Abracé a Banshee. Despejar una casa con él frente a mí era mucho menos estresante que hacerlo solo.

Regresé abajo y revisé todas las puertas y ventanas para encontrarlas cerradas. A continuación, inspeccioné rápidamente los lugares probables en los que un ladrón podría buscar y no encontré nada que faltara. Me senté en el sillón y miré a mi alrededor. Todo parecía estar en su lugar, pero en una inspección más cercana, la habitación se sentía un poco demasiado ordenada. Todo encajaba a la perfección con el mobiliario. La repisa revelaba libros y una vela desalineados con los ligeros patrones del polvo.

Alguien había registrado mi casa en mi ausencia. No tenía nada de valor que robar, y Mac tenía la memoria USB. Quienquiera que hubiera estado aquí se había ido con las manos vacías. La cuestión era si habían dejado algo atrás.

CAPÍTULO ONCE

Sábado 14 de marzo
5:23 p. m.

Un golpe en la puerta de mi casa interrumpió mi almuerzo de pizza recalentada y provocó un profundo gruñido de Banshee.

—Cálmate, muchacho. Tengo una idea bastante clara de quién está aquí —le dije, mientras me levantaba para abrir la puerta.

La abrí para encontrar a mi oficial de Seguridad Nacional favorito.

—Agente Smith, qué amable de tu parte venir a visitarme.

Me metió unos papeles en el pecho y pasó a mi lado.

—Orden de cateo, imbécil. Siéntate y quédate callado. Y mantén a ese perro bajo control.

Banshee gruñó, pero lo calmé con un toque en su cuello.

—Eres bienvenido a buscar todo el día, pero dudo que encuentres algo.

—¿Por qué?

—Primero, porque no tengo nada que ocultar. En segundo lugar, si tuviera algo que ocultar, quienquiera que registró mi casa esta mañana ya lo ha encontrado.

—¿De qué chingados estás hablando? ¿Quién estuvo aquí esta mañana?

—Ni idea. De hecho, pensé que podrías ser tú con un cateo ilegal. No pareces muy estricto de las reglas.

—Empieza por el principio y explica bien.

—Cuando llegué a mi casa en la mañana, Banshee me alertó de la presencia de alguien en la casa. Busqué por todos lados y no encontré a nadie, pero estaba claro que alguien había revisado mis cosas. No noté que faltaba nada, pero pude haber olvidado algo.

Smith hizo un gesto a uno de los miembros de su equipo.

—Jenkins, quiero un apagón en este lugar y un escaneo electromagnético de toda esta casa.

Jenkins dejó su estuche sobre la mesa de la cocina, abrió una laptop, conectó una pequeña antena al puerto USB y presionó algunas teclas. Después de unos segundos, levantó el pulgar.

—El área es segura. Puedes hablar.

Smith hizo un gesto a su equipo para que comenzara su búsqueda y me dirigió a la mesa de la cocina. Banshee se sentó a mis pies, observando a todos moverse por su casa. Miré fijamente a Smith y esperé a que rompiera el silencio. Finalmente, habló.

—Te investigué. Tienes una historia bastante interesante con la extorsión, el fraude, incluso una conexión con un cártel en tu pasado.

—También atiendo a los pacientes en la sala de urgencias.

—Parece que ahí es donde empiezan todos tus problemas.

—Los problemas parecen encontrarme.

—Claro que sí, y anoche te volvieron a encontrar. Sabemos que te reuniste con la hermana de la víctima y fuiste con ella al Cementerio Nacional de Arlington esta mañana. Sabemos que has encontrado algo, y lo queremos.

—Ya lo tienes. Creo que lo levantó para que lo vieras antes de que los rusos se lo llevaran.

—¿Qué sabes de los rusos?

—Que están amargados por el fracaso del marxismo y avergonzados de admitir que el capitalismo funciona.

—Está bien, sabelotodo, tal vez algún tiempo en la cárcel te haga reconsiderar tu situación.

—Lo haría, pero no me van a meter en la cárcel, porque voy a hablar de cómo ustedes destrozaron nuestra sala de trauma en urgencias, robaron un cadáver y mantuvieron en secreto la muerte de dos rusos para ocultar algo.

Smith me fulminó con la mirada.

—¿Entonces ahora eres un faro de transparencia?

—Al parecer, soy más honesto que tú, Agente Smith. Muéstrame una identificación real y podemos hablar. De lo contrario, puedes completar tu cateo e irte a la mierda.

Smith metió la mano en su bolsillo trasero. Esperaba que tuviera esposas en la mano, pero en lugar de eso me tiró la cartera.

—Ábrela.

Encontré su identificación de Seguridad Nacional a nombre del Agente Especial Supervisor Clarence Duff. Le devolví la cartera.

—No te ves como un Clarence.

—¿Cómo se ve un Clarence?

—Un hombre negro de un metro ochenta que toca el saxofón para Bruce.

—Está ocurriendo una mierda seria que involucra a algunas personas malas. Tres ya están muertos, y tú estás en su radar. El siguiente disparo puede ser en tu dirección. Dime lo que sabes.

—No sé nada. Mac me pidió que me reuniera con ella esta mañana para contarle de nuevo los últimos momentos de su hermano. Así lo hice, y nos pidió a Banshee y a mí que la acompañáramos a Arlington. Ella fue a esa tumba y encontró esa cinta con números, y esos tipos nos la quitaron. Luego la acompañé de regreso a su oficina. No tengo ni idea de lo que está pasando y Mac no me dice nada. Si quieres respuestas, pregúntale a ella.

—Eso es un poco complicado dado su trabajo con la Senadora. Ya sabes, política.

—No sé nada de política. Anoche traté de salvar la vida de un hombre y murió. Traté de ayudar a su hermana esta mañana, y ahora tengo a personas extrañas cateando mi casa, y ustedes apareciendo con una orden judicial. Espero que encuentres lo que buscas, pero no sé una mierda.

El agente Jenkins nos interrumpió para poner siete pequeños dispositivos sobre la mesa.

—Eso es todo.

El Agente Especial Duff levantó uno para inspeccionarlo más de cerca.

—¿No es uno de los nuestros?

—Definitivamente no. Es de Europa del Este, de grado militar, y está patrocinado por el estado o por alguien con mucho dinero —respondió Jenkins.

El Agente Especial Duff se centró en mí.

—Quiero ponerte bajo custodia protectora.

—De ninguna puta manera.

—No puedo garantizar tu seguridad.

—No te pido que garantices nada. Déjame en paz y ve a buscar lo que sea que estés buscando.

Duff se levantó de la silla.

—Es tu decisión, pero una mala decisión. Mi consejo gratuito es que te mantengas al margen de esto. Sabes que te vamos a estar siguiendo.

—No esperaría menos de los funcionarios.

—¿Sabes en qué te convierte eso?

—Sí, lo sé. Un cebo.

CAPÍTULO DOCE

Domingo 15 de marzo
7:53 a. m.

Llegué a una sala de urgencias serena después de que los resultados de las malas decisiones que las personas tomaron el sábado por la noche habían sido dados de alta o admitidos. Los piadosos asistían a la iglesia; las familias desayunaban; y los paganos se despertaron con cruda. Los turnos de los domingos por la mañana eran confiablemente tranquilos.

—¿Cómo está el estimado doctor Pastone esta hermosa mañana de domingo? —pregunté.

—Un poco quemado por el sol. Ayer fui a pescar y olvidé mi protector solar. No se lo digas a dermatología. No necesito otro sermón de ellos.

—Es gracioso. ¿Cuándo fue la última vez que viste a un dermatólogo en la sala de urgencias un domingo?

—Se dice que uno apareció un fin de semana hace unos quince años, pero puede ser una leyenda urbana. ¿Qué tal el sábado? ¿hiciste algo emocionante?

Pensé que las visitas a una Senadora, mafiosos rusos y dos grupos que registraron mi casa contarían como emocionantes, pero me contuve.

—La verdad es que no. Día tranquilo en la casa con una breve visita al parque con Banshee. ¿Todavía vamos a hablar del nuevo contrato con el hospital la próxima semana?

—Sí, tienen nuestra propuesta y recibieron una contraoferta de Prime Medical Partners.

—¿Los Padrotes están haciendo una carrera en su negocio?

Prime Medical Partners, o PMP como se llamaban a sí mismos, eran conocidos como los Padrotes por todos en el campo de la medicina debido a su práctica de comprar consultorios médicos y luego «racionalizar» sus operaciones. Lo que hacen en realidad es recortar los salarios en aproximadamente un 20% y la dotación de personal en aproximadamente un 30%, lo que resulta en un personal descontento y condiciones de trabajo inseguras. Una firma de capital privado con sede en Manhattan, representaban un peligro tácito para la atención médica.

—Sí. Van a ofrecer un precio más bajo y prometen el mismo nivel de servicio, pero todo el mundo sabe que eso es una mierda. En seis meses, no vas a reconocer este lugar, si se apoderan de él.

—¿Alguna forma de ofrecer una oferta competitiva contra ellos?

—La verdad es que no. Nos enfocamos en mantener el mejor personal que podemos. No les importa nada de eso, porque no se preocupan por los beneficios a largo plazo de una atención al paciente de mayor calidad.

—¿Y cómo piensas vencerlos?

—De ninguna manera están operando legalmente. Tenemos que averiguar cómo convencen a los hospitales de que acepten el inevitable golpe de relaciones públicas por la menor calidad de la atención.

Eso despertó mi interés. Tenía recursos para desenterrar información.

—¿Quiénes serían los objetivos?

—Tres tipos están liderando la negociación. Matt Hyde es su Director de Operaciones. Parece un hombre que dice sí y que no es realmente útil. Jim Billings, el Director Ejecutivo, es anestesiólogo, pero se pasó al lado oscuro hace años. No ha visto a un paciente en más de una década. Es engreído, pero inseguro. Le gusta jugar al tipo duro, pero en realidad solo quiere agradarle a la gente, lo cual es triste, porque en la verdad es que a nadie le cae bien.

—¿Quién es la tercera persona?

—Don Prost, el Asesor Legal de los Padrotes. El imbécil más grande que he conocido, y he estado en la sala de urgencias durante más de veinticinco años. Suele estar drogado con cocaína en las reuniones, hiperagresivo, narcisista y nunca se topado con un argumento que no quisiera discutir.

—Suena encantador. Déjame echarles un ojo a estos tres.

—¿Tienes algún talento especial que no conozco?

—Tengo recursos de los que no quieres saber nada. A lo largo de los años, he conocido a algunas personas que se especializan en desenterrar información. Déjame ver qué puedo encontrar.

—Está bien, pero no te metas en problemas por mí.

—No te preocupes. Voy a encontrar los problemas por mi cuenta.

•   •   •

El número de pacientes creció de manera constante a lo largo del día, pero la gravedad se mantuvo baja. Los casos típicos de lesiones menores, dolor torácico y dolor abdominal constituyeron la mayor parte del trabajo. Me llamaron a una sala de traumatología y me dijeron que dejara a Banshee en la estación de enfermeras. Encontré a un niño de seis años llorando en una camilla con la cabeza envuelta en una venda. El papá, que parecía a punto de desmayarse, se inclinó sobre la cama con la camisa cubierta de sangre.

Me acerqué a la camilla y me presenté.

—Soy Doc, ¿cómo te llamas?

Entre lágrimas, el niño respondió:

—Billy.

—Encantado de conocerte, Billy. Choca los cinco. —Me dio una palmada en la mano extendida—. ¿Cuántos años tienes, Billy?

—Tengo seis años.

—¿Trabajas?

Una sonrisa cruzó por su rostro.

—No, tonto. Voy a la escuela.

—Ir a la escuela me parece un trabajo. ¿Qué vas a ser cuando seas grande?

Sus ojos se iluminaron.

—Voy a ser astronauta.

—¿Un astronauta? ¿Vas a ir a la luna?

—No. Voy a ir a Marte. Voy a ser astronauta de Marte.

—¿Sacas buenas calificaciones?

—Sí, señor.

—¡Qué chido! Necesitas buenas calificaciones para ir a la escuela de astronautas. Voy a hablar con tu papá por un minuto, pero cuéntale a la enfermera Linda sobre Marte. Le encanta oír todo sobre Marte.

Se había olvidado momentáneamente de su herida en la cabeza y charlaba con Linda sobre el espacio y los cohetes. Volví mi atención a su padre y le tendí la mano.

—Soy el Doctor Docker, pero puedes decirme Doc por razones obvias. ¿Cómo te llamas?

—Tom.

—¿Eres su papá?

—Sí, señor.

—¿Qué pasó?

—Estábamos jugando en el parque, y este rottweiler estaba sin correa y atacó a mi hijo. Agarró su cabeza como una pelota de juguete y no la soltó. Tuve que patearlo un par de veces antes de que finalmente se soltara y huyera. Había mucha sangre. Llamé al 911.

—Tu niño va a estar bien. Los ataques de perros dan miedo y las heridas en la cabeza sangran mucho, pero míralo allí. Lo está haciendo muy bien.

Tom rompió en llanto al ver a su hijo contar historias espaciales.

—¿Cómo lo calmaste tan rápido? Era un desastre en el camino hacia aquí y no paraba de llorar.

—Esa es una reacción normal a un trauma. Estoy seguro de que estaba asustado y herido, pero la distracción hace maravillas. Déjame echar un vistazo rápido y ver lo que tenemos.

Billy terminó una historia sobre trajes espaciales.

—Billy, quiero ponerte un vendaje limpio. Ese que tienes en la cabeza es un desastre.

Le tembló la barbilla, pero levanté la mano y lo tranquilicé.

—No te preocupes. No voy a tocar nada, solo voy a cambiar el vendaje. ¿Está bien?

Lo quité para revelar su cuero cabelludo ensangrentado. Afortunadamente, el sangrado era lento. Dos largas hendiduras en la línea del cabello supuraban, pero lo más preocupante eran las heridas punzantes. Las mordeduras de perro pueden ser lo suficientemente fuertes como para perforar un hueso. Volví a envolver las heridas en una gasa nueva y las traté a ambas.

—Billy, creo que tenemos que hacerte una foto de la cabeza y conseguirte algún medicamento para asegurarnos de que no se infecte. Algunos de mis amigos van a venir a hacer eso. Tienen medicamentos especiales que te permiten tomar una siesta mientras nosotros arreglamos todo. ¿Trato?

Me dio una palmada en la mano extendida y aceptó.

—Trato, siempre y cuando no me atrapen más perros.

—Billy, sé que otro perro te hizo daño, pero no todos los perros son malos. Trabajo con un perro aquí en la sala de urgencias, y es el perro más agradable del mundo. ¿Quieres conocerlo?

Billy negó con la cabeza.

—No quiero.

—Conoce algunos trucos muy chidos. ¿Puedo enseñarte sus trucos?

Billy asintió, pero nervioso.

Llamé a Banshee a la habitación y lo presenté desde la distancia. Billy observaba con cautela, mientras le hacía hacer trucos básicos, sentarse, acostarse y suplicar.

—Mira qué más puede hacer.

Me di unas palmaditas en el pecho y le dije:

—¡ABRAZO!

Banshee saltó a mis brazos y se acurrucó en mí. Lo volví a sentar en el suelo y le dije:

—VUELTA.

Banshee realizó una voltereta hacia atrás perfecta. Entonces le ordené que se arrastrara, y Banshee se agachó para escabullirse por la habitación, dejando a Billy riendo al verlo. Finalmente, le pedí que se parara junto a la cama y besara la mano de Billy.

—Billy, ahora tienes que comandar a Banshee. Solo dile lo que quieres que haga.

Riendo, Billy dio órdenes de voltearse, gatear y saltar.

Llevé al papá al pasillo.

—Vamos a hacerle una tomografía computarizada, ya que parece que los dientes pueden haberle perforado el cráneo. Comenzaremos con algunos antibióticos y analgésicos intravenosos, y lo van a llevar al quirófano para limpiar todo y cerrar las heridas. Afortunadamente, todos están dentro de la línea del cabello, por lo que nadie va a poder ver sus cicatrices durante varias décadas. Va a estar bien.

—Gracias por hacerlo sonreír, doctor. Tenía miedo de que tuviera que luchar de por vida con el miedo a los perros.

—De nada. Banshee es bueno para la moral de todos.

Veinte minutos después, los resultados de la tomografía computarizada mostraron dos perforaciones en el cráneo con un diente roto en la herida. El cerebro no mostraba sangrado. Después de algunas llamadas a neurocirugía para llevarlo al quirófano, a una consulta de enfermedades infecciosas para elaborar su régimen de antibióticos y al equipo médico de hospitalizaciones para admitirlo, había hecho todo lo que podía. Billy nos saludó a Banshee y a mí mientras lo llevaban en silla de ruedas a la sala de operaciones.

Hay pocas cosas más satisfactorias que calmar a un niño asustado en la sala de urgencias.

—Buen trabajo, Banshee. Es por eso que te tengo cerca.

Banshee se acurrucó bajo un escritorio vacío en la estación de enfermeras y suspiró.

CAPÍTULO TRECE

Domingo 15 de marzo
8:21 p. m.

Salí de la regadera cuando sonó el teléfono con el identificador de llamadas que indicaba una llamada del gobierno de los Estados Unidos. Aunque era poco probable que el IRS o el Agente Duff tuvieran buenas noticias para mí, respondí.

—Hola.

—Doc, es Mac. ¿Tienes unos minutos para hablar?

—Claro. ¿Qué pasa?

—Supongamos que nuestros conocidos están escuchando.

—Entendido.

Realmente no había pensado en las implicaciones, pero decidí pensar más sobre mi presencia en la red.

—Odio preguntar, pero ¿estás disponible mañana? Los compañeros de trabajo de Mark están organizando un almuerzo para celebrar su vida, y no quiero ir sola.

—Encantado de acompañarte. Mañana es mi día libre. ¿A qué hora y dónde nos vemos?

—Puedo pasar por ti cerca de las 11:00 y podemos ir juntos.

—Voy a estar listo a esa ahora. ¿Puede Banshee ir con nosotros?

—Por supuesto. Cuídate Doc.

—Gracias. Buenas noches.

Terminé la llamada y dirigí mi atención a mi siguiente problema, Prime Medical Partners. Había prometido encontrar información, y solo tenía la fuente. El BT es un hacker que me había ayudado anteriormente para descubrir información que había dado lugar a cargos penales. El increíble muchacho podía hackear cualquier cosa. Un poco paranoico y alimentado por Adderall y cafeína, era un genio con un teclado.

Lo llamé desde mi teléfono desechable, preparado para las respuestas rápidas que requeriría El BT, pero sorprendentemente, el teléfono sonó cuatro veces antes de que una mujer que estaba masticando un chicle respondiera:

—Sí.

—Lo siento. Estoy buscando a El BT.

—Este es su teléfono. Está ocupado.

En el fondo, escuché lo que sonaba como veinte manos en diez teclados. El BT estaba en medio de un frenesí de hackeo.

—¿Quién eres?

—Vete a la chingada. ¿Quién carajos eres tú?

—Soy Doc. He trabajado con El BT antes.

—Espera. —La escuché gritar—: Oye, Gran B, ¿conoces a un tal Doc?

Una pausa de un milisegundo en los teclados antes de que volviera el estruendo, me respondió:

—Está bien, dice que eres de confianza y que tienes un perro muy chido. ¿Qué necesitas?

—¿Quién eres exactamente?

—Su novia. Puedes decirme Spike.

—Está bien, Spike. Necesito información sobre algunas personas.

—¿Qué tipo de información?

—Del tipo que no quieren que nadie sepa.

—Entendido. Información de la que me gusta.

—Todo lo que puedas encontrar.

—¿Es esto personal o de negocios?

—Negocios. Están jugando con nuestro contrato y no lo hacen según las reglas.

—No hay problema. ¿Cuántos nombres?

—Tres nombres y una empresa.

—Envíamelos a esta dirección de correo electrónico y transfiere $2500 en Bitcoin a esta dirección. Que tengas un buen día.

Terminó la llamada antes de que pudiera despedirme. Negué con la cabeza, mientras transfería la información y los Bitcoin a una hacker llamada Spike. Decidí irme a acostar con un buen libro y la esperanza de dormir. Banshee estuvo de acuerdo y se acurrucó en el suelo a mi lado.

CAPÍTULO CATORCE

Lunes 16 de marzo
10:58 a. m.

Mac llegó puntualmente a las 11:00 a. m., vestida con otro traje negro y una blusa blanca. Las grandes mentes deben pensar igual, ya que yo llevaba exactamente lo mismo. Me miró de arriba abajo, mientras abría la puerta y se escapó una breve carcajada.

—Bueno, esto es incómodo —dijo ella.

—Es un poco demasiado. ¿Qué tal si me cambio de camisa? No me tardo nada.

—Gracias. Voy a pasar el rato con Banshee.

Me puse una camisa azul claro y regresé para encontrar a Mac sentada en el suelo rascándole vigorosamente las dos orejas.

—Cuidado, se vuelve empalagoso.

—Está bien. Es un buen perro, y los buenos perros necesitan que les rasquen las orejas. Es tan callado.

—Puede hacer algo de ruido cuando se necesita.

—¿Ladra cuando se le ordena?

—Quédate aquí a mi lado.

Hice que Banshee se sentara en posición de atención, y luego golpeé tres dedos de mi mano derecha en mi antebrazo izquierdo. Banshee aulló con saña, y el eco reverberó por toda la casa hasta que le hice señas para que se calmara.

—Eso es un poco aterrador. ¿Lo hace con cualquiera?

—Tiene que confiar en la persona que da las órdenes. ¿Quieres intentarlo?

—Banshee, OBEDECE —dije, mientras señalaba a Mac.

Se dio tres golpecitos con los dedos en el antebrazo y Banshee aulló tan fuerte como pudo hasta que le hice señas para que se calmara.

—Es el perro más increíble que he conocido.

Banshee movió la cola mientras ella se levantaba para irse.

—Gracias, de nuevo, por acompañarme.

—Es un placer. Gracias por pensar en mí.

Abrió el camino hacia su carro, un flamante Mercedes SL Roadster en un hipnótico verde. Silbé con admiración.

—Es un carro precioso —lo rodeé.

—Gracias. Es mi único derroche. A mi papá le gustaba correr y se aseguró de que yo apreciara los automóviles finos. Nada se compara con el rendimiento y el lujo de un modelo AMG en carretera abierta.

Nos acomodamos en el carro y los neumáticos chirriaron cuando ella se metió en el tráfico.

—¿Has hecho algún progreso con la última pista? —pregunté.

—En realidad, no. La imagen especular del 37 es el 73, claro, pero no sé su significado, salvo que es típico de Mark, básico, pero frustrante.

—Voy a tener los ojos abiertos para ver si encuentro un cartel que apunta al 73. ¿Dónde es el almuerzo?

—Está en su laboratorio de DARPA, probablemente para minimizar el tiempo que sus compañeros de trabajo no están trabajando.

—¿Conoces a alguno de ellos?

—La verdad es que no. Son bastante solitarios. Con suerte, al menos podemos averiguar en qué estaba trabajando Mark.

—A lo mejor alguien tiene un cartel grande con el número 73.

Hizo un cambio de velocidad y pisó el acelerador para aprovechar una apertura en el carril central. Ella esbozó una sonrisa mientras me miraba.

—No te asusté, ¿verdad?

—Pareces bastante cómoda con el carro. Me siento mal por la gente que intenta seguirte.

Ella se echó a reír, mientras pasaba a toda velocidad junto a un carro por el arcén y aceleraba hacia el espacio abierto.

Llegamos en una sola pieza y encontramos un estacionamiento cerca. El anodino edificio de vidrio y metal tenía siete pisos.

Mac tomó nota de mi escrutinio del edificio.

—No dejes que el exterior te engañe. Este edificio especializado alberga a algunas de las personas más inteligentes del país que trabajan en tecnologías revolucionarias protegidas por un sistema de seguridad inigualable.

Entramos a través de puertas dobles de vidrio y nos acercamos a la recepción, atendida por un solo guardia.

—¿Puedo ayudarlos?

—Soy Mackenzie Lawton, y este es mi amigo, AJ Docker. Estamos aquí para reunirnos con algunos de los compañeros de trabajo de mi hermano Mark.

—Lamento tu pérdida. Verificaciones de antecedentes aprobadas para ambos. Estas insignias le permiten acceder solo al primer piso. Cualquier intento de acceder a otros pisos es una violación de los estatutos federales y resultará en su arresto y enjuiciamiento. Por favor, dejen todos los dispositivos electrónicos conmigo. Cualquier intento de tomar fotografías o grabar imágenes del edificio también es una violación de la ley federal. ¿Entienden estas reglas?

—Sí, señor —respondimos, mientras le entregábamos nuestros teléfonos.

—¿Qué pasa con el perro?

—Es un animal de servicio, entrenado para calmar a la gente en momentos de estrés —dije.

El guardia alzó una ceja, mientras miraba a Banshee.

—¿Está entrenado?

Chasqueé los dedos y Banshee saltó a mis brazos.

—SONRÍE —dije, y Banshee se sonrío ante el guardia.

—CHOCA LOS CINCO —dije, y Banshee extendió una pata, que el guardia golpeó nerviosamente, mientras daba un paso atrás.

—Parece que está bien entrenado. Tú eres responsable de él.

Caminamos a través de un detector de metales y fuimos conducidos a través de una puerta sólida a un pasillo corto. La primera puerta se cerró con estrépito antes de que la segunda diera paso a una zona del vestíbulo.

—Aquí se toman en serio la seguridad —dije.

Mac señaló las rejillas de ventilación del techo.

—Probablemente puedan inundar este lugar con gas en segundos.

La segunda puerta daba a un pasillo con una gran sala de conferencias acristalada llena de unas pocas docenas de personas. Una foto de Mark con un premio descansaba sobre un caballete fuera de la puerta. Mac respiró hondo y cuadró los hombros.

—¿Estás bien? —pregunté.

Mac entró en la habitación con paso seguro y la conversación disminuyó, mientras una treintena de pares de ojos dirigían su atención hacia ella. El diverso grupo se había vestido de manera informal, muchos de ellos con batas blancas de laboratorio. Nada revelaba sus increíbles intelectos.

Un hombre de mediana edad se adelantó y extendió la mano.

—Soy Mike Snowburn, Director de DARPA, gracias por venir hoy. Todos estamos tristes por la pérdida de Mark.

—Gracias por organizar este homenaje en su honor. Este es mi amigo AJ y su perro de servicio, Banshee.

Me estrechó la mano y miró con recelo a Banshee. Obviamente no era una persona de perros, se llevó a Mac a conocer a algunas personas, dejándonos a mí y a Banshee. Me agaché para rascarle las orejas.

—Vamos a buscar algo para botanear y veamos si a alguien le gustan los perros.

Banshee agitó la cola mientras avanzábamos por la reunión.

Mientras tomaba una galleta, una voz tranquila detrás de mí volvió a llamar mi atención.

—Disculpa, ¿cómo se llama tu perro?

Una menuda mujer asiática de poco más de treinta años, vestida con un vestido negro ajustado, dejó que Banshee oliera su mano.

—Es Banshee, y yo soy AJ, pero todo el mundo me dice Doc.

Le ofrecí mi mano y ella la tomó suavemente. Retiró su mano después de un breve apretón.

—Soy Elise. ¿Puedo acariciarlo?

—Por supuesto, a Banshee le encanta la atención. «AMIGO».

Banshee se apoyó en su mano, mientras ella le rascaba las orejas, y su suave sonrisa creció. Me quedé de pie torpemente con una galleta en la mano.

—¿Qué haces aquí?

Ella alzó la vista.

—Trabajo con láseres. Es clasificado.

—De todos modos, no entendería mucho sobre láseres. ¿Conocías bien a Mark?

Sus ojos se llenaron de lágrimas y tembló mientras intentaba contener su dolor.

—Nunca trabajábamos en los mismos proyectos, pero nos veíamos por el edificio. Era un buen hombre. ¿Cómo lo conociste?

—Lamentablemente, nunca llegué a conocer a Mark. Soy médico en la sala de urgencias y estaba trabajando cuando lo trajeron el viernes. Ojalá hubiéramos podido salvarlo.

Miró a Banshee, pero no pudo ocultar las lágrimas que goteaban en su pelaje. Le entregué una servilleta para que se secara los ojos y le di un tiempo para que se calmara.

—Perdóname.

—Nada que perdonar. Obviamente significaba mucho para ti.

—Era un muy buen amigo. No merecía morir así.

—Nadie merece morir así. ¿Sabes en lo que estaba trabajando?

—Nadie sabía exactamente. Aquí todo el mundo guarda secretos, y Mark era especialmente reservado. Dijo que tenía el potencial de cambiar el mundo, para bien o para mal.

—Esa es una descripción audaz.

—De eso se trata aquí en DARPA. Cambiamos el mundo. Ahora bien, nunca sabremos lo que Mark podría haber aportado. He oído que su obra se ha perdido.

—Eso es lo que me dice Mac. Ninguno de sus compañeros de trabajo tiene una copia?

—Se rumorea que nadie conocía su investigación, excepto Mark, y la escondió. Vaciaron su oficina y se llevaron todo de su laboratorio, pero todavía están haciendo preguntas, por lo que no han encontrado lo que buscan.

—¿Quiénes son?

—Gente espeluznante del gobierno con trajes sin identificaciones que trabajan para agencias anónimas.

—Sí, he tenido el placer de conocer a algunas de esas personas.

—¿Podrías presentarme a Mac, por favor? Quiero darle mi pésame a su hermana.

—Por supuesto. Sígueme.

Esquivamos a través de pequeños grupos para llegar a Mac, y la presenté.

—Esta es Elise. Ella hace algo con láseres y conocía a tu hermano.

—Encantada de conocerte —dijo Mac, mientras ella le tendía la mano.

—Igualmente —respondió Elise y agarró la mano de Mac con más fuerza de la que había agarrado la mía. Lo sacudió y luego giró la muñeca para revelar un elaborado tatuaje en la parte inferior de su antebrazo. El número 1001001 estaba intrincadamente dibujado rodeado por un hipnotizante patrón arremolinado de verdes, azules y amarillos.

Mac miró el tatuaje por un momento y luego miró a Elise, todavía sosteniendo su mano.

—Es un tatuaje precioso. ¿Qué tan bien conocías a Mark?

Elise soltó su agarre y miró alrededor de la habitación.

—Una conversación para otro momento. Suelo cenar en el Golden Chop a las ocho de la noche los martes. Eres bienvenida a unirte a mí mañana, si tienes tiempo.

Le dio unas palmaditas en la cabeza a Banshee y abandonó la habitación en silencio.

—¿Qué carajo acaba de pasar? —le susurré a Mac.

—Luego te digo. Hay que terminar con esto.

Pasamos una hora en la habitación con compañeros de trabajo compartiendo historias y ofreciendo condolencias. El Sr. Snowburn pronunció un breve discurso elogiando las contribuciones de Mark a la ciencia, y Mac agradeció a la multitud por su apoyo. Finalmente, pudimos irnos con gracia.

Nos abrochamos el cinturón de seguridad en el carro y no pude contenerme más.

—¿Qué pasó con Elise?

—¿Viste el tatuaje?

—Claro.

—¿Reconociste el número?

—Sí, 1001001. ¿Qué significa?

—En base 10, significa un millón, mil y uno.

—Descifré esa parte.

—¿Sabes lo que representa ese número en base 2?

—Ni idea.

—En base 2, ese número se traduce en 73.

—¿En serio?

—Sí. La imagen especular de 37 es 73, y esa mujer tiene un elaborado 73 en su brazo. Estoy segura de que era la novia de Mark.

—Ella no mencionó eso.

—Es inteligente y sabe que la están observando. Es por eso que quiere reunirse mañana para cenar en algún lugar donde se sienta segura. Espero que te guste la comida china.

CAPÍTULO QUINCE

Lunes 16 de marzo
1:43 p. m.

Mac se apresuró a ir al trabajo para ponerse al día con las llamadas perdidas. Las obligaciones de la oficina de la Senadora Whitehurst se acumularon incesantemente con mensajes y demandas. Mac comenzó a revisar los mensajes, filtrándolos para contactar de inmediato y dejando el resto a un lado para que un asistente le devolviera la llamada. Estaba tan absorta que no se dio cuenta de la entrada de la Senadora y esperó cortésmente que la notara.

—¿Cómo estuvo el funeral? —preguntó.

Sobresaltada, Mac la miró a los ojos.

—Senadora. Lamento no haberla oído acercarse. El memorial fue bonito. Los amigos de Mark tenían muchas cosas amables que decir sobre él.

—Me alegra escucharlo. ¿Pudiste descubrir alguna información sobre lo que estaba haciendo?

—La verdad es que no. Todo el mundo estaba atento a lo que sucedía en ese edificio.

—¿Has hecho algún progreso en su investigación general?

Mac rara vez ocultaba información a la Senadora, pero sus preguntas parecían demasiado directas.

—No, señora. Estoy atascada en su última pista.

La Senadora examinó detenidamente la expresión de Mac. Dos décadas en Washington le habían enseñado a leer a la gente. Pocos podían sostener su intensa mirada, pero Mac estaba a la altura de la tarea. La Senadora rompió el contacto visual.

—Muy bien. Manténme informada de cualquier actualización.

—Sí, señora.

Mac volvió al trabajo, y la Senadora se recluyó en su despacho interior, detrás de la puerta cerrada. Se sentó y sacó un teléfono desechable de su escritorio. Los teléfonos del gobierno eran seguros, pero todas las llamadas se registraban y estaban sujetas a citaciones. No todo el contacto estaba destinado a ser compartido.

Escribió un mensaje de texto en la aplicación Signal.

«No hay progreso».

La respuesta no tardó en llegar.

«Inaceptable. Incrementa la presión».

La Senadora borró los mensajes, volvió a meter el teléfono en el cajón y arrastró su atención a otros asuntos.

·   ·   ·

Decidí salir a correr por la tarde para despejar la cabeza. Banshee y yo salimos de la casa para dar un corto paseo hacia el Capitolio, y me di cuenta de que un carro me esperaba para seguirme. Seguridad Nacional parecía haber elegido la intimidación sobre la sutileza. El carro bajó a un agente antipático para que me acosará a pie y siguió siguiéndonos.

—¿Qué dices, Banshee? ¿Se te antoja hacer encabronar a Seguridad Nacional?

Banshee movió la cola en anticipación de una aventura, mientras caminábamos hacia el Capitolio por una banqueta ancha y semi abarrotada. Llegamos al Paseo Nacional para unirnos a la multitud habitual de turistas y nos pusimos en marcha a ritmo de calentamiento.

El agente que nos seguía a pie subió de nuevo al carro para seguirnos. El Paseo Nacional está lo suficientemente abierto como para que me sigan desde la calle.

Mis travesuras comenzaron cuando llegué a un banco vacío, me senté y, no tan sutilmente, metí la mano debajo del banco antes de ponerme de pie de repente para continuar trotando. Unos minutos después, encontré una lata de Coca-Cola en el suelo. Lo recogí y miré adentro antes de dirigirme a un bote de basura y dejarlo en el suelo a su lado, asegurándome de girar el bote hasta que el logotipo fuera visible. De repente cambié de dirección, lo que provocó que los agentes cortaran el tráfico para seguir el ritmo. Me senté en tres bancos más, tropecé con algunos extraños y me detuve para hacer movimientos giratorios con los dedos. Hice seis sólidos kilómetros de ejercicio a pesar de mis esfuerzos, ciertamente infantiles, pero divertidos, al menos para mí.

Banshee y yo nos calmamos mientras caminábamos más despacio hacia casa. Las puertas de un carro se cerraron de golpe, cuando giramos hacia mi calle, y el Agente Duff se quedó de pie con las manos en las caderas, respaldado por otros dos agentes. Los pelos de Banshee se erizaron con un gruñido bajo, y lo tranquilicé.

—¿Esa bestia va a ser un problema? —preguntó Duff.

—Depende de lo que tú y tus dos bestias hagan a continuación.

Los dos agentes se enfurecieron, pero Duff esbozó una sonrisa y les hizo señas para que volvieran al carro. Memoricé sus caras, ya que no se veían muy contentos conmigo.

—¿Quieres decirme qué chingados estabas haciendo en el Paseo Nacional?

—Solo salí a hacer un poco de ejercicio para disfrutar de la hermosa tarde.

—Mis hombres me dicen que actuabas de manera sospechosa, revisando los bancos, chochando con extraños, dejando señales.

—Solo estaba descansando las piernas, recogiendo basura, saludando a los turistas y disfrutando de mi libertad aquí en el Capitolio.

—O eres el espía más tonto de la historia, el más listo, o nos estás jodiendo. Como no pareces ni un idiota ni un maestro espía, creo que nos estás jodiendo.

Levanté las manos en señal de rendición.

—Me atrapaste. No puedo engañar a Seguridad Nacional.

—¿Por qué nos haces perder el tiempo?

—¿Por qué me sigues?

—Porque tomaste algo de Mark Lawton y se lo diste a su hermana, y ahora la estás ayudando a buscar el trabajo de Mark.

—Creo que todo lo que tienes es una corazonada, o estaríamos teniendo esta conversación en una habitación del Departamento de Seguridad Nacional en lugar de en mi banqueta.

—Puedo concertar una entrevista más formal si lo prefieres.

—Podrías, pero no creo que quieras publicidad.

El Agente Duff suspiró.

—El trabajo de Mark Lawton es una cuestión de seguridad nacional. Tengo órdenes del más alto nivel del gobierno de encontrarlo antes de que ciertos camaradas lo descubran. Dime lo que sabes.

—Sinceramente, no tengo ni idea de en qué estaba trabajando ni dónde podría estar esa información. Lo que sí sé es que Seguridad Nacional me está molestando sin ninguna razón. Las últimas palabras de Mark fueron un mensaje personal para su hermana. Le entregué ese mensaje y me pidió que la acompañara a un memorial para su hermano. Eso es todo.

—¿Es normal que un médico pase ese tiempo con el familiar de un paciente muerto?

—Lo es si tienes empatía. Entonces, normal para mí, pero tal vez no tanto para ti.

—Lo único que quiero es la investigación, y haré lo que sea necesario para conseguirla. Si descubro que me estás ocultando información, o peor aún, ayudando a los camaradas antes mencionados, vas a estar encerrado durante mucho tiempo.

—Gracias por la advertencia. ¿Tus matones van a seguir siguiéndome?

—Sí.

—Diles que dejen de lado sus tácticas de intimidación absurdas, y yo dejo de hacerlos perder el tiempo con falsos puntos de entrega y encuentros encubiertos. ¿Trato hecho?

—Trato. ¿Toda esa actividad en tu carrera era una mierda falsa?

—Era una mierda falsa al cien por ciento.

—Es bueno saberlo, pero todavía tenemos que asegurarnos. Tuvimos que perder el tiempo revisando a los turistas con los que te has topado y revisando los putos bancos del parque. Ten cuidado, doctor. Esta gente no se anda con chingaderas. Tres cuerpos se están enfriando en la morgue. Mi consejo para ti de nuevo es que te alejes de esto, preferiblemente bajo custodia protectora.

El Agente Duff se dio la vuelta y se fue en el carro con su equipo con el ceño fruncido, dejándome solo en la banqueta con Banshee.

—¿Qué dices, muchacho? ¿Deberíamos renunciar o seguir buscando la investigación?

Banshee giró la cabeza hacia un lado y movió la cola.

—Estoy de acuerdo. Vamos a llevar esto hasta el final mientras Mac nos necesite.

CAPÍTULO DIECISÉIS

Martes 17 de marzo
10:23 a. m.

Mientras bebía mi tercera Coca-Cola Light de la mañana, Lisa me alertó sobre el trauma que se avecinaba.

—Atención, doctor. Una de sus lesiones menos favoritas se dirige hacia nosotros.

—Por favor, no me digas que es una lesión de bolsa de aire.

—Sí.

—¿Una o dos piernas?

—Ambas.

—Maldita sea. Vamos a instalarnos en la habitación uno. Voy a llamar a Orto.

Tim, el estudiante de medicina que trabajaba conmigo durante el día, preguntó:

—¿Cuál es el problema con las bolsas de aire? Pensé que prevenían lesiones.

—Salvan vidas en general, pero pueden causar daño. Se despliegan solo de 30 a 45 centímetros dependiendo del vehículo, pero lo hacen en menos de 0.05 segundos, lo que significa que se expanden a velocidades de hasta 320 km/h. Cuando los pasajeros apoyan los pies en el tablero y la bolsa de aire se despliega, sus piernas se ven obligadas a retroceder con fuerza al menos 30 centímetros a 320 km/h, incluso en un choque menor, causando daños catastróficos a las caderas y piernas.

—¿Es por eso que es su lesión menos favorita para atender en la sala de urgencias?

—También se debe a que hay que ser lo suficientemente ágil como para poder doblar las piernas sobre el tablero, por lo que suele afectar a personas jóvenes y atléticas. Vamos a ver lo que tenemos.

La ambulancia llegó momentos después y tuvo que maniobrar con cuidado a través de la puerta debido a que una pierna sobresalía de la camilla, sostenida por un paramédico. El paciente se encontraba en evidente angustia.

—Pasajera de diecisiete años en accidente a baja velocidad. Ambos pies en el tablero y la bolsa de aire desplegada. Deformidades evidentes en ambas caderas, pero pulsos intactos. Ningún otro historial médico. Se llama Julie.

La trasladamos con cuidado a otra camilla.

—Julie, soy Doc. Te vamos a conseguir algo para el dolor y luego te vamos a arreglar las piernas, ¿está bien?

Julie asintió entre lágrimas.

La enfermera le puso la primera dosis de fentanilo y la respiración de Julie se hizo más lenta, mientras el medicamento hacía efecto, lo que nos permitió examinarla. Su pierna izquierda mostraba una deformidad evidente del fémur, pero su pierna derecha me preocupaba más. Rotado externamente a la cadera, no volvía a su posición, lo que indicaba una dislocación de cadera y una probable fractura. Sorprendentemente, todavía tenía buen pulso en el pie, por lo que la circulación estaba intacta.

El ortopedista llegó, mientras el departamento de radiología completaba sus radiografías, y compartió su plan.

—El fémur izquierdo tiene una diáfisis media de ruptura limpia. La reparación debe ser una simple placa y tornillos. El lado derecho es un desastre. La cabeza del fémur se arrancó y reventó la articulación de la cadera. Va a necesitar un reemplazo total de cadera en ese lado, ya que dudo que podamos salvar el hueso. Necesitamos que se levante lo antes posible antes de que pierda el pulso en esa pierna. ¿Está su familia aquí?

El ortopedista se fue a hablar con la familia, mientras nosotros hacíamos arreglos para que ella fuera al quirófano. A los quince minutos, estaba en camino.

—¿Cuál es su pronóstico? —preguntó Tim después de que ella se fue.

—El fémur debería cicatrizar bien a la izquierda. El lado derecho nunca va a ser normal, incluso si el reemplazo de cadera es perfecto, y va a necesitar que le reemplacen esa cadera nuevamente en 15 o 20 años. Se enfrenta a un largo camino hacia la recuperación. ¿Aprendiste algo del caso?

—Nunca poner los pies en el tablero.

—Felicidades. Sacaste un 10 por el día. Díselo también a todos tus amigos. Detesto estos casos.

·   ·   ·

El doctor Pastone me encontró unos minutos antes del mediodía.

—¿Estás listo?

—No estoy seguro de si alguna vez voy a estar listo para esto. ¿Quién va a estar allí hoy?

—Altos directivos del hospital y un par de miembros de la junta directiva, así como nuestros amigos de los Padrotes.

—Probablemente vamos a tener algo de comida decente ya que los perros grandes están allí.

—¿Qué pasa? ¿Los sándwiches de pollo del día anterior no son lo suficientemente buenos para ti?

—Los del día anterior están bien. Son los de tres días los que pueden convertirte en uno de mis pacientes en la sala de urgencias.

Encontramos la sala de juntas y nos acomodamos en las costosas sillas reclinables preferidas por los ejecutivos de los hospitales de todo el mundo. Reboté en los resortes cuando John se inclinó para susurrar:

—Tenemos que robar un par de estas sillas para la sala de urgencias.

—Voy a conseguir una para mi casa también.

Centré mi atención en el grupo que se presentaba. Un pequeño grupo de ejecutivos trajeados del hospital entró y nos hizo un gesto cortés antes de adular a los dos miembros de la junta que ya estaban sentados.

John se inclinó nuevamente para hablarme.

—Espero que la lonchera contenga algo de ChapStick. Va a haber unos labios secos de todos los besos en el culo que se dan por aquí.

Risas bulliciosas llegaron desde el pasillo, seguidas por tres hombres que entraban en la sala de juntas. El hombre alto y calvo habló a sus amigos.

—No hay forma de que pague por eso. Demándame si quieres. Lo alargaré durante años.

Sus colegas aparentemente encontraron esto hilarante mientras se producía otra ronda de risas.

Levanté las cejas hacia John y él se inclinó.

—Don Prost, el abogado.

—¿El pendejo?

—Al cien por ciento.

Todos se acomodaron en sus asientos, mientras Tina Cantrell, la Directora Ejecutiva del hospital, declaraba abierta la reunión.

—Empecemos. Presentaciones rápidas y luego ambas partes pueden presentar sus propuestas, seguidas de preguntas.

Tina había ocupado el cargo durante tres años y era conocida por su enfoque sensato de la gestión. Inteligente, segura de sí misma y muy respetada, tendía a hacer preguntas directas que aclaraban la información para todos.

Después de presentaciones rápidas y casuales, Jim Billings, Director Ejecutivo de Prime Medical Partners, tomó la palabra. Esperó un momento hasta que todos los ojos estuvieron puestos en él, luego se levantó de su posición reclinada. Exudaba un comportamiento desagradable y arrogante al instante, pero parecía no darse cuenta ni importarle. Vestido con pantalones de mezclilla, una camisa abotonada con demasiados botones desabrochados y un saco de vestir, personificó a un ejecutivo engreído.

—Gracias por recibirnos hoy aquí. Antes de continuar con nuestra propuesta, me gustaría compartir con ustedes un poco sobre cómo Prime Medical Partners se convirtió en un líder en la dotación de personal para las salas de urgencias. La idea comenzó cuando estaba en la universidad.

Continuó hablando durante varios minutos con voz nasal sobre lo brillantes que eran sus ideas y cómo había hecho crecer la empresa. A juzgar por los párpados entrecerrados del público, su discurso no impresionó a nadie. Finalmente, terminó.

—Ahora, me gustaría ceder la palabra a Matt Hyde, el Director de Operaciones de Prime Medical Partners, para que presente nuestros datos.

Matt se puso de pie y ajustó nerviosamente las notas frente a él. Un hombre de estatura media de unos cuarenta años, vestía de manera idéntica a su jefe, con una camisa azul en lugar de la blanca, y con la cantidad de botones apropiada abotonados en su camisa. Empezó en un tono monótono.

—Prime Medical Partners es el líder en dotación de personal para salas de urgencias a nivel nacional, con más de 110 instituciones que actualmente utilizan nuestros servicios.

Yo ya lo sabía, porque estaba estampado en la diapositiva frente a nosotros, y él lo había leído palabra por palabra. Lo único peor que una presentación de Power Point es una presentación de Power Point leída palabra por palabra en un tono monótono. Matt confirmó mis peores temores cuando la siguiente diapositiva apareció en la pantalla, y obedientemente reanudó su monótona lectura de hechos mundanos sobre la industria.

Cuarenta y un diapositivas y veinte minutos después, la prueba de resistencia que debería estar prohibida había terminado. Dos páginas de garabatos frente a mí me habían mantenido ocupado, mientras que John había roto silenciosamente una página en mil pequeños pedazos de confeti. Alrededor de la mesa, los rostros iban desde el desinterés hasta el coma, con la notable excepción del equipo de PMP, que al parecer había encontrado cautivadora la presentación.

Don Prost, el abogado, cerró la presentación.

—Como pueden ver, Prime Medical Partners es el líder nacional en el suministro de soluciones de dotación de personal asequibles para los sistemas hospitalarios. Nuestro enfoque innovador y basado en datos nos permite dotar de personal a los niveles más eficientes y, al mismo tiempo, mantener una atención de alta calidad. Podemos reducir los costos de personal de su sala de urgencias en un 22% sin disminuir la eficiencia ni la satisfacción del cliente. Deje de pagar de más por los servicios y disfrute de la mayor rentabilidad que solo puede proporcionar Prime Medical Partners. Gracias.

El grupo ofreció un aplauso silencioso.

—Gracias. Dr. Pastone, por favor, presente su información, y luego tendremos tiempo para hacer preguntas —dijo Tina.

John se puso de pie y caminó hacia el frente de la habitación, donde podía hacer contacto visual con todos.

—Gracias, Sra. Cantrell. Como saben, nuestro grupo ha estado aquí durante más de veinte años, y yo he estado al mando durante los últimos diez. Durante ese tiempo, hemos visto un tremendo crecimiento y hemos mantenido una atención y un servicio de alta calidad para todos los clientes. Hemos sido capaces de reclutar y retener personal en un mercado ajustado, y somos el líder en nuestra industria. Con el debido respeto a los caballeros de Nueva York, simplemente no hay forma de que los costos de personal se puedan reducir en un 22% mientras se mantiene la calidad y el rendimiento.

Me quedé tan sorprendido como todos los demás cuando Don Prost se puso en pie de un salto.

—Aguanta, hijo. No voy a permitir que nos llamen mentirosos. Nuestro sistema está probado y nuestros datos son claros. Podemos hacer esto.

Tina golpeó la mesa con la mano.

—Sr. Prost, esto es inaceptable. No sé cómo se hacen las cosas en Nueva York, pero aquí somos civilizados en las reuniones. A usted le tocó tu turno. Por favor, siéntese y permanezca en silencio mientras el otro grupo presenta.

Don parecía que estaba a punto de explotar, pero una mano en su brazo por parte del CEO lo convenció de sentarse. Continuó mirando a John durante toda la presentación.

John habló durante diez minutos sin una sola diapositiva para leernos. Habló apasionadamente sobre lo que su grupo había logrado, lo que la comunidad significaba para ellos y el camino a seguir para el hospital. Al final, se sentó a mi lado entre aplausos.

—¿Cómo me fue?

—Puede que lleven la delantera. Su chico demostró que sabe leer, aunque tú fuiste mucho más simpático.

—Gracias. —Tosió un poco de risa, aunque había mucho en juego.

Después de aproximadamente media hora de preguntas y respuestas, Tina finalizó la reunión.

—Gracias a todos por su tiempo. Por favor, envíenme sus propuestas finales antes del jueves. La Junta va a tomar una decisión a principios de la próxima semana.

Nos despedimos y Don Prost agarró a John del brazo, mientras girábamos por el pasillo hacia la sala de urgencias.

—Creo que me debes una disculpa por haberme llamado mentiroso ahí dentro.

John miró la mano en su brazo hasta que lo soltó, y luego dio un paso adelante.

—En el este de Texas, se nos enseña desde una edad temprana a nunca llamar hijo a otro hombre y nunca poner las manos sobre otro hombre, a menos que estés listo para terminar el trabajo. Claramente, fuiste criado por un conjunto diferente de reglas, así que estoy dispuesto a dejar pasar esto, pero ahora que estás educado, te sugiero que elijas tus acciones más sabiamente en el futuro.

Don dio un paso adelante, invadiendo el espacio de John.

—Me importan una mierda tus reglas del este de Texas. Te lo advierto, aléjate de mí.

John mantuvo su mirada en silencio hasta que el CEO apartó a Don.

—Creo que no le caes bien —dije.

—Los sentimientos son mutuos. Déjame saber lo que tu amigo hacker tiene que decir. No voy a perder contra ese cabrón.

—Estoy en ello.

•   •   •

Don seguía furioso mientras el equipo de PMP se metía en su carro. Matt conducía, mientras Jim y Don se sentaban en el asiento trasero. Matt no tenía ni idea de que no era más que un chófer glorificado para ellos.

—Te lo prometo. Si ese campesino me vuelve a llamar mentiroso, le van a pasar cosas malas —dijo Don.

—Necesitas relajarte. El voto está siendo atendido y no necesitamos la atención extra. Además, ese chico de campo probablemente te patearía el trasero de vuelta a Nueva York si lo vuelves a tocar —dijo Jim.

—Odio a estos médicos rurales y su sentido del deber de mierda. Va a ser un placer arrancar ese contrato y despedir su lamentable trasero. Lo primero que voy a hacer es despedirlo, y luego hacer todo lo posible para asegurarme de que no reciba ninguna recomendación decente para su próximo trabajo.

—Relájate. Este no es el momento para venganzas personales. No pierdas de vista el premio. Ese contrato tendrá un valor de cinco a seis millones anuales para nosotros, y puede abrirnos otros contratos en este mercado. Tenemos que cerrar esto con el menor alboroto posible.

—¿A quién tenemos a bordo?

—Tenemos al Director de Operaciones en la bolsa y eso debería ser suficiente para influir en los votos. Era vulnerable con sus hijos yendo a la universidad y todavía pagando la pensión alimenticia a su primera esposa.

—¿Y el CEO? —preguntó Don.

—No hay ninguna posibilidad. Los registros están limpios y las finanzas están en orden. No hay vulnerabilidades.

—Es una vergüenza. Es más fácil cuando somos tenemos bajo control a los que toman las decisiones finales.

—Vamos a estar bien. Ha funcionado todas las demás veces, y va a funcionar esta vez. Solo trata de relajarte y no instigar ningún problema.

—Está bien, pero voy a disfrutar despidiendo a ese engreído hijo de puta.

—No tengo ninguna duda.

Al frente, Matt continuó conduciéndolos hacia casa. Tenía algunas ideas sobre el tema, pero sabía que no debía hablar a menos que le hicieran una pregunta específica.

CAPÍTULO DIECISIETE

Martes 17 de marzo
3:15 p. m.

De vuelta en la sala de urgencias, revisé mi correo electrónico para descubrir que Spike había enviado cuatro archivos adjuntos. Todavía no tuve tiempo de leerlo, y Mac me interrumpió con una llamada a mi teléfono habitual.

—¿Cómo está hoy mi Jefa de Gabinete Senatorial favorita?

—Bien, solo tengo un minuto, y recuerda, esto es probablemente una línea compartida.

—Debidamente anotado. ¿Cuál es el plan?

—Encuéntrame en la entrada del edificio Hart hoy a las siete y media.

—Nos vemos ahí. Que tengas un buen día.

—Tú también.

Terminé la llamada y fui a ver a otro paciente en lo que resultó ser una tarde ajetreada.

—Vamos, muchacho. Tenemos que arreglar una lesión de golf.

El gráfico solo reveló que se trataba de una lesión en la mano sufrida mientras jugaba al golf. Mi conjetura fue que probablemente golpeó un árbol después de un mal tiro. Vemos muchas lesiones en la sala de urgencias, pero no muchas relacionadas con el golf.

Entré en la habitación y encontré a un hombre de cuarenta y cuatro años en evidente angustia, sosteniendo su mano izquierda bajo una bolsa de hielo. Su camisa de golf y su cachucha mostraban con orgullo el logotipo de su club, y todavía traía puestos sus zapatos de golf.

—Buenas tardes, señor Shaffer, soy el doctor Docker, pero puedes decirme Doc. ¿Qué te pasó en la mano?

Retiró con cuidado la bolsa de hielo y levantó la mano izquierda, que mostraba deformidades evidentes a medida que sus dedos se extendían en todas direcciones.

—Creo que me rompí cuatro dedos.

—Creo que tienes razón. ¿El pulgar sigue funcionando?

Flexionó y extendió cautelosamente el pulgar con solo una leve mueca.

—Se siente bien.

—Eso es bueno. Un pulgar oponible es lo que nos separa de los demás animales. Dice en el registro que esto sucedió mientras jugaba al golf, y me muero por saber cómo lograste hacerte tanto daño en un campo de golf.

—Es más fácil de lo que crees. Yo iba manejando el carro de golf y traté de recoger una pelota extra en la hierba. Lo he hecho mil veces, pero esta vez, el carro golpeó un bache cuando me agachaba para agarrar la pelota. Los cuatro dedos se clavaron en el suelo y se doblaron hacia atrás. El crujido de los huesos fue casi tan fuerte como mi grito.

—Uy. Lamento que haya sucedido. ¿En qué agujero estabas?

—Quince, y me quedaban tres por el día. Habría sido una buena ronda.

—Por desgracia, probablemente pasarán unos meses hasta que puedas volver a jugar. Te conseguiré algo para el dolor, y luego te vamos a hacer una radiografía, y voy a pedir que un especialista en manos venga a verte. Sabremos más después de las radiografías, pero puedo garantizar que necesitas cirugía en al menos un par de esos dedos. Espero que seas diestro.

—Lo soy. Debe ser mi día de suerte.

—Siéntate bien y voy a poner todo en marcha.

Terminé mi examen, ingresé las órdenes y notifiqué a los cirujanos de manos. John me escuchó discutir el caso con el cirujano.

—¿Qué piensas de eso? —pregunté.

Levantó su teléfono.

—Ya agregué «no recoger pelotas de golf manejando a toda velocidad en un carrito de golf» a mi lista de cosas que nunca debo hacer.

—¿Cuántas cosas tienes en la lista?

John revisó su teléfono.

—Esta fue la número doscientos diez.

Negué con la cabeza. La sala de urgencias fue un excelente lugar para aprender qué actividades evitar para vivir una vida larga y saludable.

·   ·   ·

El Agente Duff recibió una actualización unos minutos después de que Mac llamara a Doc.

—Se reunirán esta noche, pero no tenemos ni idea de lo que están tramando —informó un agente.

—No los pierdas.

—Puede ser complicado. Se están reuniendo en el edificio Hart. Es bastante tranquilo allí por la noche.

—Inunda el edificio con tantos agentes como necesites para mantenerlo cubierto.

El agente Duff miró al techo mientras reflexionaba sobre el dolor de cabeza en el que se habían convertido Doc y Mac. Esperaba que el lío terminara pronto.

·   ·   ·

Alina recibió la noticia solo unos minutos más tarde que el Agente Duff. La maquinaria de vigilancia rusa era casi tan extensa como los recursos de la Patria en Washington D.C. No podía permitirse el lujo de poder meter agentes en el edificio Hart y dudaba en entrar ella misma. El anonimato era su mayor activo.

Decidió monitorear los teléfonos y estar preparada para intervenir si se presentaba la oportunidad. Volvió a revisar sus armas. Si Mac y Doc encontraban la investigación, ella la obtendría sin importar el costo.

·   ·   ·

Banshee se enfurruñó después de que le dije que no podía ir conmigo hoy en la noche.

—Lo siento, amigo. Necesito que te quedes aquí y cuides la casa. Muerde a cualquier ruso o agente que irrumpa.

No me preocupaba que Banshee se asegurará de que cualquiera que intentara entrar a la casa mientras yo no estaba se arrepintiera, pero Banshee no estaba contento con que me fuera sin él. Agitó la cola y ladró una fuerte reprimenda, mientras cerraba la puerta detrás de mí.

Mi Uber se detuvo suavemente frente al edificio Hart, y Mac esperó a que pasara por seguridad. Me abrazó y me susurró:

—Sígueme el juego. Tenemos invitados al acecho.

Miré a mi alrededor y solo vi a trabajadores aburridos terminando un largo día. Mac me llevó a la oficina principal de la Senadora. A puerta cerrada, compartió su plan después de poner ambos teléfonos en una bolsa de Faraday.

—Este lugar está lleno de agentes, y no quiero llevarlos a Elise.

—Por favor, adelante. Te sigo.

Mac bajó las escaleras, pasando junto a un equipo de limpieza en el segundo nivel del subsótano. Me guiñó un ojo al pasar y abrió la puerta marcada como almacén para entrar en el despacho privado de la Senadora.

—Probablemente sepan de esta oficina, pero dudo que sepan del túnel de escape de emergencia.

Se acercó a la estantería trasera, metió la mano por debajo de la moldura superior y pulsó un botón. La estantería hizo clic y se deslizó hacia adelante una pulgada. Lo abrió para revelar un túnel oscuro que se extendía en la distancia.

—Espero que no seas claustrofóbico. El Capitolio está lleno de estos túneles de escape. Desde el 6 de enero, todo el mundo quiere asegurarse de tener una salida segura.

—¿Eso no permitiría también que la gente entrara al Capitolio?

—No. La puerta aquí y en el otro extremo son de un solo sentido. No hay manera de abrirlos desde el otro lado.

Me dio una linterna y entramos en el túnel oscuro y polvoriento, de cerca de dos metros de alto y solo un metro de ancho. Los lados, bastante lisos, mostraban evidencia de haber sido tallados a mano en el lecho rocoso. Mac cerró la puerta con un estrépito. La oscuridad absoluta, a excepción de nuestras linternas, amenazaba con la claustrofobia.

Su voz en el silencio espeluznante me sobresaltó.

—¿Estás bien?

—Sí, dame un minuto. La última vez que estuve en un espacio oscuro y confinado como este, me escondí en un horno de pizza de unos ucranianos violentos que intentaban matarme.

—Parece una historia infernal.

—Lo es. Te lo cuento todo cuando salgamos de aquí.

Los haces de luz de nuestra linterna iluminaban adecuadamente el pequeño túnel que corría directamente hacia la distancia ennegrecida.

—Nos dirigimos hacia el este por debajo de la calle segunda. Termina en una sala de almacenamiento en el sótano de Thompson-Markward Hall, que proporciona vivienda temporal asequible para mujeres jóvenes que vienen a DC para estudiar o trabajar, como un dormitorio para jóvenes profesionales. El almacén permanece sin uso, porque nadie en el edificio tiene la llave.

Nos encontramos con una puerta de acero con un pomo nuevo común. Mac le dio la vuelta y entró en una pequeña habitación cuadrada vacía con estantes vacíos y empotrados. Dejamos nuestras linternas en el túnel y Mac cerró sólidamente la puerta que tenía estantes a juego pegados a su cara, camuflando efectivamente su propósito real.

—Por cierto, ese túnel es un secreto nacional. Si se lo cuentas a alguien, tendremos que meterte en Guantánamo.

—Tu secreto está a salvo conmigo. ¿Y ahora qué?

—Subimos las escaleras y tomamos un taxi.

—No es demasiado complicado.

—A veces la sencillez es lo mejor.

Arriba, nos cruzamos con un par de residentes, y nadie nos dirigió una segunda mirada. Rápidamente cogimos un taxi. Mac le dio al taxista una dirección a tres cuadras del restaurante.

—Cuando se den cuenta de que nos hemos ido, van a revisar los taxis locales, Lyfts y Ubers —explicó Mac.

—¿Pueden hacer eso?

—Pueden hacer eso y mucho más, a veces cosas ilegales, pero la ilegalidad potencial no frenará a Seguridad Nacional.

Llegamos a El Golden Chop unos minutos antes de las ocho. Nada lo distinguía de ningún otro restaurante chino. El interior, anodino, albergaba una caja registradora en la parte delantera y una veintena de mesas repartidas por una sola habitación, con una puerta a la cocina en la parte trasera y un pasillo a los baños en la esquina trasera. Otros nueve clientes, todos chinos mayores, disfrutaron de la cena en pequeños grupos. Nadie pareció fijarse en nosotros.

Elise nos saludó con la mano desde su asiento en el fondo de la habitación, cerca de la puerta de la cocina. Llevaba una sudadera de Georgetown con el pelo recogido en una cola de caballo, lo que la hacía parecer aún más joven. Ciertamente, no parecía una investigadora de láseres de clase mundial.

—Gracias por venir hoy. Confío en que hayan mantenido nuestra reunión en privado —dijo.

—Gracias por recibirnos. Tomamos precauciones y nuestros teléfonos están protegidos. ¿Es seguro hablar aquí? —preguntó Mac.

—Este lugar pertenece a mi tío, y todos los clientes son viejos amigos. Es seguro hablar abiertamente aquí. Espero que no te importe, pero me tomé la libertad de hacer el pedido por nosotros. Mi tío es talentoso y la comida es deliciosa.

Un mesero llegó con el primero de muchos platos, mientras ella hablaba. Una vez realizados los pedidos de bebidas, Mac se puso manos a la obra.

—Estoy tratando de averiguar qué le pasó a mi hermano, y Doc me está ayudando. Como probablemente sepas, le encantaba dejar pistas para que la gente las siguiera, y la última pista que hemos obtenido condujo al número 73.

Los ojos de Elise se llenaron de lágrimas mientras se arremangaba la sudadera y pasaba los dedos ligeramente por el tatuaje.

—Me lo hice hace años. Muchos creen que el número representa el crecimiento y el progreso, y la simetría en binario es demasiado hermosa para ignorarla. No importa si lo miro hacia adelante, hacia atrás o al revés, recuerdo mi propio viaje. Mark fue uno de los pocos que entendió su mensaje.

—¿Cómo era exactamente tu relación con mi hermano? ¿Trabajaron en proyectos juntos?

—No, mi especialidad son los láseres, y nuestro trabajo nunca se superponía, pero nos veíamos a menudo en la oficina. Nuestra investigación exige muchas horas y las consideraciones de seguridad dificultan hablar con personas fuera de DARPA. Mark era amable y divertido. Nuestros almuerzos se convirtieron en tiempo que pasábamos juntos fuera del trabajo, y hemos estado juntos durante los últimos seis meses. No puedo creer que se haya ido.

Elise volvió a llorar y Mac se acercó para sostenerle la mano mientras hablaba.

—Yo tampoco lo puedo creer. Mark era más grande que la vida, y nunca imaginé que no estaría aquí. Por eso voy a perseguir a las personas que le quitaron la vida. ¿Tienes alguna idea de en qué estaba trabajando?

Elise se secó los ojos mientras respondía.

—La verdad es que no. Sé que estaba trabajando en varios proyectos, y uno que lo estresaba, pero nunca habló específicamente de eso. Mark era muy estricto con la seguridad. DARPA insistía en ello desde el principio, por lo que todos respetamos la privacidad de los demás sobre el trabajo y nunca preguntamos al respecto.

—Las pistas de Mark nos llevaron hasta ti. ¿Tienes alguna idea de que debemos buscar a continuación? —pregunté.

Elise me miró fijamente y luego se volvió hacia Mac.

—¿Se puede confiar en él?

—Sí. Cuidó a Mark en la sala de urgencias y me ha estado ayudando.

—Mark estaba preocupado por su trabajo y preocupado por la gente que lo seguía al final. Siempre estaba preparado, y unas semanas antes de morir, me dijo que si le pasaba algo, que compartiera un mensaje con quien le preguntara por mi tatuaje. Supongo que eres tú la indicada.

Mac se inclinó hacia delante.

—¿Cuál fue su mensaje?

—Me pidió que te dijera que ya era hora de que conozcas su unidad de almacenamiento.

—¿Eso es todo? ¿Quiere que sepamos de su unidad de almacenamiento?

—Fue muy claro, para citarlo exactamente dijo: «Es hora de que sepa de mi unidad de almacenamiento». Me hizo repetir las palabras precisas.

Mac parecía confundida por la pista, y le pregunté:

—¿Dijo algo más sobre dónde podría estar esta unidad de almacenamiento?

Elise nos concedió una suave sonrisa.

—Mark nunca sería tan directo, pero me sugirió que te lo contara en el restaurante de mi tío.

La confusión de Mac se intensificó. Me recargué en la silla y dejé que mis ojos vagaran por las mesas. Una pareja que pasaba por el exterior llamó mi atención, le di un golpecito en el hombro a Mac y señalé con la cabeza hacia la ventanilla delantera.

Una sonrisa iluminó su rostro cuando vio un almacén público al otro lado de la calle.

Elise siguió nuestra mirada.

—Eso no tardó mucho en entenderse. Desafortunadamente, no tengo idea de qué unidad es suya ni cómo acceder a ella.

—No te preocupes. Lo averiguaré. Ahora, háblame de Mark.

Mac y Elise compartieron historias sobre él a medida que avanzaba la cena. Claramente, Mark y Elise habían considerado casarse. Elise y Mac, ahora amigas cercanas, hicieron arreglos para mantenerse en contacto.

—Gracias por tu ayuda, Elise —dijo Mac.

—No estoy segura de cuánta ayuda fui, pero gracias por buscar su investigación. Sé que no confiaba en nadie más, y me siento un poco mejor sabiendo que te asegurarás de que su asesino sea llevado ante la justicia y no pueda lastimar a nadie más.

—Te lo prometo con seguridad.

Después de despedirnos, dejamos a Elise para que saludara a otros amigos que terminaban de cenar y nos paramos frente a las instalaciones de almacenamiento.

—Supongo que vamos a seguir su pista ahora mismo —dije.

—Estamos aquí, y Seguridad Nacional aún no nos ha localizado. Es la mejor oportunidad que tenemos de hacerlo sin ser detectados.

—Entonces hay que hacerlo.

CAPÍTULO DIECIOCHO

Martes 17 de marzo
9:15 p. m.

La ansiedad del Agente Duff aumentaba a cada segundo. Nadie había entrado o salido de la oficina del sótano en más de una hora, según las cámaras de vigilancia, así como los agentes apostados en ambos extremos del pasillo. Habló por el micrófono.

—¿Estamos seguros de que nadie ha entrado o salido de esa habitación?

—Sí, señor.

El Agente Duff sabía que algo andaba mal.

—Pídele al hombre de mantenimiento que llame a la puerta y diga que está revisando si hay una fuga de gas. Si no hay respuesta, pídele que entre para echar un ojo rápido.

—Por favor, confirme. ¿Quiere que entremos si no hay respuesta?

El Agente Duff sabía que no tenía motivos legales para entrar en la oficina, pero sintió que no tenía otra opción.

—Confirmado. Necesito saber quién está en esa habitación.

El agente, vestido como un trabajador de mantenimiento del Capitolio, tocó fuertemente la puerta. Al no recibir respuesta, lo abrió y gritó.

—Mantenimiento. Tenemos una posible fuga de gas, y tengo que revisar esta habitación.

Abrió la puerta y examinó la habitación vacía.

Continuó llamando y barriendo su medidor de gas, mientras buscaba en toda el área. Habló por el micrófono.

—Todo claro. La habitación está vacía.

El Agente Duff golpeó su escritorio con frustración.

—Cierra y despeja. Todos los agentes, se nos escaparon de alguna manera. Comiencen a rastrear todas las cámaras y opciones de transporte en el área. Quiero saber a dónde fueron y con quién se encontraron.

Seguridad Nacional tenía acceso a todas las cámaras conectadas a Internet, y sus computadoras analizaban las imágenes de cada una de ellas. Miles de cámaras producían millones de imágenes, pero él los iba a encontrar.

• • •

Mac y yo entramos en el pasillo, atendidos por un trabajador solitario absorto en su teléfono.

—¿Necesitan ayuda?

—No. Solo necesito sacar algo de mi unidad.

—Adelante.

Señaló la puerta de seguridad y volvió a su teléfono.

Una pantalla de computadora en la puerta pedía un número de unidad y un código de acceso. Mac ingresó la unidad 73 y el código de acceso 1001001 sin dudarlo. La cerradura nos hizo entrar en la zona de almacenamiento.

—¿Y si eso no funcionaba? —pregunté.

—No tenía ninguna duda. Veamos lo que Mark nos dejó.

Marchamos a través de pasajes estrechos y seguimos la señalización para encontrar la unidad 73, de dos metros y medio de ancho e indistinguible de las unidades adyacentes. Una robusta cerradura de combinación protegía la puerta.

—Está bien, doctor inteligente, veamos si puedes resolver esto —dijo ella, señalando la cerradura—. Te doy sesenta segundos.

La robusta cerradura de siete dígitos ofrecía diez millones de combinaciones posibles. Consideré 1001001, pero parecía poco probable que Mark usara el mismo número dos veces.

—Tic, tac. —Mac se burló.

Saqué mi teléfono y busqué en Google el primer número primo de siete dígitos, y la respuesta fue rápidamente 1,000, 003. Empecé a poner el número, y luego decidí intentarlo al revés. Puse el último número en su lugar y la cerradura se abrió.

—¡Felicidades! Te quedaban doce segundos.

—Gracias. Estoy aprendiendo las reglas del juego. Vamos a ver lo que tenemos dentro.

Abrí la puerta para exponer una habitación completamente llena de muebles y cajas desordenadas, todas ellas significativamente desgastadas. Mac parecía perpleja.

—Eso no tiene sentido. Mark era quisquilloso. Él nunca tiraría un montón de basura aquí de esta manera. Lo apilaría de manera ordenada y eficiente. Estas cosas parecen desechos de los dormitorios de la universidad. Mark nunca compraría estas cosas, y ciertamente no pagaría por conservarlas.

—Tal vez haya una pista enterrada detrás de toda esta mierda —sugerí.

—Déjame pensar por un minuto.

Examiné la pila de muebles sin ninguna motivación para moverlo todo. Tomaría toda la noche, lo que me hizo pensar.

—Es hora de que sepa de mi unidad de almacenamiento —repetí.

—¿Qué?

—Elise dijo que Mark era muy exigente con el mensaje. Lo repitió dos veces. «Es hora de que sepa lo de mi unidad de almacenamiento». Eso debe significar algo.

Con alegría, Mac me abrazó.

—Claro que sí. Estás mejorando en este juego. La clave es el tiempo. Quería que pensáramos en el tiempo.

Nos concentramos en un viejo y prominente reloj que descansaba sobre una cómoda. Mac lo recogió y le dio la vuelta en sus manos, buscando mensajes o compartimentos. Al no encontrar ninguno, lo volvió a dejar.

—¿De qué marca es? ¿Es un Rolex o algo especial? —pregunté.

—No. Es un reloj ordinario de Smith & Sons. Creo que la clave es literalmente el tiempo. La hora está fijada a las 12:35. La siguiente pista es 1235 —dijo con confianza.

—¿Estás segura?

—Claro. Este es el clásico desvío de Mark. Todo esto es camuflaje. Probablemente lo volvía loco incluso mirar este desorden. Él nos dijo específicamente que el tiempo es la clave.

—¿Qué significa?

—Ni idea, pero vámonos de aquí. Seguridad Nacional nos va a encontrar pronto, y los rusos tampoco se van a quedar atrás.

—¿Lo cerramos?

—No. Déjalo sin llave. Pueden perder el tiempo revisando este montón el resto de la noche.

Movió las manecillas del reloj a otra hora, lo volvió a colocar sobre la cómoda, le puso el candado y cerró la puerta.

De vuelta en la calle, Mac abrió su bolsa y me entregó mi teléfono, encendiendo el suyo también.

—Voy a pensar en la pista y me pongo en contacto contigo. Mañana tengo un día completo con la Senadora. Gracias por tu ayuda en esto. Creo que nos estamos acercando.

—Estoy encantado de ayudar. Es algo emocionante. —Levanté mi teléfono—. ¿Cuánto tiempo falta para que el Agente Duff esté aquí?

—Si son más de diez minutos, me voy a decepcionar. Tomemos un taxi y salgamos de aquí.

Paramos a uno en la siguiente intersección. Dejamos a Mac en su casa antes de que me dirigiera a la mía, recibido por un Banshee desafiante. Golpeó el suelo con la cola y se inclinó hacia mí cuando entré.

—¿Qué tal un premio y un paseo?

Todo estaba perdonado.

· · ·

Las primeras unidades de Seguridad Nacional llegaron ocho minutos después de que Doc y Mac encendieran sus teléfonos. Para cuando el Agente Duff llegó doce minutos más tarde, su equipo había entrevistado al empleado de la unidad de almacenamiento y había visto el video de seguridad. Otro agente lo llevó a la unidad 73.

—Estuvieron solo unos tres minutos aquí. Revisamos los videos y no pudimos ver nada que pudieran haberse llevado consigo, por lo que no sacaron nada más grande que su bolsa —informó uno de los agentes.

Duff se puso unos guantes.

—¿Lo dejaron abierto?

—Sí, señor.

Duff escudriñó el desorden que había dentro. Una robusta cerradura descansaba sobre una estantería, y la giraba de mano en mano mientras examinaba el contenido.

—¿Por qué demonios nos iban a traer hasta aquí y dejarlo abierto? ¿Y por qué, después de solo tres minutos, se fueron aparentemente con las manos vacías? —dijo a nadie en particular.

Sus compañeros agentes tuvieron el buen tino de permanecer callados.

—Tenemos que fotografiar todo y llevarlo al laboratorio, como siempre.

Los entusiastas «sí, señor» contrastaron con las miradas de disgusto de algunos agentes. Sería una larga noche procesando el contenido de la unidad.

—¿Algún papeleo sobre esta unidad?

Un joven agente se lo entregó, recién salido de la impresora. Indicó que el propietario de la unidad era Leonardo Bigollo.

—¿Quién carajos es Leonardo Bigollo? —preguntó el Agente Duff.

—Lo estamos investigando, señor. No tenemos a nadie con ese nombre en nuestra base de datos.

Duff sacó su teléfono y buscó su respuesta en Google.

—Ya pueden dejar de perder el tiempo buscando al señor Bigollo. Está muerto.

—¿Muerto, señor?

—Durante unos ochocientos años. Leonardo Bigollo es más conocido como Fibonacci, un famoso matemático italiano del siglo XIII. El señor Lawton tenía sentido del humor. Empecemos a revisar esto. Tal vez dejó algo significativo aquí.

Entre los 257 artículos retirados se encontraba un reloj antiguo de Smith & Sons, que no funcionaba, con la hora detenida a las 2:43.

•　　•　　•

Alina Morozova, frustrada, vio cómo sacaban todo de la unidad de almacenamiento. Había llegado poco antes que los primeros agentes, pero no tuvo tiempo de mirar la unidad antes de que entraran. Temiendo la conversación, pero sin otra opción, llamó al Director Petrov.

Como de costumbre, prescindió de las bromas.

—¿Qué sabes?

—Director, el científico tenía una unidad de almacenamiento de la que aparentemente nadie sabía hasta ahora. El Departamento de Seguridad Nacional está eliminando todo.

—¿Viste el interior?

—No, señor. Llegué antes que los primeros agentes, pero llegaron poco después y rápidamente aseguraron el edificio. La mayor parte de lo que están sacando son muebles viejos.

—¿Ni equipo de laboratorio ni registros?

—Nada de eso, señor.

—Nos estamos quedando atrás. Es hora de ser más agresivos. Quiero saber lo que su hermana sabe.

Él se desconectó antes de que ella pudiera responder. Miró el teléfono silencioso que tenía en la mano y planeó cómo aumentar la presión sobre Mac. No iba a fallar.

CAPÍTULO DIECINUEVE.

Miércoles 18 de marzo
6:54 a. m.

Mac llegó a su oficina unos minutos antes que la Senadora Whitehurst.

—Buenos días, Mac. ¿Qué hay en el programa de hoy?

—Buenos días, Senadora. Va a estar en sesión durante la mayor parte del día, lo que significa que voy a tener la oportunidad de ponerme al día con los mensajes.

—¿Alguien importante en la agenda?

Mac examinó la lista frente a ella.

—El nombre más importante es Will Tompkins, que quiere hablar sobre la legislación farmacéutica pendiente, y se unirá a usted para cenar esta noche. ¿Algo que deba saber?

—Manténlo contento. ARC Pharmaceuticals está haciendo un gran esfuerzo en la terapia génica, y está muy interesado en algunos proyectos de ley que actualmente están pendientes en el Senado.

—¿Qué tan interesado está?

—Lo suficientemente interesado como para considerar una donación de siete cifras para mi campaña de reelección.

—Me voy a asegurar de que lo cuiden. ¿Podría firmar estos documentos antes de dirigirse al Senado?

Se sentó a revisarlos, mientras Mac volvía a centrar su atención en su ajetreado día.

• • •

El Agente Duff previó otro mal día en una serie ininterrumpida de ellos. No se había obtenido ninguna prueba relevante de la unidad de almacenamiento. ¿Por qué un investigador rico y de clase mundial mantendría una unidad de almacenamiento llena de basura inútil?, y ¿por qué su hermana haría tal esfuerzo para evitar que la siguieran, pero los llevaría a la unidad tan pronto como ella se fue?

Duff había estado con Seguridad Nacional durante diez años después de una temporada en el Ejército. Su impresionante currículum enumeraba una serie de casos exitosos y complicados que había manejado. La siguiente parada en su carrera sería como parte del equipo administrativo senior. Tendría que renunciar al trabajo de campo que tanto le gustaba, pero tendría acceso a todos los datos de Seguridad Nacional. Estaría en la mesa para tomar decisiones sobre asuntos estratégicos que afectarían a las políticas globales. Este sueño estaba a su alcance, pero no si perdía ante los rusos en este caso.

Era el momento de aumentar la presión sobre Mac y Doc.

• • •

Sin nada vital en mi agenda, dormí hasta pasadas las ocho. Banshee tampoco parecía tener nada en su agenda, ya que dormía profundamente acurrucado a los pies de la cama. Ambos nos estiramos antes de levantarnos de la cama en busca de desayuno, hotcakes y tocino para mí, mientras que Banshee eligió solo tocino.

Me senté a la mesa con los documentos de Spike sobre Prime Medical Partners. La exhaustiva documentación incluía más de sesenta páginas de gráficos, texto y hojas de cálculo. Abrí una Coca-Cola Light fresca y me puse manos a la obra.

La primera sección se centró en las finanzas corporativas. A primera vista, los Padrotes eran una empresa muy exitosa. El año anterior mostró casi 4 mil millones en ingresos con más de seiscientos millones en ganancias.

Operaron con un impresionante margen de beneficio del 16.7%. Sus mayores gastos fueron los salarios, seguidos por el seguro por mala praxis y los costos de facturación.

Spike destacó los pagos de 31.3 millones de dólares a una empresa llamada SGITR, LLC durante el último año. Figuraban como honorarios de consultor en los informes financieros, y SGITR estaba registrada en las Islas Caimán, con su propiedad oculta a la vista del público. Las empresas oscuras en los países de lavado de dinero eran como una luz de neón que atraía la atención de Spike.

Había hackeado la cuenta y proporcionado una lista de transacciones durante los últimos tres años. Cada tres meses, una serie de grandes pagos se dispersaban a otras cuentas establecidas en el mismo banco. Estos pagos oscilaron entre $60,000 y $500,000 cada uno, pagados el primer día de cada trimestre. En los últimos tres años se han dispersado más de ochenta millones de dólares.

Spike rastreó a los propietarios de las cuentas y los enumeró en la página siguiente. Una búsqueda rápida en Google confirmó que todas las personas eran altos ejecutivos de atención médica en grandes sistemas hospitalarios. Unos minutos más confirmaron que todos estos hospitales utilizaban a los Padrotes como su solución de dotación de personal en la sala de urgencias. Lo más preocupante fue una cuenta establecida en los últimos dos meses para Francis Littman, el Director de Operaciones de nuestro hospital.

Claramente, los Padrotes estaban sobornando a altos funcionarios de salud para obtener sus contratos, lo que violaba la ley. Desafortunadamente, yo mismo había violado algunas leyes para obtener la información. Dejé a un lado los documentos corporativos y centré mi atención en los datos de las tres personas.

Jim Billings, el Director Ejecutivo, tenía una cuenta personal no registrada y una segunda casa en las Islas Caimán. Los registros sugerían que tenía varias amantes a las que financió allí, y ninguna de la información había sido reportada en sus impuestos. Matt Hyde, el Director de Operaciones, también tenía una cuenta no registrada en las Islas Caimán, pero sin mucha actividad. Ambas cuentas evidenciaron claros casos de fraude fiscal.

Don Prost, el abogado, era el más interesante con una cuenta en las Islas Caimán que mostraba mucha más actividad, incluyendo depósitos de cuentas distintas a las pertenecientes a los Padrotes. Spike había rastreado estas cuentas, pero los rastros desaparecieron antes de que pudiera encontrar los orígenes del dinero. Sin embargo, Spike estaba bastante segura de que los fondos adicionales en sus cuentas estaban relacionados con el lavado de dinero para un cártel de drogas.

El hambre desvió mi atención de los documentos y me di cuenta de que había estado inmerso en ellos durante más de tres horas. El tiempo vuela cuando se está rastreando a los cabrones que sobornan a los funcionarios de los hospitales para enriquecerse a expensas de la calidad de la atención médica. Preparé un sándwich de embutidos y reflexioné sobre qué hacer a continuación. Quería encerrar a estos tipos, pero la prioridad más inmediata era asegurarme de que no obtuvieran nuestro contrato con el hospital la semana siguiente.

Utilicé el teléfono desechable de Mac para compartir mi información con John Pastone y finalizar nuestra estrategia. Esa noche hice una llamada más a un viejo amigo.

CAPÍTULO VEINTE

Jueves 19 de marzo
9:23 a. m.

Durante una mañana tranquila en la sala de urgencias, discutimos qué campos habríamos elegido si la medicina de urgencias no hubiera sido una opción.

—Sería cirujano —afirmó el doctor Pastone.

—Por favor, dime que no te dedicarías a la ortopedia —dije.

—No, demasiado sencillo. Se rompió el hueso. Arreglar el hueso. Probablemente optaría por una cirugía de trauma. ¿Y tú?

—¿Sabiendo lo que sé ahora? Dermatología. Triplicar mi sueldo trabajando diecisiete horas a la semana con doce semanas de vacaciones cada año.

—Eso te convertiría en uno de los más trabajadores.

—¿Qué piensan ustedes de la pediatría general? —preguntó Casey, un estudiante de medicina de cuarto año que rota con nosotros durante el mes.

John respondió con dos pulgares hacia abajo.

—Me moriría de aburrimiento el jueves de mi primera semana. La medicina de urgencias pediátrica está bien, pero la pediatría general requiere hablar demasiado. No puedo dedicar treinta minutos a una historia y un examen físico de un niño sano. Apenas dedicó treinta minutos a un trauma importante.

—Tengo que estar de acuerdo con John en esto. La mejor de las suertes para ti, pero nunca me verás en pediatría general.

Lisa, la enfermera a cargo, nos interrumpió.

—Juro por Dios que tengo sillas que hacen más trabajo que ustedes dos. ¿Puedo molestar a uno de ustedes para que se dirija a la habitación uno? Un neonato con dificultad respiratoria viene en ambulancia.

Me levanté de un salto.

—Lidera el camino. Casey, estás conmigo en esto.

Entramos en la sala y encontramos al equipo reuniendo y organizando sus suministros. El carro de emergencia pediátrico estaba abierto y listo.

—¿Sabemos algo más? —pregunté.

Una de las enfermeras respondió.

—Un bebé de cuatro semanas la está pasando mal. Querían meterlo en el campo, pero no se sentían cómodos, así que vienen con el código tres.

—Instale un tubo endotraqueal 4.0 y dos cuchillas Miller. Empieza a preparar los medicamentos. Supongamos un peso de cinco kilogramos.

El equipo se apresuró a prepararse para la llegada, mientras yo me dirigía a Casey.

—Los neonatos pueden ir cuesta abajo rápidamente. No tienen mucha reserva y pueden sufrir insuficiencia respiratoria rápidamente. A los paramédicos no les gusta intubarlos en el campo porque los tubos son tan pequeños que tienden a caerse durante el viaje en ambulancia. Presta atención. Esto se va a mover rápido.

Los servicios médicos de urgencias irrumpieron en la habitación, comenzando su informe antes de que la camilla se bloqueara en su lugar. Escuché, pero me concentré en la respiración del bebé. Su frecuencia respiratoria era de unas ochenta veces por minuto, pero las respiraciones eran ineficaces y luchaba por respirar cada bocanada de aire. Su nariz se ensanchaba y los músculos de sus costillas se retraían con cada respiración dificultosa, y gruñía con cada inhalación. Todos estos fueron esfuerzos desesperados de su cuerpo para mover más aire a sus pulmones y señalaron una insuficiencia respiratoria inminente.

Lo más preocupante era su color gris moteado, el tono que las personas cambian antes de morir. Mientras lo conectaban al monitor, escuché su pecho. En lugar de sonidos respiratorios, oí una cacofonía de sibilancias y roncus, compatibles con bronquiolitis. Un vistazo al monitor mostró que su saturación de oxígeno era del 78%, a pesar de estar con oxígeno al 100%.

—¿Cuál es nuestro estado IV?

Una de las dos enfermeras que intentaban acceder a la vía intravenosa, una en el brazo y otra en el tobillo, gritó:

—Tengo un calibre 24 en la safena. ¿Necesitamos sangre?

—Ahora no. Saca atropina, versed, fentanilo y succinilcolina para mí, por favor.

—Dame treinta segundos y tendré esto encintado.

Dirigí mi atención a Casey.

—¿Qué hace cada uno de esos medicamentos?

Hacer que los estudiantes piensen en momentos estresantes era parte del proceso de formación de todos los médicos. La sala de urgencias no siempre daba tiempo para buscar información.

—El versed es amnésico, por lo que no recordará nada, y el fentanilo es para ayudar con cualquier dolor que pueda causar la intubación. La succinilcolina es un paralítico de inicio rápido, por lo que podemos intubarlo y ventilarlo más fácilmente, pero no sé por qué necesitamos atropina.

—No está mal, tres de cuatro. Los bebés tienen una respuesta vagal exagerada, y cuando se les coloca un tubo en la garganta, a veces bajan su ritmo cardíaco rápidamente. Esto es más común con la succinilcolina. La atropina bloquea esa reacción. Intubar a los bebés es lo suficientemente emocionante como para tener que lidiar con una frecuencia cardíaca de cuarenta.

Todos estaban listos, y coloqué al bebé con el cuello completamente extendido. Con la vía intravenosa asegurada, la enfermera administró los medicamentos y el bebé se puso flácido, ya que los medicamentos paralizantes hicieron efecto. La dificultad respiratoria se detuvo, pero también el esfuerzo respiratorio. Ahora, nos apresuramos a colocar el tubo, ya que las saturaciones de oxígeno cayeron aún más.

Con la mano derecha en la barbilla para mantener la boca abierta, inserté la hoja del laringoscopio directamente en la garganta. La luz de fibra óptica iluminaba la parte posterior de la boca, mostrando copiosas secreciones provenientes de los pulmones. Visualicé las cuerdas vocales y extendí la mano derecha para recibir el tubo de respiración. El terapeuta respiratorio me entregó el tubo y lo deslicé fácilmente entre las cuerdas vocales hasta la tráquea.

Sostuve el tubo en su lugar mientras el terapeuta respiratorio conectaba una bolsa y comenzaba a dar respiraciones. Las saturaciones de oxígeno se redujeron al 52%, pero comenzaron a mejorar, a medida que el pecho aumentaba con cada inhalación de la bolsa. Una enfermera escuchó para confirmar que los sonidos de la respiración eran iguales en ambos lados, ya que las saturaciones de oxígeno superaron el 74%. Le entregué el tubo al terapeuta respiratorio para que lo asegurara y comencé una inspección secundaria del paciente.

Las saturaciones de oxígeno eran de hasta el 94%, y algo de rosa había reemplazado al horriblemente alarmante color gris de la piel, pero sus manos y pies estaban fríos y azules. Me volví hacia Casey, con los ojos muy abiertos.

—¿Qué te parece?

—Su respiración es mejor y su color es mejor con el tubo en su lugar.

—¿Y sus signos vitales?

Miró al monitor y vio un pulso de 184 y una presión arterial de 56/38.

—El pulso está demasiado alto.

—Correcto. Está en estado de shock. ¿En qué consiste el tratamiento?

—¿Líquidos intravenosos?

—Sí, pero ¿cómo se los quieres dar? ¿A través de esa diminuta vía intravenosa en su tobillo? Tenemos que hacerlo rápidamente.

—¿Deberíamos poner una vía central?

—Es una opción, pero está seco y sus venas se están quedando vacías. No hay garantía de que podamos conseguir uno. ¿Otras opciones?

—¿Línea intraósea?

—¡Sí!

Extendí la mano y la enfermera me entregó una aguja de metal sólido diseñada para ser insertada en el hueso. El líquido podría fluir rápidamente hacia la médula ósea y luego ingresar al sistema venoso. Duele muchísimo, pero nuestro paciente ya estaba sedado y recibiendo control del dolor.

Revisamos los puntos de referencia y luego limpiamos el área de la espinilla con betadina. Le pedí a Casey que localizara el área plana de la tibia justo debajo de la rodilla y empujara la aguja con un movimiento firme de tornillo. Empujó a través de la corteza ósea y hacia la médula más blanda sin empujar hacia afuera el otro lado del hueso.

—Buen trabajo. Administremos 100 cc de solución salina normal lo más rápido posible. —El líquido se administró con una jeringa en tres minutos, y el pulso mejoró a 164—. Mejor, pero administremos otros 100 cc en diez minutos, luego le pondremos una dosis y media de mantenimiento. Si damos más, los médicos de la UCIP me van a gritar por llenar sus pulmones de líquido.

El equipo continuó haciendo su trabajo de recolección de muestras de sangre y orina para el laboratorio, confirmando la colocación del tubo con una radiografía de tórax, obteniendo un panel respiratorio viral y comenzando con múltiples medicamentos. Quince minutos después, se dirigía a la UCIP. Hay pocas cosas más satisfactorias que salvar la vida de un recién nacido.

—¿Qué te parece, Casey? ¿Quieres dejar la pediatría y unirte a la medicina de urgencias?

—Eso es más emoción de la que puedo soportar a diario.

—¿Qué crees que lo causó?

—Tenemos que esperar a los laboratorios, pero puedo apostar hasta el último dólar a que tiene VRS. Solo causa síntomas de resfriado en los niños mayores, pero puede ser devastador para los bebés.

—¿Cuál es su pronóstico?

—Está enfermo, pero debe sobrevivir. El ventilador respira por él y va a dar tiempo para que sus pulmones descansen y sanen. Va a estar intubado durante una o dos semanas, pero debe estar en casa en tres o cuatro semanas. Sus pulmones van a estar frágiles por un tiempo, pero los niños sanan mejor que los adultos, y él va a desarrollar nuevo y saludable tejido pulmonar a medida que crezca. Para cuando esté en la escuela, puede tener algunos síntomas de asma, pero va a estar en camino a una vida normal.

—Gracias por dejarme ayudar.

—Lo hiciste muy bien. De hecho, a pesar de que te dedicas a la pediatría, le estoy declarando una chingona honoraria.

—¿Qué demonios es eso?

—Una doctora de urgencias bien cabrona. Te lo ganaste. Ahora termina tus notas. Tenemos que ver a más pacientes.

CAPÍTULO VEINTIUNO

Jueves 19 de marzo
11:52 a. m.

John y yo entramos en la sala de reuniones unos minutos antes del mediodía. John me dio un codazo e hizo un gesto al otro lado de la habitación, donde Francis Littman, el Director de Operaciones del hospital, se rió con los tres líderes del PMP.

—Probablemente planeando su próximo viaje a las Islas Caimán —dijo.

—Esperemos que podamos hacer una mella significativa en esos planes.

Nos sentamos, mientras la Sra. Cantrell declaraba abierta la sesión.

—Gracias por venir hoy. Esta es nuestra última oportunidad para hacer preguntas a ambas partes antes de que la Junta discuta el contrato. Esperamos tener una decisión final a principios de la próxima semana.

Los miembros de la junta pasaron la siguiente hora haciendo preguntas a ambas partes. John les respondió profesionalmente, mientras que los Padrotes parecían supremamente confiados en su posición, demasiado confiados. Finalmente, la Sra. Cantrell pidió un descanso de diez minutos. John se centró en el Director de Operaciones del hospital, mientras yo centraba mi atención en los Padrotes.

—Ustedes, caballeros, parecen muy confiados hoy.

Jim, el CEO, respondió.

—Es fácil tener confianza cuando eres el mejor en el negocio. Somos líderes nacionales y nuestra trayectoria es inigualable. Nuestro sistema está probado y los hospitales están listos para actualizarse a nuestro programa. Lo siento, pero este contrato es nuestro.

—También ayuda que tengamos a los tipos más inteligentes de la sala de nuestro lado —dijo Don, el abogado.

—¿De verdad crees que son los más inteligentes de la sala? Una declaración bastante audaz. Hay algunas personas muy brillantes están aquí.

—Claro, pero los chicos más inteligentes de la sala son nuestra marca. Tenemos a los mejores y más brillantes en Prime Medical Partners.

De repente, me cayó el veinte. SGITR LLC como en *Smartest Guys in the Room*, o «los genios de la sala» era la empresa que hacía los pagos ilegales en las Islas Caimán.

—Don, quizás son los más inteligentes de la habitación. Deberían usar eso como logotipo o algo para su empresa, aunque SGITR suena más como un nombre vago de empresa escondida en un banco caribeño. La gente va a ver el nombre y se va a encoger de hombros, porque no tienen ni idea de lo que significa. Mientras tanto, todos ustedes estarían en Nueva York riéndose de que son los tipos más inteligentes de la habitación. Deberías investigar eso.

La mirada de Don se había vuelto fría, mientras Jim y Matt se miraban nerviosos. Debería planear una partida de póquer contra estos tipos. Ganaría una fortuna. Don entró en mi espacio personal.

—¿Está tratando de sugerir algo, Doc?

—No, solo hacer una conversación amistosa con los genios de la sala.

—Te sugiero que lo mantengas amigable. No me gustaría que esto se convirtiera en un contraataque. Pueden pasar cosas malas cuando los negocios se vuelven personales.

—Ya es personal. Estos médicos han dedicado sus carreras a este hospital y a brindar la atención de la más alta calidad posible a esta comunidad, y tú estás tratando de forzar y destruir la confianza que han construido durante años. No creo que vaya a suceder. Creo que vamos a ganar el contrato y lo vamos a celebrar con unas buenas vacaciones. Estoy pensando en una bonita playa, tal vez en las Islas Caimán. ¿Los genios de la sala han estado en las Islas Caimán?

Me alejé de ellos, esperando que una bala me destrozara la columna vertebral, pero todo lo que tenían para disparar eran miradas heladas. Objetivo de la misión uno completado. Me uní a John y al nervioso Director de Operaciones, que estaban terminando su conversación.

—Oye, Doc, Francis me acababa de decir que cancela sus vacaciones en las Islas Caimán.

El ansioso Director de Operaciones apenas podía sostener mi mirada.

—Me parece una buena idea. John, ¿podría hablar contigo un momento?

Dejamos al Director retorciéndose solo con sus pensamientos y encontramos un rincón tranquilo.

—¿Supongo que tu conversación con Francis fue productiva?

John se echó a reír.

—No podría haber cambiado de opinión más rápidamente. Me asegura que no tenía ni idea de que le estaban creando una cuenta.

—Parece que tenemos su voto.

—A partir de ahora va a ser nuestro apasionado defensor. ¿Cómo fue tu plática?

—Me di cuenta de que SGITR significa los genios de la sala.

—¿En serio? ¡¡Qué tan estúpido tienes que ser para nombrar a tu empresa ilegal Los Genios de la Sala? Cuando te atrapan, desmiente por completo la premisa del nombre.

—Como todos los narcisistas, se creen su propia publicidad. Míralos allí.

Nos dimos la vuelta y los encontramos a los tres enfrascados en una acalorada conversación. Cesó cuando se dieron cuenta de que los estábamos observando. John y yo sonreímos y saludamos, pero el gesto no fue recíproco.

—Ese abogado parece encabronado. Toda su cabeza se está volviendo de un rojo brillante. El wey va a tener un derrame cerebral si no se calma —observó John.

—Consciente de la calidad de la atención, probablemente se sentiría aliviado de recibir atención en un hospital que no sea PMP.

—Estaría encantado de rellenar la documentación para un traslado a uno de los suyos. ¿Qué pasa con la última parte del plan? ¿Está ella a bordo?

—¡A huevo que sí! Huele a otro Pulitzer. Está verificando algunas cosas.

—Está bien. Espero que esto funcione. Gracias por tu ayuda en esto. Necesitamos mantener este contrato.

•   •   •

Don Prost temblaba de rabia.

—¿Cómo demonios se enteraron de la existencia de SGITR y las Islas Caimán? Está enterrado tan profundamente que a veces tengo problemas para acceder a él.

—No lo sé, pero esto es malo, Don. Prometiste que nadie podría penetrar en la seguridad y saber sobre la empresa —dijo Jim.

—No debería ser posible. He hecho esto antes, y nadie ha pasado nunca la seguridad.

—¿Y si pueden acceder a la cuenta real y ver a dónde va el dinero? —preguntó Matt.

—Imposible. De ninguna manera pueden entrar en esa cuenta.

—También nos aseguraste que ni siquiera encontrarían la cuenta. Tenemos que asumir que está comprometida. Tenemos que controlar esta situación —dijo Jim.

Don se sonrojó aún más ante la idea de perder ese contrato y comprar el silencio de los médicos.

—Está bien. Les ofrecemos algo de dinero y hacemos que firmen un acuerdo de confidencialidad, y nos alejamos de este contrato, pero después de que averigüe cómo se enteraron de SGITR, voy a destruirlos —dijo Don.

—Primero compremos nuestra salida de este lío. Entonces tendremos que cerrar SGITR y reorganizar nuestras finanzas para ocultar pagos futuros. La venganza es una prioridad menor.

—Está en la parte baja de tu lista, pero no en la mía. Voy a perseguir a esos cabrones.

.   .   .

Regresamos para una última ronda de preguntas. John mantuvo su comportamiento profesional, pero los Padrotes estaban notablemente moderados. La reunión finalmente concluyó, y Don nos detuvo, esperó a que la habitación se vaciara y cerró la puerta antes de hablarnos.

—En Prime Medical Partners hemos reevaluado nuestra posición y no estamos seguros de que este sea un buen mercado para nosotros. Estamos considerando retirar nuestra oferta para este contrato.

—Un poco tarde en el proceso para retirarse, ¿no? —se burló John.

—Recientemente nos hemos encontrado con nueva información que ha influido en nuestra decisión. Nos damos cuenta de que han invertido mucho tiempo y recursos en la preparación de su oferta, y estamos preparados para reembolsarles completamente esos esfuerzos. Nos gustaría manejar esto de una manera amistosa y tranquila. Un simple acuerdo de confidencialidad es todo lo que necesitamos, y todos podemos seguir adelante con nuestras propias prácticas comerciales.

—Don, no queremos tu dinero sucio y no vamos a firmar un acuerdo de confidencialidad. Me da igual si retiras tu oferta o no. Tenemos esta votación, y la ganamos de verdad. Tú y el resto de tu empresa pueden irse al carajo.

—Estás cometiendo un gran error. Somos una empresa multimillonaria con recursos infinitos. No quieres que vayamos tras de ti.

Me interpuse entre los dos antes de que las cosas se intensificaran.

—Ustedes son una empresa de mil millones de dólares por el momento, pero tengo la sensación de que eso podría cambiar. Me imagino que van a querer vender sus acciones de Prime Medical Padrotes, pero eso sería uso de información privilegiada sumado a sus otros problemas. Mi consejo es que busques un buen abogado, alguien incluso más inteligente que tú.

—¿Qué demonios se supone que significa eso?

—Te prometo que va a ser obvio en un futuro muy cercano.

Dejamos a Don solo, por fin era el tipo más listo de la habitación.

· · ·

Acababa de regresar de una carrera nocturna con Banshee, cuando Mac me llamó.

—Hola, Doc, ¿cómo estuvo tu día? ¿Algo interesante?

—Salvé a un bebé con dificultad respiratoria y destruí una turbia empresa de miles de millones de dólares. ¿Y tú?

—No es tan emocionante, aunque nunca estoy muy segura cuando estás exagerando.

—Es todo cierto. Te lo cuento más tarde. ¿En qué puedo ayudarte?

—Quería pedirte otro favor. Mañana se cumple una semana de la muerte de Mark, y quiero ver dónde sucedió. Sé que es extraño, pero lo he estado evitando y solo quiero poner algunas flores allí. ¿Vienes conmigo?

—Encantado de hacerlo.

—Está bien. Te mando un mensaje de texto cuando termine con el trabajo. Asegúrate de llevar a Banshee. Es bueno para la moral.

—Lo voy a hacer. Descansa un poco.

—En un rato. La Senadora se va a reunir con unos amigos para cenar y necesito asegurarme de que todos estén instalados antes de irnos a dormir.

—Debiste haber elegido algo fácil como la medicina. Las horas de los políticos son brutales.

—Tal vez pueda hacer que me escribas una carta de recomendación para la escuela de medicina. Buenas noches, Doc. Nos vemos mañana.

—Buenas noches, Mac.

Banshee movió la cola cuando terminé la llamada.

—No te preocupes. Estás invitado. A ella le gustas.

CAPÍTULO VEINTIDÓS

Viernes 20 de marzo
2:16 p. m.

Mac le envió un mensaje de texto para que se encontrara con ella a las tres frente a su edificio de oficinas, antes de la corta caminata por el Paseo Nacional hasta la parada de metro, donde Mark había sido asesinado. Banshee y yo tomamos un Uber y esperamos a Mac. Se acercó con infinita tristeza en sus ojos y se agachó para rascar las orejas de Banshee. Llevaba un pequeño ramo de rosas amarillas para depositarlas en el lugar.

—Gracias por venir, Doc. He estado temiendo esto, pero necesito experimentarlo.

—Sí, pero va a estar abarrotado con nuestras dos sombras de Seguridad Nacional que se van a unir a nosotros.

—Podríamos rentar un autobús de fiestas e ir todos juntos.

—Eso definitivamente sería más eficiente, pero es un día demasiado agradable para no caminar.

Salimos a un ritmo pausado, mezclándonos con los turistas que frecuentaban el Paseo Nacional. En la primera calle transversal, nos encontramos con una fila de camiones de comida con olor sabroso que vendían a turistas hambrientos y deshidratados.

—¿Qué tal un helado? —sugerí.

—Está bien.

Mac eligió un cono de fresa, mientras que yo elegí uno de vainilla y chocolate. También tenía un cono lleno de crema batida para Banshee, que babeaba mientras nos seguía. Encontramos un banco y nos sentamos a disfrutar de los conos. Sostuve el cono de Banshee para él, pero aun así lo devoró de un bocado. Se acostó a nuestros pies lamiendo el exceso de crema que le había caído sobre las patas.

—¿Alguna epifanía sobre la pista de Mark sobre el tiempo?

—Todavía no, pero no estoy demasiado preocupada. Sus pistas siempre han sido cada vez más difíciles. Algo va a hacer clic eventualmente. No me daría una pista que no pueda resolver.

—¿Ocurre algo interesante en el trabajo?

—Lo de siempre. Gente haciendo cola para besar el culo de la Senadora.

Mac fue empujada violentamente hacia mí, derribándonos a los dos del banco.

Levanté la vista y vi a un hombre que huía de nosotros.

—¡Mi bolsa! ¡Me robó la bolsa!

Mac empezó a levantarse, pero yo la contuve.

—¡Banshee, DETENLO!

Ya alerta por el empujón, Banshee se concentró en el hombre atlético con una ventaja de cerca de treinta metros. Corriendo rápido, el hombre todavía no tenía ninguna posibilidad. Después de un salto entusiasta, Banshee corrió a toda velocidad y rápidamente lo superó. El hombre miró por encima del hombro y sus ojos se abrieron de par en par al ver a la bestia atropellándolo. Intentó correr más rápido, pero no le ayudó.

Banshee cerró los últimos metros y se lanzó. La fuerza de la colisión derribó al hombre, y la poderosa mandíbula de Banshee se aferró a la parte posterior de su muslo, desgarrando la piel y hundiéndose en el tendón de la corva. El hombre aterrizó boca abajo con Banshee todavía agarrado a la parte posterior de su pierna. Sus gritos comenzaron antes de que tocara el suelo.

Después de asegurarme de que Mac estaba bien, corrí y le ordené a Banshee que lo soltara y vigilara al hombre. Intentó levantarse, pero el gruñido de Banshee lo convenció de quedarse quieto. Recogí la bolsa de Mac y esperé al circo.

El Paseo Nacional está fuertemente vigilado y tres oficiales acudieron al disturbio. Mac se acercó por detrás, y nuestros confiables agentes de Seguridad Nacional corrieron a unirse a la fiesta.

—Lo siento, hombre. Escogiste la bolsa equivocada para robar —le dije.

Me miró y sonrió.

—Inmunidad diplomática.

—¿Qué chingados dijiste?

—Inmunidad diplomática.

El primer oficial llegó con la mano en su arma y me pidió que retrocediera lentamente. Obedecí y llamé a Banshee, que se sentó tranquilamente a mi lado. Mac se hizo cargo.

—Oficiales, soy la Jefa de Gabinete de la Senadora Whitehurst. Este hombre me agredió y se escapó con mi bolsa, y el perro de mi amigo lo detuvo. Quiero presentar cargos.

—Está reclamando inmunidad diplomática —dije.

Los agentes de Seguridad Nacional comenzaron una conversación moderada pero acalorada con la policía, ignorándonos a Mac y a mí por el momento.

—¿Estás bien? —pregunté.

—Estoy bien. Solo me raspé la rodilla. Estoy más enojada por haber dejado caer mi helado, aunque el hecho de que Banshee se enfrentara a ese tipo fue increíble de ver.

Banshee sonrió, seguro de que era el mejor chico bueno, mientras le frotaba las orejas.

—No lo hace a menudo.

—El pobre va a tener una cojera.

—Va a estar bien, siempre y cuando no se infecte. Solo tiene heridas punzantes. Si seguía luchando, Banshee iba a sacudir la cabeza y se iban a desgarrar las fibras musculares.

—Eso suena horrible.

—Lo es. Es por eso por lo que la gente no debería molestar a mi perro.

El hombre en el suelo se sentó y entregó un documento a un agente de Seguridad Nacional. Uno de los oficiales estaba envolviendo un vendaje rudimentario alrededor del muslo. El agente de Seguridad Nacional frunció el ceño mientras leía el documento y se lo pasaba a Mac.

—Sra. Lawton, ¿está bien?

—Lo estoy. ¿Quién es ese hombre?

—Desgraciadamente, parece ser un miembro de la delegación rusa. Lo voy a verificar, pero si es legítimo, no podemos acusarlo.

—¿Me estás diciendo que un diplomático ruso puede atacar a la Jefa de Gabinete de una Senadora de los Estados Unidos y robarle la bolsa frente al Capitolio de los Estados Unidos, y no hay nada que puedas hacer?

—Dije que no podemos acusarlo, pero estoy seguro de que lo echarán del país con otras repercusiones que están muy por encima de mi nivel salarial. Lo tenemos todo en video, así que es libre de irse. Los llamaremos si necesitamos más información.

Mac, con furia en sus ojos, se acercó al hombre en el suelo.

—¿Por qué me tiene en la mira el gobierno ruso?

El hombre rió suavemente.

—Perra.

Inmunidad diplomática o no, ordené a Banshee,

—INTIMÍDALO.

Gruñendo, Banshee se abalanzó sobre la cara del hombre. La saliva voló de su boca para llover sobre el hombre aterrorizado que trató de alejarse. Con un ladrido entrecortado, Banshee se giró tranquilamente para sentarse a mi lado.

Los atónitos oficiales no habían tenido tiempo de reaccionar antes de que Banshee volviera a sentarse. El hombre aterrorizado todavía trataba de distanciarse de Banshee. Mac entrelazó su brazo con el mío y los tres nos alejamos para recoger las flores que habían caído al suelo.

. . .

Al ver cómo se desarrollaba la escena desde su carro, Nikolai maldijo en tres idiomas diferentes. Se suponía que Viktor agarraría el bolso y saltaría al carro con él. Es posible que se hubiera información útil en su teléfono o en su agenda. El simple plan debería haber funcionado, pero esa bestia malvada lo había alcanzado y derribado, como si se estuviera quieto.

Viktor tenía inmunidad y no sería procesado, pero sería deportado. Lo más preocupante fue su fracaso. La Dirección S no toleraba tales contratiempos, y el Director Petrov no apreciaría la demostración pública de incompetencia. La carrera de Víctor había dado un giro serio para peor, y Nikolai no quería unirse a él. Se detuvo con cuidado en el tráfico y se dirigió a la embajada. Su informe tardaría menos de un minuto, pero la furia hirviente de Petrov duraría mucho más.

CAPÍTULO VEINTITRÉS

Viernes 20 de marzo
3:28 p. m.

—Con suerte, esa fue nuestra única emoción del día, pero tengo que admitir que la descarga de adrenalina alivió un poco la tensión. No puedo creer lo audaces que son los rusos. Un ataque contra una Jefa de Gabinete Senatorial en el Paseo Nacional no es un acto de guerra, pero apesta a desesperación.

—¿Qué crees que buscan?

—Tal vez pensaron que llevaba en mi bolsa un mapa secreto que mostraba la ubicación de la investigación de Mark.

—¿Hay un mapa secreto en tu bolsa?

Se asomó al interior.

—No, pero tengo algunas mentas. ¿Quieres una?

—Claro. ¿Todavía quieres visitar el lugar?

—Sí, ha pasado una semana y necesito un cierre. Vamos, está justo más adelante.

Llegamos a la entrada anodina de la estación de metro Smithsonian. Un letrero se elevó tres metros sobre el concreto frente a dos escaleras mecánicas que conducían al subsuelo. Los turistas se arremolinaban alrededor, mientras los lugareños caminaban decididamente a través de ellos. Nada revelaba que hace una semana, tres hombres habían perdido la vida aquí.

Mac se quedó mirando la escena y le hice señas para que se sentara en un banco vacío. Se sentó con cautela, todavía mirando al suelo frente a ella.

—Probablemente sea una locura de gemelos, pero puedo sentir su presencia.

—Definitivamente no es una locura.

Sus ojos se llenaron de lágrimas.

—Era la persona más inteligente que he conocido, y era un buen hombre. Buscó respuestas a preguntas que otros ni siquiera pensaron en hacer. Todo lo que era terminó aquí. ¡Qué desperdicio!

Nos sentamos en silencio, y Mac frotó ociosamente las orejas de Banshee. Finalmente, se puso de pie y deambuló, buscando por el suelo, como si pudiera encontrar a su hermano perdido. Se inclinó para colocar las rosas en el suelo, cerca de la entrada del metro. Me quedé en el banquillo con Banshee. Se detuvo y examinó lentamente la zona, observando los edificios a lo lejos. Se reunió conmigo en el banquillo.

—Te estaba diciendo que Mark siempre hacía preguntas que a nadie más se le ocurrían, y yo olvidé hacer la pregunta más importante yo misma. ¿Por qué estaba Mark aquí?

Dejé que continuara con sus pensamientos sin interrupciones.

—Sabía que estaba en problemas. Las cintas de seguridad del metro dejan claro que sabía que lo estaban siguiendo, y la memoria USB que llevaba en el bolsillo indicaba que sabía que tenía que transmitir su mensaje. Sabía que su vida corría peligro y decidió venir aquí. Podría haberse detenido en una estación donde convergían varias líneas y donde la policía estaría disponible. En su lugar, eligió esta parada, que se abre al Paseo Nacional solo con lugareños y turistas, lo que significa que vino aquí por una razón. Me tomó una semana hacer la pregunta, pero ahora que estoy aquí, la respuesta es obvia.

—¿Te importa iluminarme?

—¿Recuerdas el reloj de la unidad de almacenamiento?

—Sí, la hora estaba fijada en las 12:35, y dijiste que las 1235 era la pista.

—¿Te acuerdas quién hizo el reloj?

—No.

—Smith & Sons. —Señaló hacia el nordeste—. Iba al Smithsonian. Vamos, tenemos que encontrar un 1235 dentro.

Se levantó y comenzó a caminar a paso ligero, y Banshee y yo nos apresuramos a alcanzarla.

—¿Qué sabes del Museo Smithsonian? —preguntó.

—No mucho.

—No es un solo museo, sino un complejo de veintiún museos, que contienen más de 150 millones de especímenes.

—Entonces debería ser fácil encontrar la pista de Mark.

—Empecemos por el Museo Nacional de Historia Natural. Es el que más exhibiciones tiene, y el que le gustó más a Mark.

Pasamos por el control de seguridad y entramos en el salón principal. Me detuve para apreciar el elefante africano de casi cuatro metros de altura que se exhibía en el centro del vestíbulo. La habitación cavernosa empequeñecía a la enorme bestia. Tres niveles de balcones daban al vestíbulo, iluminados por la luz del sol que entraba por las ventanas arqueadas que rodeaban el vestíbulo. Aunque estaba lleno de turistas, la mayor parte del tráfico peatonal salía del museo por el día.

—A mi hermano le encantaba este lugar y lo visitaba seguido.

—¿Alguna exhibición en particular que le gustara?

—La verdad es que no. Siempre quiso aprender algo nuevo. Pasó tanto tiempo aquí que se hizo amigo de algunos de los investigadores que trabajan aquí.

—¿Esto también es un centro de investigación?

—Científicos de todo el mundo vienen a estudiar las colecciones. Solo el uno por ciento de las colecciones están en exhibición. El resto está almacenado aquí y fuera del sitio. Mi hermano pasaba horas explorando los niveles inferiores del museo.

—¿Cuántos sótanos hay?

—Tres que admiten, pero hay rumores de niveles más profundos.

—¿Te crees esa tontería?

—¿Habrías creído hace una semana que hay un túnel secreto para escapar de una oficina secreta en el edificio del Senado?

—Buen punto.

—Esta ciudad esconde capas de secretos. Sentémonos aquí por un minuto, mientras pienso primero a dónde ir.

Mac eligió un banco frente a un área de exhibición completamente abierta. Los turistas cansados arreaban a los niños hambrientos y exhaustos hacia la salida, con la paciencia para hacer turismo agotada.

—Las noches son el mejor momento para estar aquí. La multitud disminuye y se instala una tranquila soledad. Casi puedo sentirlo caminando por esta habitación, deteniéndose para leer los carteles informativos, haciendo preguntas a los empleados sobre una exhibición, tomando notas en uno de sus interminables diarios y sonriendo a las familias. Lo extraño.

—¿Está segura de que este era su destino la semana pasada?

—Sí. Todo lo que hacía tenía un propósito. Se bajó del metro en esa parada por algo, y nada más por aquí tiene sentido. Además, nos llevó al reloj.

—Tal vez pensó que podía esconderse en los niveles inferiores.

—Posiblemente, pero no actuó como si estuviera huyendo. Actuó como si estuviera corriendo hacia algo.

—Hay unos veinte millones de cosas en este edificio. ¿Cómo propones encontrar la que te interesa?

—Caminemos un poco más. Deberíamos ir a ver a los dinosaurios. Son mi parte favorita del museo.

Deambulamos por tres pasillos antes de contemplar a los dinosaurios. Banshee se tensó, pero yo lo calmé con un suave toque. Mac y yo nos separamos mientras deambulábamos por las exhibiciones.

Me acerqué a un suzhousaurus, una criatura fea, y Banshee gruñó por lo bajo.

—Relájate, muchacho. No ha sido una amenaza durante los últimos cien millones de años.

Leí el cartel informativo y me enteré de que la aterradora bestia no había sido carnívora.

—Te dije que estás a salvo. Este chico malo solo comía árboles, no perros.

Me dirigí a la siguiente exhibición, cuando algo se registró en mi mente. Regresé a la pancarta, y en la esquina inferior derecha, decía «Prueba 19742» en letra pequeña, probablemente un sistema de seguimiento interno. Me acerqué al siguiente letrero y vi «Prueba 21373».

Le hice un gesto a Mac y señalé el letrero.

—A cada una de estas exhibiciones se le asigna un número.

Mac lo notó y corrió a las siguientes dos exhibiciones. Una sonrisa iluminó su rostro.

—Es tan simple, y es brillante.

—¿Crees que tenemos que encontrar la Prueba 1235?

—Absolutamente.

—No parece que los números de las exhibiciones estén en orden.

—No, vamos a necesitar ayuda.

CAPÍTULO VEINTICUATRO

Viernes 20 de marzo
4:13 p. m.

Encontramos un curador en el vestíbulo. Cansado después de un largo día, nos saludó calurosamente.

—Buenas tardes, amigos. ¿Cómo puedo ayudarlos hoy?

Mac anotó su etiqueta con su nombre.

—Encantado de conocerte, Tim. Soy Mac, y estos son mis amigos, Doc y Banshee. Tenemos algunas preguntas sobre el sistema de numeración utilizado para las exhibiciones. Nos dimos cuenta de los pequeños números en las esquinas inferiores de cada letrero.

—Esas son etiquetas internas, para que sepamos dónde está todo.

—¿Cómo se asignan?

—Al azar por el momento en que la exposición se hace pública. Cuando se retira una exhibición, el número vuelve a estar disponible. Cuando una exposición se pone en marcha, se asigna el siguiente número disponible. Ese número permanecerá coincidiendo con esa exhibición y ubicación hasta que sea retirado.

—Entonces, un número de exhibición específico podría estar en cualquier parte del museo?

—Correcto. ¿Hay algo específico que estés buscando?

—Estamos buscando un número de exhibición específico. ¿Cómo lo hacemos?

—Esa información generalmente no se pone a disposición del público, pero si me dices lo que hay en la exhibición, puedo guiarte a la sección correcta.

—Ese es el problema, Tim. No sabemos qué hay en la exhibición. Solo tenemos el número.

Aunque perplejo, Tim parecía feliz de ayudar con la pregunta única.

—Déjame hacer una llamada para ver si Sue sigue en el edificio. Un momento, por favor.

Tim se hizo a un lado y llamó por la radio.

—Creo que le gustas a Tim —dije.

—Me va a caer bien si puede localizar esa exhibición.

—¿No se te antoja pasar el próximo mes mirando entre la multitud de niños en edad escolar para ver un millón de exhibiciones diferentes?

—Si tengo que hacerlo, lo hago, pero prefiero trabajar de manera más inteligente.

Tim le hizo un gesto a Mac para que se uniera a él.

—¿Qué número de exhibición está buscando?

—1235.

—Un número bajo. Probablemente ha estado en exhibición durante mucho tiempo. Espera.

Transmitió la información por la radio, asintió y dio las gracias a Sue antes de volver su atención a Mac.

—La prueba 1235 está en nuestro Museo de Historia Americana, al lado. Puedo indicarles la dirección correcta.

—Gracias. ¿Mencionó Sue de lo que es la exhibición?

—Sí, una colección de los primeros diarios americanos.

Los ojos de Mac se iluminaron y seguimos sus instrucciones hasta el Museo de Historia Americana, que estaba al lado.

—Si de alguna manera logró hacer lo que creo que hizo, va a ser la mejor búsqueda de Mark —se maravilló Mac.

—Supongo que escondió algo en la exhibición.

—Tiene sentido. Su información estaría bien protegida.

Tomé un folleto.

—Este lugar tiene las zapatillas de Dorothy del Mago de Oz, la bandera estadounidense original y el sombrero de copa de Lincoln. Un diario con secretos nacionales encajaría perfectamente.

Caminamos hasta que algo llamó la atención de Mac, y ella corrió hacia una exhibición que contenía el escenario de una oficina temprana. El cartel informativo describía los artefactos de la oficina de Ben Franklin, y el número de exhibición en la parte inferior era 1235. Entre los objetos esparcidos sobre el escritorio había una pila de siete diarios. Eufórica, Mac siguió moviéndose.

—¿A dónde vamos? —pregunté.

—Probablemente todavía tengamos vigilantes, y no quiero revelar nada.

—¿Está segura de que es la exposición correcta?

—Definitivamente. Mark usó solo un tipo de cuaderno con una franja roja en la encuadernación. Reconocí el diario de Mark en la pila que había sobre el escritorio.

—Genial. Ahora solo tenemos que perder a nuestros seguidores, pasar la seguridad del museo, evitar todas las cámaras, pasar el vidrio grueso y recuperar el diario sin que nos atrapen.

—Cuando lo dices así, suena como algo difícil. Vamos, guiemos a nuestros amigos en una búsqueda inútil.

Recorrimos el museo, prestando especial interés a varias exhibiciones no relacionadas. Cualquiera que nos viera quedaría desconcertado por nuestro deambular aleatorio. Cansados del juego, salimos del museo y volvimos al banquillo junto al lugar dónde murió Mark.

—¿De verdad vas a robar ese diario?

—Técnicamente, no es robar. Ese diario era de Mark, y ahora que está muerto, me pertenece a mí. Solo estoy recuperando mi propiedad.

—¿No crees que sería más fácil pedirle al museo que nos lo devuelva?

—No. Seguridad Nacional lo agarraría incluso antes de que nos acercáramos a él.

—¿Cuál es tu plan?

—Todavía estoy trabajando en ello.

—Si Nicholas Cage puede robar la Declaración de Independencia, estoy seguro de que puedes encontrar la manera de sacar un pequeño diario del museo sin que nadie lo note.

—Déjame pensar y te llamo. Gracias por venir, y gracias, Banshee, por recuperar mi bolsa. Voy a tomar un Uber y dar por terminada la noche.

—Está bien. Banshee y yo vamos a caminar a casa. Buenas noches, Mac.

—Buenas noches, Doc.

CAPÍTULO VEINTICINCO

Viernes 20 de marzo
5:08 p. m.

La Agente Morozova los vio separarse y decidió seguir a Mac. La tediosa última hora de seguirlos por el museo, manteniéndose fuera de la vista y lejos de las cámaras de seguridad, y memorizando una lista de exhibiciones en las que habían mostrado más interés, no pudo llevar a nada. Es posible que simplemente se hayan distraído con una visita al museo.

Alina sentía una presión considerable por parte del Director para obtener resultados. El fracaso de Viktor y Nikolai para agarrar la bolsa, la más simple de las tareas, había centrado sus furiosas expectativas en ella. El Director había arriesgado su exposición ante la mera posibilidad de adquirir información útil, pero también lo había hecho ella cuando le disparó al investigador.

El ascenso de Alina en la Dirección había sido improbable. Nacida en Murom, una ciudad anodina a las afueras de Moscú, en el seno de una familia normal, su padre había trabajado en una fábrica, mientras que su madre trabajaba en la preparación de alimentos para el Estado. La destreza física y académica de Alina fue obvia a una edad temprana, pero Rusia recompensó la conformidad por encima de la excelencia.

Alina, una niña de carácter fuerte que se negaba a conformarse, finalmente se convirtió en un problema disciplinario en la escuela.

Su vida cambió después de cumplir trece años. El cuerpo maduro de Alina llamó la atención de un chico mayor. Cuando la joven de diecisiete años intentó violarla, Alina luchó. Usando nada más que sus manos y pies, lo había golpeado hasta el punto de ser hospitalizado para múltiples cirugías.

Desafortunadamente para Alina, era hijo de un funcionario menor del Partido, quien exigió un castigo para Alina. Si él se hubiera salido con la suya, ella habría sido condenada a un duro campo de trabajo, donde probablemente habría muerto. En una de las únicas interrupciones en su difícil vida, su caso llamó la atención de un oficial del SVR.

Lera Kozlova, una de las pocas mujeres en el SVR, reclutó a niñas con una inteligencia, atletismo y fuerza mental inusuales desde los diez años para comenzar su proceso de entrenamiento. Una niña de trece años que había golpeado a un niño mayor hasta dejarlo a un centímetro de su vida la impresionó.

Después de una entrevista en la celda de Alina, Kozlova obtuvo su liberación inmediata. La acompañó a su casa, donde le dio quince minutos para recoger sus pertenencias y despedirse con la clara expectativa de que nunca volvería a ver a su familia.

Llevó a Alina a un centro donde comenzó un intenso entrenamiento con otras niñas y jóvenes. Sin días libres, el régimen los desafió académica y físicamente. Aprendió sobre la realidad, no los hechos diluidos que el Estado compartía con sus ciudadanos, sino los hechos reales sobre Occidente. Alina había sido elegida para aprender inglés con múltiples dialectos.

La defensa personal y el entrenamiento con armas ocurrieron simultáneamente, incluyendo peleas cuerpo a cuerpo y con cuchillos, pistolas y objetos contundentes. Cuando tenía dieciséis años, los expertos le enseñaron a usar su cuerpo como un arma seduciendo a hombres y mujeres para que compartieran sus secretos. Su mente y su cuerpo se convirtieron en sus armas más letales a medida que maduraba.

A la edad de veinte años, Alina estaba lista para su primera tarea en el mundo real. Su apariencia juvenil y su inglés impecable la convirtieron en un activo valioso en los Estados Unidos. Podía pasar desapercibida y recopilar información a través de la violencia, el sigilo y la seducción. Había construido su carrera con un éxito tras otro, y estaba decidida a continuar con la racha. A cualquier costo, ella conseguiría esa información.

.   .   .

Al otro lado del Paseo Nacional, los agentes de Seguridad Nacional le daban una actualización al Agente Duff.

—Pasaron más de una hora en el museo, entusiasmándose con exhibiciones aleatorias. Parecía más una cita de nerds que cualquier cosa relacionada con nuestra investigación.

—¿Y los rusos?

—Esa misma mujer los está acechando.

—¿Violó alguna ley?

—Nada de lo que nos diéramos cuenta.

—Vigílala, pero no la interceptes, a menos que interfiera con nuestros objetivos. Los rusos están dispuestos a dejar que ella los siga siguiendo después de perder a un agente hoy.

—Si los rusos fueran tan inteligentes como testarudos, serían un digno oponente.

—No los subestimes. Es posible que ella tenga un papel que desempeñar en esto antes de que esto acabe.

El Agente Duff terminó la llamada y se reclinó en su silla. Había sido una semana larga y muy frustrante. Parecía que la búsqueda de Mac se había estancado. Es posible que la salida de hoy haya sido solo una cita. Organizó su escritorio y se fue a pasar la noche. Con suerte, tendría un fin de semana tranquilo por delante para ponerse al día con el descanso que tanto necesitaba.

· · ·

Banshee y yo llegamos a casa enfocados en la cena, pollo desmenuzado para él y un sándwich de queso a la parrilla para mí. Acababa de terminar, cuando John me envió un mensaje de texto.

«Ya empezó. Pon las noticias.»

Por lo general, evitaba los canales de noticias, pero lo encendí para encontrar un presentador de noticias que daba una actualización de las principales historias.

—En un explosivo informe fuera del horario laboral, Lana Hearns ha hecho serias acusaciones contra Prime Medical Partners, el principal proveedor de personal para salas de urgencias en todo el país. Escuchemos su conferencia de prensa.

Serena e indignada, Lana se paró detrás de un podio cargado de micrófonos.

»El informe de hoy arroja luz sobre una cultura de engaño en Prime Medical Partners que ha corrompido la dotación de personal de muchas de nuestras salas de urgencias en todo el país. Estas salas de urgencias son nuestra primera línea de defensa en caso de accidentes y enfermedades graves, y un recurso de atención médica primaria para muchos de nuestros ciudadanos más vulnerables desde el punto de vista médico.

»Durante años, Prime Medical Partners ha utilizado fondos en el extranjero para sobornar a funcionarios de hospitales de todo el país para asegurar lucrativos contratos para el personal de las salas de urgencias. A pesar del empeoramiento de los resultados debido a la falta de personal y los recortes salariales, pudieron mantener estos contratos sobornando a altos funcionarios del hospital.

»Sus cuentas estaban contenidas en un solo banco en las Islas Caimán, a través de una compañía subsidiaria que crearon llamada SGITR, LLC. Irónicamente, SGITR significa *Smartest Guys in the*

Room, o «Los Genios de la Sala». Han violado las leyes fiscales y monetarias internacionales, y su práctica corporativa de la medicina ha puesto en peligro la vida de ciudadanos estadounidenses. Hago un llamado a todas las agencias de aplicación de la ley relevantes para que comiencen una investigación de Prime Medical Partners. Pido la renuncia y el enjuiciamiento de todos los funcionarios del hospital que aceptaron sobornos de Prime Medical Partners. Es hora de sacar el dinero sucio de la medicina y devolver el control de la atención médica a los profesionales médicos.

La pantalla se cortó a una respuesta en vivo de Don Prost en la sede de Prime Medical Partners.

—Negamos categóricamente todas estas absurdas acusaciones. PMP es líder en la industria médica y nos mantenemos firmes en los más altos estándares éticos. Acogemos con beneplácito una investigación completa y exhaustiva de estas ridículas acusaciones. Además, presentaremos una demanda por difamación contra la reportera y todos aquellos que le proporcionaron esta información falsa.

La pantalla se cortó hasta la mesa de noticias.

—Lana Hearns, quien ganó un Pulitzer por su historia sobre los atentados en Las Vegas, dio hoy un informe explosivo sobre el soborno generalizado que ha amenazado la calidad de la atención médica en las salas de emergencia de los hospitales de todo el país. Prime Medical Partners sufrió una caída del 37% en el valor de sus acciones después del informe de Hearns. Los mantendremos informados de las novedades. En otras noticias....

Apagué la televisión y acurruqué a Banshee.

—Parece que hemos resuelto un problema esta semana. Creo que nos hemos ganado una buena noche de sueño.

Los ojos de Banshee se cerraron.

CAPÍTULO VEINTISÉIS

Sábado 21 de marzo
11:22 a. m.

—¿Cómo va tu día, Doc?

La voz alegre de John resonó en mi celular.

—Bastante bien hasta ahora. ¿Qué se dice en las calles?

—Los Padrotes están siendo destruidos en todos los canales. Siete altos ejecutivos de la industria del Sector Salud ya han dimitido a nivel nacional y se esperan más.

—¿Y los hospitales? ¿Se lo están tomando en serio?

—Demonios, sí. Están huyendo rápido de los Padrotes. Ya he tenido tres grupos que se han puesto en contacto conmigo esta mañana para preguntarme qué tan rápido podríamos hacernos cargo del personal de la sala de urgencias. Tenemos la infraestructura en su lugar, por lo que solo sería cuestión de trasladar a sus médicos a nuestro sistema. Es posible que terminemos con un crecimiento del 500% a partir de esto.

—Es una noticia fantástica. Me alegro por ustedes.

—Gracias por todo lo que hiciste para que esto fuera posible.

—Hay que agradecer a los Padrotes que dirigían una empresa sucia y hayan dejado un rastro de papel. Siempre es útil cuando los malos son estúpidos y engreídos al mismo tiempo.

—Amén a eso. Tengo que correr. Necesito hacer planes para contratar a más personas para que se encarguen del nuevo negocio. Que tengas una buena, Doc.

—Tú también, John.

Terminé la llamada y Mac me envió un mensaje de texto diciéndome que terminaría en una hora. No dio detalles, pero dado que probablemente nuestras comunicaciones estaban monitoreadas, supuse que descubriría cuál era el plan en una hora. Mi teléfono volvió a sonar antes de que pudiera dejarlo.

—Oye, hermosa. ¿Te estás tomando un descanso de tu gira del Premio Pulitzer para llamar a un médico humilde?

—Es importante mantener la humildad. ¿Cómo estás, Doc?

—Bastante bien, pero no tan bien como tú. No puedo encender la tele sin ver otra entrevista a Lana. Esta historia está despegando.

—Eso es un eufemismo. Tengo todo el fin de semana lleno. Gracias por la pista.

—Feliz de compartir. Estoy cansado de que estos imbéciles corporativos rompan todas las reglas y se lleven todo el dinero.

—¿Puedo citar eso?

—Eso fue extraoficial, pero se lo puedes atribuir a todos los malditos médicos del país. Todos sentimos lo mismo. ¿Algún comentario de Prime Medical Partners?

—Me puse en contacto con ellos y su abogado ofreció las negaciones habituales y amenazó con demandarme por difamación y violación de información financiera confidencial. Es una especie de imbécil, y podría jurar que me llamó estúpida en voz baja mientras colgaba.

—¡Uy! No es un buen movimiento en su carrera. ¿Dónde crees que termina todo esto?

—Creo que esto es solo el comienzo. Los Padrotes se enfrentan a una posible pena de cárcel a menos que se entreguen entre sí. Mi dinero está en que el Director de Operaciones coopere primero. Ese tipo es un blandengue. Algunos ejecutivos de hospitales se han defendido, pero las renuncias y los despidos ya comenzaron. Un cambio importante es la reevaluación de la forma en que se adjudican los contratos hospitalarios. Va a ser más difícil para las entidades corporativas ganarse a los grupos propiedad de médicos en el futuro. También tengo un denunciante que quiere reunirse el lunes para compartir información sobre una gran empresa de capital privado que ofrece servicios de radiología a nivel nacional. Si sale bien, es posible que otro grupo esté cayendo.

—Si están haciendo trampa, espero que obtengan todo lo que se merecen. ¿Cómo te va? Te extraño.

—Te extraño también. Me mantengo ocupada en Los Ángeles. Deberías visitarme alguna vez, y asegúrate de traer a Banshee.

—Eso se oye bien. Tengo algunas cosas que terminar aquí, pero planearé algo en las próximas semanas.

—Cuídate, Doc, y no te metas en problemas.

—¿Quién, yo? Nunca me meto en problemas. ¡Ve a arrasar con la próxima entrevista!

Terminamos la llamada.

—¿Qué dices, buen chico? ¿Quieres visitar California?

Banshee inclinó la cabeza y miró fijamente a mi alma.

·   ·   ·

Mac llegó a mi casa un poco más tarde vestida con leggings negros, un suéter largo y suave de color gris oscuro y tenis negros, como si estuviera lista para una cita informal y relajada, pero también permitiendo la movilidad, la comodidad y la capacidad de mezclarse con una multitud, así como en un museo sombrío. Yo me puse unos pantalones deportivos ligeros de color gris oscuro con una playera negra.

Se llevó un dedo a los labios para hacerme callar y sacó una cajita negra de su bolsa. Pulsó su único botón y una luz parpadeó en verde.

—Está bien, es seguro hablar. ¿Cómo estás, Doc?

—Bien, pero tengo mucha curiosidad por saber qué hace tu cajita negra.

—Se lo pedí prestado a un amigo. Emite un pequeño campo electromagnético que interrumpe la electrónica dentro de un radio determinado. En este momento, está bloqueando las señales de tu teléfono y probablemente también de tus vecinos. Esta noche, nos va a ayudar a recuperar ese diario.

Miré mi teléfono y vi que no había ningún servicio disponible.

—¿Cómo exactamente lo vamos a hacer?

—Vamos a escondernos en el museo, y después de que cierre, vamos a agarrar el diario. Vamos a pasar la noche en el museo y salir por la mañana. Este pequeño juguete va a bloquear las señales de las cámaras, mientras nos movemos por el museo.

—¿Crees que va a ser así de sencillo?

—Eso espero. El museo tiene algunos guardias por la noche, pero depende de la vigilancia electrónica para monitorear las exhibiciones. Las puertas del exterior serían difíciles de forzar, pero en el interior, nada nos impide movernos.

—Quiero saber de dónde sacaste ese juguete.

—Es de un amigo de una vida anterior con acceso a los últimos gadgets. Necesito cargar algunas cosas en el chaleco de Banshee, si eso está bien. Va a ser más fácil pasarlas a través de la seguridad.

—Por supuesto. Banshee es un cómplice voluntario de este tipo de actividades.

Después de que cargamos su chaleco, Mac apagó la caja negra y salimos de la casa.

•   •   •

Al otro lado de la calle, dos técnicos de Seguridad Nacional trataban furiosamente de recuperar las señales de los micrófonos que habían dejado en la casa.

—¿Qué demonios? La señal ha vuelto. Tenemos buen audio.

—¿Cómo carajos pasó eso?

—Ni idea, pero volvemos a estar en línea. ¿Cuánto tiempo estuvimos desconectados?

—Casi siete minutos.

—Toma nota en el registro.

Una joven paseaba junto a su camioneta. La Agente Morozova no perdería de vista a sus objetivos.

CAPÍTULO VEINTISIETE

Sábado 21 de marzo
12:57 p. m.

En esa ajetreada tarde de sábado, esperamos en una larga fila para ingresar al museo. La bolsa de Mac pasó por seguridad sin previo aviso, y Banshee pasó por alto el detector de metales después de algunos trucos para los guardias de seguridad. A nadie se le ocurrió registrar su chaleco. Entramos en el abarrotado salón principal y Mac señaló hacia la cafetería.

—Vamos a almorzar y elegir algo de comida para llevar. Va a ser una noche larga —dijo.

—¿Estás segura de que está lo suficientemente lleno?

—Lo suficiente como para no levantar sospechas de que planeamos quedarnos aquí toda la noche.

Nos abrimos paso entre los turistas hambrientos para comprar el almuerzo y encontrar una mesa.

Compramos agua embotellada y un par de sándwiches para más tarde.

—¿Estás segura de esto? Tienes mucho que perder si te atrapan —dije.

—Sí, necesito ese diario, y no nos van a atrapar. Tenemos un buen plan.

—Tenemos un plan simple.

—Menos cosas pueden salir mal con planes simples. Vamos, hay que ir a buscar un lugar para escondernos hasta que cierre el museo.

La muchedumbre se había espesado a medida que comíamos, y ella señaló hacia una puerta que decía «Solo para el personal del museo».

—Sígueme y actúa como si pertenecieras.

Sacó su caja negra del chaleco de Banshee y pulsó el botón. La luz verde parpadeó y, a nuestro alrededor, varios turistas desconcertados notaron que sus teléfonos habían perdido el servicio.

—Acabas de transportar a estos adolescentes a la Edad de Piedra.

—Sobrevivirán. Vamos.

Nos acercamos a la puerta con una luz roja parpadeante en el panel de seguridad. Mac empujó la puerta y no sonó ninguna alarma. Banshee y yo la seguimos, y la puerta se cerró silenciosamente detrás de nosotros. Mac bajó unas escaleras.

—Esperemos que nadie se haya fijado en nosotros. Vamos a buscar un lugar donde ponernos cómodos —dijo.

•   •   •

Arriba, los teléfonos se volvían a conectar casi tan rápido como habían dejado de funcionar. Los adolescentes no solo habían sobrevivido, sino que también habían olvidado el breve inconveniente junto con todos los demás, excepto Alina. Había observado sus ropas oscuras, los abundantes almuerzos que habían comido, los bocadillos y el agua que habían comprado, y el uso de algún tipo de dispositivo para entrar en una zona segura del museo. En conjunto, supuso que planeaban esconderse en el museo para recuperar algo. Decidida a encontrarlos, Alina los seguiría y tomaría lo que encontraran. El cuchillo de cerámica y la pistola compuesta que había llevado a través de la seguridad le daban la ventaja, si oponían resistencia. Pensó en un empleado del museo con una credencial que podía robar para acceder a la zona segura y darles caza. Disfrutando de la mera perspectiva, Alina tuvo tiempo de sobra para saborearla. Con suerte, este proyecto terminaría esta noche y ella tendría la información para el Director.

.   .   .

Los dos agentes subalternos asignados para seguir a Doc y Mac no los vieron desaparecer en el área de personal autorizado. Todo lo que sabían era que en un momento estaban en el museo, y al siguiente, se habían ido.

Buscaron inútilmente durante veinte minutos antes de dirigirse a seguridad para revisar las grabaciones de su sistema de cámaras. Encontró a Doc y Mac en video, caminando por el museo antes, pero las cámaras no lograron registrar su desaparición. El software de reconocimiento facial de última generación le permitió buscar en todas las cámaras en tiempo real y no encontró señales de Doc, Mac o Banshee. De alguna manera, habían vuelto a desaparecer.

La llamada al Agente Duff fue como se esperaba, con gritos para enfatizar su disgusto y frustración. Se asignaron algunos agentes más para ayudar a encontrar el rastro, y se colocó una red electrónica sobre el área circundante. Eventualmente tenían que mostrar sus rostros a una cámara, y cuando lo hicieran, Duff los tendría de nuevo.

.   .   .

Mac mantuvo su caja mágica activada, mientras descendíamos al tercer subnivel, pensando que cuanto más nos adentrábamos, menos probabilidades teníamos de encontrarnos con alguien, especialmente en un fin de semana. Su dispositivo desactivó temporalmente las cámaras a medida que pasábamos, dejándonos invisibles para la seguridad. Mac se detuvo frente a una puerta cerrada al azar y se arrodilló para inspeccionar la cerradura.

—Esto debe ser fácil. Sostén mi bolsa, por favor.

Observé cómo introducía las ganzúas y abría la cerradura en cuestión de segundos.

—No está mal. No esperaba que fueras una experta en abrir cerraduras.

—No soy una experta, pero a veces un poco de habilidad es útil.

Acepté en silencio.

—Vamos a ver qué hay dentro.

Entramos en una gran sala con ocho filas de estanterías de acero cargadas de especímenes. Todo, desde huesos hasta atuendos de la cultura pop, se extendía en la distancia.

—Me pregunto si alguien sabe siquiera que estas cosas existen. Solo en esta habitación debe haber cinco mil objetos —dije.

—Al menos. Busquemos un lugar para instalarnos. Tenemos un par de horas hasta que cierre el museo.

Elegimos un espacio en el suelo en la parte trasera de la habitación que tenía estanterías vacías cerca. Esperábamos poder escondernos allí en caso de que alguien entrara en la habitación. Banshee se alejó para explorar los nuevos aromas.

—No sabía que este lugar tenía tantos niveles bajo tierra —dije.

—Tiene al menos tres, pero probablemente más. DC limita las alturas de los edificios, por lo que la única opción es ir más profundo. Además, como viste en mi edificio, a DC le encantan los túneles secretos. Es probable que este lugar esté plagado de ellos.

—Ya que tenemos algo de tiempo, ¿qué tal si me cuentas a qué te dedicaste antes de ser Jefa de Gabinete en el Senado? Supongo que la mayoría de las personas en tu posición no pueden forzar cerraduras y acceder a la última tecnología electromagnética.

—La mayor parte de lo que hice sigue siendo clasificado.

—Omite los detalles y dame una descripción general no clasificada. Ya que estamos a punto de robar algo del museo más prestigioso del país, me imagino que tengo derecho a saber quién es realmente mi cómplice en el crimen.

—Muy bien. Crecí en una familia de militares. Mi papá era un Navy Seal y estaba ausente la mayor parte del tiempo. Afortunadamente, él tenía su base en Coronado, por lo que no tuvimos que mudarnos tan a menudo como lo hacían otras familias de militares.

—¿Entonces creciste en el sur de California?

—Sí, aprendí a surfear, y nuestro papá nos llevaba a la base cuando estaba en la ciudad y nos dejaba correr la carrera de obstáculos. Se aseguró de que supiéramos defensa personal básica y cómo manejar varias armas. Fue un gran padre. Desafortunadamente, el cáncer de páncreas se lo llevó solo un año después de su jubilación.

—¿Y tu mamá? ¿Estaba en casa contigo?

—La mayoría de las veces. Era maestra y esposa de militar, dos posiciones difíciles e ingratas. Creo que el estilo de vida fue duro para ella, pero alegremente hizo lo mejor que pudo. La parte más difícil para todos nosotros fue no saber lo que estaba pasando con papá. Su trabajo era tan secreto que desaparecía durante semanas. Saltábamos cada vez que sonaba el timbre, pensando que un capellán militar estaría allí para dar el pésame, pero siempre volvía a casa muy feliz de vernos.

—¿A qué se dedica tu mamá ahora?

—Murió de cáncer de mama un año después de que falleciera mi padre.

—Lo siento. Has sufrido mucho.

—Gracias. Ahora que Mark se ha ido, ahora estoy sola.

—Tu papá debe haber visto algunas cosas interesantes durante su carrera.

—Estoy segura de que lo hizo. Me encantaría saber más al respecto.

—¿Es por eso que te uniste a la Agencia de Inteligencia de Defensa?

—En parte, supongo. Ciertamente inculcó un sentido del deber. El ejército no parecía ser una buena opción para mí, pero la Agencia parecía perfecta. Podía usar mi formación científica, así como las cosas que mi padre me había enseñado, pero en un entorno más pequeño y flexible. No mucha gente sabe que existe la Agencia de Inteligencia de Defensa, y les gusta que sea así. Hacíamos un trabajo importante, pero nos manteníamos fuera de los titulares.

—Estoy seguro de que tus papás estarían orgullosos de todo lo que has logrado.

—Eso espero. ¿Y tú historia? Tienes unos cuantos esqueletos en el armario.

—Mi vida empezó de forma sencilla. Crecí en el Medio Oeste en una casa de clase media. Mis papás hicieron lo mejor que pudieron, pero fallecieron cuando yo estaba en la escuela secundaria, y a partir de entonces tuve que hacer mi propio camino. Fui a la universidad en Notre Dame y elegí Houston para la escuela de medicina. Tienen el centro médico más grande del mundo con múltiples hospitales y muchos traumatismos para llenar las salas de urgencias.

—¿Por qué elegiste la medicina de urgencias?

—En parte es por el desafío y la adrenalina, pero creo que me gusta el caos. Nunca se sabe lo que va a entrar por la puerta de urgencias. Puede ser alguien con una astilla en la mano o alguien con un cuchillo en el pecho. Cada minuto es una nueva experiencia, y cada paciente es una nueva aventura.

—A la mayoría de la gente le resultaría estresante ese caos.

—Es verdad, pero el truco está en convertir el caos en orden. Utilizas tu formación y experiencia, y tu equipo para averiguar qué le pasa a tu paciente y luego intentas resolver sus problemas. Todos ingresan a la sala de urgencias con preguntas y nuestro trabajo es averiguar las respuestas. Es satisfactorio cuando se hace bien.

—¿Y qué hay de todas estas aventuras secundarias que pareces tener? Te busqué, y has estado involucrado en casos de alto perfil que involucran crimen organizado, policías sucios y asesinos en serie. Parece un poco extremo, incluso para un médico de urgencias.

—Tal vez sea extremo, pero siento un sentido del deber hacia mis pacientes. Nunca había visto a tu hermano antes de esa noche, pero las últimas palabras que pronunció fueron una petición para que lo ayudara, y eso significa algo para mí. No iba a darle esa memoria USB al Agente Duff después de que tu hermano me pidiera que te lo diera solo a ti.

—Pero tu deber para con él se cumplió cuando me diste la memoria USB.

—Sí, pero luego me pediste ayuda, y estoy bastante seguro de que Mark hubiera querido que te ayudará hasta el final, si hubiera tenido la fuerza de decírmelo. Además, el Agente Duff y los rusos me están encabronando, y esta búsqueda es interesante. Planeo ver cómo termina esto, y asegurarme de que encuentres la investigación de Mark.

—Gracias. ¿Tuviste algo que ver con las noticias de que ese grupo corporativo sobornaba a los hospitales para obtener contratos?

—Se podría decir que estoy involucrado.

—¿Por qué la histeria nacional sobre la historia?

—La participación de las empresas en la medicina ha crecido silenciosamente durante la última década, pero es una de las mayores amenazas para la atención de calidad en la actualidad.

—Pensaba que las corporaciones tenían prohibido ser propietarias de empresas médicas.

—Así es, pero sortean las restricciones siendo dueños de una empresa de gestión y manejando todos los ingresos a través de ella. Básicamente, la empresa que brinda atención médica es solo una cáscara y todo el dinero pasa a la empresa de gestión. Es un sistema peligroso, porque las corporaciones tienen accionistas e inversionistas que esperan ver ganancias. Cuando compran estas compañías, no hay forma de aumentar los precios, porque esas están controladas por las compañías de seguros. Pueden intentar aumentar el número de pacientes, pero la mayoría de las veces, ese número ya se ha maximizado. Por lo tanto, la única forma de aumentar las ganancias es disminuir los gastos, y la forma principal de hacerlo es disminuir el personal y los salarios. Por ejemplo, reemplazan a las enfermeras por asistentes médicos, a los médicos por asistentes médicos y enfermeras practicantes, y recortan las proporciones de personal. Ahora está viendo el mismo número de pacientes con menos recursos, pero no hay forma de que pueda proporcionar el mismo nivel de atención. Los inversores están contentos, pero los pacientes a menudo no. El modelo de negocio no es la mejor manera de brindar la más alta calidad de atención.

—¿Cómo se arregla?

—Bajo el sistema actual, donde las compañías de seguros son un monopolio que controla el precio de la atención médica, un tema para otro día, la única opción es restringir a las corporaciones la práctica de la medicina. Dejarlos invertir, pero las empresas deben ser de propiedad mayoritaria y estar dirigidas por profesionales médicos. Hasta que no lo hagamos, las corporaciones van a seguir exprimiendo hasta el último centavo del sistema de salud.

—Suena deprimente cuando lo dices de esa manera.

—Lo es. Vamos a la escuela durante veinticinco años para poder ejercer la medicina y un imbécil de treinta y cinco años con traje manejando un BMW nos dice cuántas enfermeras necesitamos para atender la sala de urgencias en un fin de semana, cuando su única experiencia es visitar la sala de urgencias después de un accidente por manejar ebrio en la universidad. Tenemos que deshacernos de cada uno de esos tontos.

—Suena como una pelea para otro día. Vamos a descansar un poco.

·   ·   ·

Alina se dio cuenta rápidamente de que una búsqueda exhaustiva de los niveles inferiores sería inútil. Había robado fácilmente una placa de un guardia, le había pedido direcciones y había entrado en la zona de seguridad sin dificultad. El laberinto de pasillos de abajo constaba de tres niveles con miles de puertas para esconderse. Se necesitarían días para todo un equipo buscar en todas partes. Decidió esconderse y esperar a que el museo cerrara, confiando en la suposición de que Doc y Mac esperarían unas horas después de que el museo cerrara antes de salir de su escondite. Alina esperaría pacientemente a que salieran y la llevaran al tesoro.

CAPÍTULO VEINTIOCHO

Sábado 21 de marzo
8:02 p. m.

—Son las ocho. ¿Lista para salir? —pregunté.

—Ahora es un momento tan bueno como cualquier otro, pero mi primera parada tiene que ser un baño.

—Estoy de acuerdo. Nunca cometas un crimen con la vejiga llena. Es demasiada distracción.

—¿Y Banshee?

—Tienen un área de descanso para perros de servicio en el piso de arriba.

Mac encendió su dispositivo electromagnético y salimos de nuestro almacén. La iluminación de seguridad, muy espaciada, dejó la mayor parte del pasillo en sombras.

—No es nada espeluznante —dijo Mac.

—Casi todas las películas de terror presentan a personas que se escabullen a través de un sótano desierto y con poca luz rodeados de artefactos polvorientos y muertos con alguna presencia maligna que los acecha. Hay que movernos.

Mis bromas sobre nuestra situación no lograron aliviar mi espeluznante sensación de premonición. Mac se pavoneó por el pasillo como si hubiera trabajado allí durante décadas, al igual que Banshee, así que traté de ignorar mis pensamientos de ansiedad de mi mente.

Encontramos los baños y volvimos a las escaleras que habíamos bajado horas antes. Nos movíamos en silencio, pero cada sonido resonaba en el vasto silencio del edificio vacío. Esperaba que el piso principal se sintiera menos inquietante, pero cuando salimos de la escalera, se sintió más ominoso. La tenue iluminación proyectaba sombras no identificables de las exhibiciones, y grandes áreas se asomaban en la oscuridad absoluta.

Encontramos el área de servicio de mascotas y Banshee no necesitó un comando para hacer uso de las instalaciones. Nos dirigimos hacia el área de historia temprana de Estados Unidos, a tres pasillos de distancia. Le dije a Banshee que se pusiera en guardia. Sabía que se mantendría alerta y me iba a informar de cualquier amenaza potencial.

Continuamos con el chasquido entrecortado de las uñas de Banshee sobre el duro suelo, el único sonido que rompía el pesado silencio. Tendría que acordarme de cortarle las uñas antes de cualquier robo posterior.

Al cabo de unos minutos, Mac alumbró con una linterna la prueba 1235 y me susurró al oído.

—Está ahí. ¿Ves el cuaderno con la franja roja que sobresale en la parte inferior de la pila? Ese es el diario de Mark. Ahora tengo que encontrar la mejor manera de conseguirlo.

Mac dejó su bolsa en el suelo para estudiar el problema, y le susurré a Banshee:

—GUARDIA, ALERTA, VE.

Banshee se movió silenciosamente entre las sombras.

•   •   •

Alina predijo que usarían las mismas escaleras y puertas para salir y había esperado cerca. Incluso el perro pasó junto a ella. Con tantos olores y personas que pasaron por el área más temprano en el día, el sentido del olfato del perro puede haberse visto abrumado. Todavía tenía que preocuparse por su oído y su vista. Los perros, especialmente los altamente entrenados, podían sentir una presencia con una entrada sensorial mínima.

Les dio un minuto de ventaja y sonrió al chasquido de las uñas del perro. En el silencio sepulcral del museo cerrado, le proporcionó un faro a seguir. Alina caminaba en silencio, deteniéndose cuando ellos lo hacían y moviéndose con los chasquidos del perro. Todo lo que llevaba estaba bien guardado en su bolsa y bolsillos para evitar cualquier ruido que pudiera revelar su presencia. Era la sombra más oscura que se movía entre las sombras.

Alina hizo una pausa cuando oyó una conversación susurrada y el sonido de una bolsa en el suelo. Habían alcanzado su objetivo y el final estaba a la vista. Alina avanzó lentamente hasta que pudo verlos, pero ¿dónde estaba el maldito perro?

.   .   .

Banshee fluyó silenciosamente por la habitación, deteniéndose para escuchar y olfatear. Dada su orden de vigilar y alertar, Banshee se movió en círculos cada vez más amplios alrededor de su dueño. Los aromas abrumadores de miles de visitantes impregnaban el aire. Escuchó y observó. Al no detectar ninguna amenaza, continuó sus rondas.

Alina contuvo la respiración, mientras una sombra oscura vagaba tres metros delante de ella. El perro olfateó el aire mientras se movía. Tenía el arma en la mano, pero no quería revelarse hasta que tuviera que hacerlo. Exhaló aliviada, mientras el perro desaparecía en las sombras.

.   .   .

Mac señaló el último panel de vidrio.

—Creo que lo más fácil es quitar ese panel. Solo tiene seis tornillos.

—Lo más fácil es tirar una piedra a través del vidrio.

—Está bien, una piedra sería más fácil, pero ruidosa y desordenada. El objetivo es conseguir el diario sin que nadie se dé cuenta de que estuvimos aquí.

Mac sacó una multiherramienta de su bolsa y aflojó fácilmente los tornillos. Sacó la última y yo la ayudé a apartar el vidrio. Entró en la exposición y empezó a buscar en los cajones del escritorio.

—Agarra el diario y vámonos.

—Quiero asegurarme de que no me dejó nada más, a menos que quieras arriesgarte a tener que volver mañana.

—Este lugar me pone los pelos de punta.

—¿Miedo a los fantasmas?

—No, pero la cárcel me aterroriza. Una vez pasé unos días en una celda, y fue horrible.

—Tendrás que hablarme de eso en algún momento.

Me miró de reojo.

—¿Qué piensas de esto? Mac hizo brillar su luz a través de un cristal, y éste refractó un resplandor dorado en todas las direcciones.

—No creo que esto perteneciera a Ben Franklin.

—Tómalo. Si no es de Mark, siempre podemos devolverlo al museo de forma anónima.

Mac lo metió en un bolsillo invisible de sus leggings y centró su atención en la pila de diarios. Echó un breve vistazo a cada uno de ellos para comprobar que la tinta era claramente demasiado vieja para ser la de Mark. Abrió el diario con la raya roja y jadeó.

—¿Todo bien? —pregunté.

—Sí. Es solo que la letra de Mark es tan distintiva.

Mac apretó el diario con fuerza contra su pecho, mientras las lágrimas amenazaban, pero ella me entregó rápidamente el diario y terminó su búsqueda, sin encontrar nada más de interés. Salió de la exposición y metió el diario y el cristal en su bolso.

—Volvamos a poner el vidrio.

El chasquido de un martillo al ser retirado de una pistola precedió al sonido de una voz femenina.

—Gracias por encontrarme esas notas. Dámelas y los dejo vivir. Desafíame y todos mueren. Me quedo con las notas de cualquier forma. Llama a tu perro, o él también muere.

Observé a la mujer que estaba de pie a cuatro metros y medio de distancia con su pistola apuntando a mi pecho.

—PISTOLA —exclamé.

CAPÍTULO VEINTINUEVE

Sábado 21 de marzo
8:38 p. m.

Banshee se tensó al oír la nueva voz y se detuvo al otro lado de la exposición. Se arrastró para acecharla, permaneciendo invisible en la sombra. El comando claro «PISTOLA» especificaba una tarea para la que se había entrenado bien. Ahora vio a Doc y siguió su mirada hasta una nueva persona que estaba de pie al otro lado de la habitación con el brazo extendido. Reconoció la forma de metal negro en su mano. Banshee permaneció en la oscuridad, mientras corría alrededor de la esquina de la última exhibición con su objetivo a la vista. Se lanzó, concentrándose solo en la mano que empuñaba el arma.

·   ·   ·

A pesar de que sabía lo que sucedería y lo había visto antes, la velocidad y la violencia del ataque de Banshee me sorprendieron. La mujer no tenía ninguna posibilidad. Las mandíbulas de Banshee sujetaron su brazo para enviar el arma deslizándose por el suelo, pero no antes de que un solo disparo rompiera el silencio del museo. La fuerza del golpe la hizo rodar hasta el suelo, donde jadeó y se agarró la muñeca. La sangre fluía por sus dedos.

—Banshee, ven aquí.

Corrió a mi lado, conservando su postura protectora. Un gruñido resonó en lo profundo de su pecho, mientras observaba a la mujer retorcerse en el suelo ensangrentado.

Agarré la mano de Mac.

—Tenemos que salir de aquí. Alguien seguro oyó ese disparo.

—¿Y ella? —preguntó Mac, señalando a la mujer herida.

—Déjala. Está herida y su arma voló por algún lado. Incluso si ella logra seguirnos, Banshee nos protege.

Mac agarró su bolsa y nos fuimos corriendo. La mujer nos miró con un odio helado. El mal realmente había estado al acecho en el museo.

· · ·

Alina los vio salir corriendo del pasillo y luego usó su cuchillo para cortar un pedazo de su camisa y hacer un vendaje para su muñeca. Le dolía muchísimo. Se asomó a las sombras donde había caído su arma y la encontró apoyada contra una pared. Lo agarró con la mano izquierda, que no era su mejor mano para disparar, pero más que suficiente para matarlos a los dos y a ese puto perro. Podía oírlos correr por el pasillo y corrió tras ellos.

El único guardia de seguridad que se encontraba a tres pasillos de distancia se sobresaltó cuando se disparó el arma. Había pasado los últimos diez años de guardia nocturna, disfrutando de la serenidad del museo después de horas, y conocía cada sonido que emitía el viejo edificio. Los sonidos de voces, seguidos de un disparo y la gente huyendo acentuaron su alarma. Activó su radio.

—Este es Johnson. Tengo intrusos y un solo disparo en el pabellón B o C. ¿Algo en cámara?

Los dos guardias de la oficina central de monitoreo centraron su atención en los monitores apropiados, pero solo veían imágenes borrosas.

—Negativo. Las cámaras en esa área están fuera de línea.

—Inicien el bloqueo y llamen a los refuerzos.

Los guardias entraron en el comando correspondiente, y en todo el museo se encendieron las luces y sonó una alarma. Los pernos de seguridad se colocaron en su lugar en todas las puertas exteriores, evitando que nadie saliera. En cuestión de segundos, el edificio quedó asegurado.

La Oficina de Servicios de Protección, responsable de la seguridad del Smithsonian, mantiene una fuerza de 850 oficiales para cubrir todas las propiedades del Smithsonian. Solo un equipo reducido trabajaba por las noches, y la mayoría de esos oficiales estaban asignados a otros edificios. Con un disparo y un posible robo, las alertas se extendieron de inmediato a la policía de D.C., el FBI y el Departamento de Seguridad Nacional. A los treinta minutos, agentes de varias agencias invadieron el museo. Entre los notificados estaba el Agente Duff, quien se reunió con su equipo en el museo.

·   ·   ·

Nos dirigíamos al vestíbulo cuando se encendieron las luces y la alarma.

—Esto se está convirtiendo en una mierda —observé.

—¿Y ahora qué?

—Las puertas se cerrarán mecánicamente. Busquemos un lugar para escondernos abajo. Con suerte, van a encontrar a esa mujer con la pistola y no nos van a buscar a nosotros.

—¿Quién es ella?

—Ni idea, pero tenía ojos fríos y una clara falta de compasión. Dada nuestra situación actual, mi mejor conjetura es que es una agente rusa.

—Es muy probable que ahora sea una agente rusa enojada.

Tomamos las escaleras de dos en dos hasta el tercer piso inferior y corrimos por un largo pasillo. Mac cambió decisivamente a la izquierda y a la derecha en los pasillos que se cruzaban.

—¿A dónde vas? —le pregunté.

—Ni idea. Solo quiero distanciarnos del tiroteo.

Después de unos minutos, hizo una pausa para respirar profundamente.

—Demasiado para nuestro silencioso robo del que nadie se iba a enterar —dijo ella.

—A mí me fue peor. Una vez me escabullía por un rancho y dejé que una puerta de metal se cerrara de golpe, lo suficientemente fuerte como para despertar a los muertos.

—¿Qué pasó después?

—Salí corriendo, mientras dos guardias descargaban un par de centenares de balas en mi dirección.

—Debiste decirme antes que eres un ladrón de mierda.

—Íbamos muy bien hasta que apareció la bruja.

—Cierto. Conseguimos el diario y una roca extra. Busquemos un buen lugar para escondernos. Busca una habitación grande.

Grandes puertas dobles en el siguiente pasillo conducían a una enorme sala de almacenamiento repleta de exhibiciones de gran tamaño. Un mamut lanudo nos saludó cuando entramos, lo que provocó un gruñido de sorpresa de Banshee.

—Tiene que haber un buen lugar para esconderse aquí. Mira allá, y yo reviso acá.

Nos separamos para registrar la habitación, y Banshee se separó de mí para explorar la nueva área. Estaba considerando un área prometedora para esconderme, cuando Banshee gruñó con un solo ladrido, seguido de un grito humano. Alguien más se escondía en la habitación.

CAPÍTULO TREINTA

Sábado 21 de marzo
8:51 p. m.

Alina se dio cuenta de la inutilidad de su búsqueda, poco después de entrar en el primer nivel del sótano y no descubrió ni rastro de ellos. En lugar de seguir buscando a Doc y Mac, decidió esconderse. La autoconservación tenía prioridad sobre la caza. Hizo una mueca, mientras otro rayo de dolor le atravesaba la muñeca. Se dio cuenta del rastro de sangre que había dejado para que la policía la siguiera. Caminó hacia un gran almacén con una puerta abierta en el segundo nivel del sótano, asegurándose de dejar unas gotas de sangre. En el interior, cortó otra tira de su camisa para apretar el vendaje de su muñeca, deteniendo el flujo de sangre. Retrocedió hasta el hueco de la escalera y volvió a subir un nivel. Con suerte, la policía perdería el tiempo buscándola en el almacén de abajo.

Eligió una puerta cerrada al azar, forzó la cerradura y entró en otra habitación igualmente llena de artefactos aleatorios. Encontró un espacio comparativamente cómodo entre dos cocodrilos de peluche y se instaló. Esperaría hasta que el museo abriera por la mañana y se escabulliría con un grupo de turistas. Su brazo palpitaba, mientras imaginaba diferentes escenarios vengativos, hasta que cayó en un sueño intermitente.

. . .

Seguí los tonos bajos de los gruñidos de Banshee y los gemidos de un hombre para encontrar a Banshee agachado en su postura de ataque, mientras el hombre frente a él parecía intentar retroceder a través de la pared detrás de él. Le ordené a Banshee que se relajara y volviera a mí.

El hombre despeinado, con el pelo largo y sucio y una barba desaliñada, definitivamente no era un guardia de seguridad ni un empleado del museo. Una bata de baño descolorida y rasgada, posiblemente blanca originalmente, colgaba de su cuerpo delgado, y sandalias deshilachadas adornaban sus pies sucios. Sus ojos contrastaban con su caótica apariencia general. De un azul claro oscuro, exudaban inteligencia y sabiduría, mientras ahora nos evaluaba con calma a Mac y a mí.

—¿Cómo se llama el perro?

El hombre habló con voz tranquila, segura y sin acento.

—Banshee.

—Es un perro precioso. ¿Está bien si lo acaricio?

Di la orden «AMIGO», e hice un gesto hacia el hombre, haciendo honor a la extraña petición de alguien que había estado tan aterrorizado por él momentos antes. Banshee se relajó y se sentó junto al hombre, quien lentamente se acercó para acariciarlo. Una buena caricia hizo que Banshee se apoyara en su mano.

Miré a Mac, que se encogió de hombros.

—¿Quién eres? —le pregunté.

El hombre se acercó y se ofreció a estrechar la mano.

—Pido disculpas por mis malos modales. Ya no hablo con la gente muy a menudo. Me llamo Heródoto, pero puedes llamarme Doty. Heródoto es muy largo.

—Encantados de conocerte, Doty. Soy Doc, y esta es Mac.

Nos dimos la mano y nos miramos torpemente hasta que Mac rompió el silencio.

—¿Qué haces aquí, Doty?

—Vengo aquí casi todas las noches. Me gusta estudiar las exhibiciones. No creerías lo que tienen aquí abajo. Es una lástima que no puedan mostrar todo. El público debería poder ver estas cosas.

—Tú no trabajas aquí, ¿verdad?

Doty hizo un gesto hacia su atuendo.

—No. Aparentemente, mi gusto por la moda no está a la altura de los estándares de los museos, aunque algunos de esos tipos son un poco sucios.

—Entonces, ¿cómo llegas a explorar los pasillos por la noche?

—No tengo permiso para estar aquí, pero no molesto a nadie ni robo nada. Solo exploro estos almacenes. Hay mucho que aprender aquí abajo.

—¿Vives aquí? —le pregunté

Él soltó una risita.

—No, eso sería raro. Vivo en los túneles y vengo aquí por la noche.

—¿Túneles?

—Sí. Hay kilómetros de túneles bajo estos edificios. Parece que fueron excavados hace cien años. Puedes llegar a la mayoría de los lugares de esta ciudad a través de los túneles, si quieres.

—Doty, ¿alguna posibilidad de que nos enseñes cómo salir del edificio sin que nadie se dé cuenta?

—¿Encendieron las alarmas? Espera, ¿están robando el museo? No quiero ayudar a los ladrones.

Mac le habló suavemente para calmarlo.

—No estamos robando nada. Yo trabajo para una Senadora, y Doc es médico de urgencias. Entramos a buscar un cuaderno que mi hermano había escondido aquí con información importante, y una mujer trató de robárnoslo a punta de pistola. Solo queremos escapar.

Doty reflexionó sobre la historia solo por un momento antes de considerarla plausible.

—Claro. Síganme, pero tiene que ser nuestro secreto.

—Gracias. Tu secreto está a salvo con nosotros. Por favor, lidera el camino.

Banshee paseó a su lado, y Mac se inclinó para susurrarme mientras lo seguíamos.

—¿De verdad vamos a confiar en él?

—No tenemos otra opción mejor.

—¿Crees que podría ser peligroso?

—Lo dudo. Parece bastante estable y lúcido, en el sentido de que parece querer conectarse con nosotros, a pesar de que ha elegido un estilo de vida único. Vamos a ver a dónde nos lleva.

Más adelante, Doty continuó su animada caminata con saltos ocasionales y miradas frecuentes hacia atrás para asegurarse de que lo estábamos siguiendo. Se movió con confianza por los pasillos y se detuvo frente a una habitación etiquetada como el armario de conserjería. Señaló con orgullo la puerta, como si nos diera la bienvenida a una mansión. Abrió la puerta con un ademán para revelar una habitación estándar de conserje de tres por tres metros.

—¿Qué les parece? —preguntó.

Observé los estantes de artículos de limpieza, trapeadores, baldes, escobas y un fregadero de gran tamaño que abarrotaba la pequeña habitación.

—Es una habitación de conserje muy bonita —ofrecí.

—Sí, pero también es un portal a otro mundo. Vamos, les voy a mostrar.

Doty se acercó al fondo de la habitación y señaló un conducto de ventilación a un metro y medio del suelo.

—El portal. Vamos. Vamos.

Mac me miró dubitativa, mientras Heródoto aflojaba el pestillo que mantenía la rejilla en su lugar. Lo dejó en el suelo y nos hizo señas para que entráramos. Mac sacó su linterna y alumbró el túnel, de poco más de un metro de ancho y alto, demasiado pequeño para caminar, pero no demasiado claustrofóbico.

—Parece una habitación más grande después de unos tres metros —dijo, mientras se arrastraba hacia el túnel.

Banshee saltó tras ella, y yo los seguí. Imaginé que el túnel estaba formado por tierra compacta y seca, lisa por los pasajes a lo largo del tiempo. Detrás de mí, escuché a Doty subir y reacomodar la rejilla. Un poco más tarde, salté a una gran área abierta. Mac iluminó a su alrededor, mientras Banshee exploraba. Obras de arte con diseños geométricos y patrones intrincados cubrían la mayoría de las paredes. Debieron pasar miles de horas pintando los detalles.

Doty bajó de un salto del túnel y tomó una linterna de una cornisa cercana.

—¿Les gusta? Llamo a esta habitación La Catedral.

—Es hermoso. ¿Hiciste todo esto? —preguntó Mac.

—Sí. Me gusta pintar en mi tiempo libre. Me ayuda a pensar.

—¿De dónde sacas los suministros?

—Tomo prestadas algunas del museo. Su sala de conservación tiene miles de galones de pintura. Supuse que no les harían falta unas cuantas latas.

—¿Alguna vez te llevas las exhibiciones?

—No. Nunca. Esos son tesoros. Los estudio, pero nunca los tomo. Solo llevo provisiones que necesito para sobrevivir, comida y baterías, alguna que otra lata de pintura o ropa abandonada. Nunca nada de valor. Vamos, déjenme mostrarles el resto del lugar.

CAPÍTULO TREINTA Y UNO

Sábado 21 de marzo
10:03 p. m.

Arriba, el Agente Duff restableció el orden compartiendo suficientes detalles para convencer a las otras agencias de su investigación en curso. Acordaron que la Oficina de Servicios de Protección dirigiría la investigación y que los oficiales de Seguridad Nacional brindarían apoyo. El Agente Duff se reunió con su equipo en el salón de Historia de Estados Unidos.

—¿Qué sabemos? —preguntó.

—Parece que alguien irrumpió en esta exhibición. Nos hemos puesto en contacto con un curador para descubrir lo que falta. Deberíamos tener una respuesta en unos minutos. Un altercado de algún tipo ocurrió aquí. Pueden ver el rastro de sangre que estamos rastreando y dónde impactó el único disparo en esa exhibición de allí.

—¿Conclusiones?

—Alguien irrumpió en esta exhibición, donde se produjo una pelea con un disparo y al menos una persona resultó herida. No tengo idea de cuántas personas estuvieron involucradas.

—¿Y las cámaras?

—Convenientemente funcionaron mal durante el momento crítico. Suponemos que alguien tenía un bloqueador electromagnético local, lo que implica sofisticación.

—Sé que Mac y Doc estuvieron involucrados, y pueden resultar heridos.

El curador llegó con una lista del contenido de la exhibición. Después de un tedioso examen de la exhibición, confirmó que no faltaba nada.

El Agente Duff negó con la cabeza.

—¿Por qué demonios iban a entrar y no llevarse nada?

—Tal vez fueron interrumpidos antes de que pudieran.

—Es posible. Traslademos cada pieza de esta exhibición a nuestros laboratorios para su procesamiento.

—Eso va a encabronar a algunos del museo.

—Lo van a recuperar todo. Quiero que cada página de cada diario sea escaneada en busca de mensajes de Mark. Manos a la obra.

El Agente Duff se marchó furioso para comprobar el rastro de sangre.

•   •   •

Doty nos llevó a través de un túnel bordeado de ladrillos y piedras antiguas, desmoronado en algunos lugares, pero aparentemente resistente. Los complejos patrones cubrían todas las superficies alcanzables. El túnel terminaba en otra habitación, claramente su vivienda, con un colchón gris en la esquina cubierto por una delgada manta marrón. La cama, cuidadosamente hecha, tenía dos almohadas manchadas en línea recta a lo largo de la parte superior. Algunos platos y suministros de comida estaban cuidadosamente apilados en un estante junto a la cama.

Un pequeño escritorio y una silla ocupaban la esquina opuesta. Junto a él, cientos de libros abarrotaban una estantería de madera hundida. Me acerqué a leer los títulos, todos libros de historia, muchos de ellos muy leídos. Doty encendió velas esparcidas por la habitación mientras hablaba.

—Siéntanse como en casa. Les ofrecería algo de comer, pero estoy un poco bajo de comida en este momento.

—Gracias. Esta es una instalación bastante impresionante. ¿Cuánto tiempo llevas aquí abajo?

—Ni idea. No me preocupo por el tiempo en estos días.

Nos sentamos en el suelo y Mac sacó nuestros sándwiches de su bolsa, entregándole uno a Doty, mientras ella y yo compartíamos el otro. Aceptó felizmente la ofrenda y se sentó frente a nosotros. Banshee se acurrucó a su lado, y él lo acarició suavemente, mientras comía el sándwich.

—Doty, ¿cómo llegaste hasta aquí? —le pregunté.

Terminó su sándwich antes de responder.

—Era profesor de historia en Georgetown y estaba en camino a la titularidad. Mi área de especialización fue la historia temprana de Estados Unidos, centrándome en la formación de gobierno después de la revolución. La mayoría de los libros escolares lo tienen todo mal. Cuentan la historia de un grupo de genios que forman el sistema perfecto, pero la verdad es más confusa. No eran ni genios ni héroes. Demonios, algunos ni siquiera eran hombres buenos, pero su sistema funcionaba.

»La vida era grandiosa. Mis clases estaban llenas; mis colegas me respetaban; y en casa, tenía la esposa más hermosa e inteligente que cualquier hombre podría desear. Paula era perfecta. Era una maestra de escuela primaria, amable, amaba a los niños y estaba embarazada de nuestro primer hijo.

La niebla pareció extenderse por los ojos de Doty.

—Papel higiénico. Todo cambió por una cosa tan trivial como el papel higiénico. Se nos acabó el papel higiénico y Paula fue a la tienda a solo dos cuadras de distancia. Teníamos un clima perfecto ese día, así que decidió caminar.

»Una camioneta se pasó un semáforo en rojo y la atropelló en el paso de peatones. Las imágenes de las cámaras de seguridad mostraron que ni siquiera disminuyó la velocidad. Es posible que ni siquiera se diera cuenta de que la había golpeado. Destrozó el carro tres cuadras después, y sus pruebas de laboratorio arrojaron un resultado lleno de cocaína, metanfetaminas y alcohol. Solo sufrió una fractura de muñeca.

»Dejó a mi perfecta Paula rota en el pavimento. En solo un instante, nuestras vidas se hicieron añicos, debido a un loco y un rollo de papel higiénico vacío. No recuerdo el funeral. Me desmoroné. Dejé de ir a trabajar y de contestar el teléfono. Eventualmente, perdí nuestra casa y viví un respiro a la vez en las calles. Aprendí sobre los túneles y encontré este pequeño escondite. Más tarde, descubrí la entrada al museo, y su historia me atrajo. Encontré su sección de libros de referencia y poco a poco fui adquiriendo mi pequeña biblioteca allí. Ahora me escapo en ellos, aquí, en paz y tranquilidad.

—Lo siento mucho. Gracias por compartir tu historia —dijo Mac.

—Gracias. Pasé por algunos momentos oscuros —reflexionó.

—¿Cómo se te ocurrió el nombre de Heródoto?

—Es un héroe para mí y ampliamente considerado el padre de la historia. Fue el primero en documentar las historias de Grecia, Asia Occidental y Egipto hace unos tres mil años.

—¿Alguna vez sales a la calle?

—Por supuesto. Disfruto del aire fresco y el sol en los días agradables, pero puedo prescindir de la gente, demasiados turistas y demasiado ruido. He encontrado la serenidad aquí abajo. Ahora, ¿cómo terminaron ustedes aquí?

—Esa es una larga historia —dijo Mac.

—Afortunadamente, tengo suficiente tiempo libre para escucharla.

Mac comenzó con la muerte de su hermano y se dedicó a una descripción detallada de lo que nos había llevado a este punto. Me senté en la silla de madera llena de marcas de su escritorio y noté los papeles y cuadernos ordenados en la superficie. Doty asintió con la cabeza para que los examinara, mientras escuchaba a Mac.

Las notas con su letra pulcra y nítida hacían referencia claramente a su material original. Cubrieron una variedad de temas relacionados con la formación temprana del gobierno estadounidense. Sabía poco sobre el tema, pero sí sabía algo sobre investigación. Sus notas de alta calidad y bien organizadas me permitieron vislumbrar al profesor universitario que había sido. Devolví los cuadernos a sus ordenadas pilas sobre el escritorio, mientras Mac terminaba su relato.

—Maldita sea, esa es la historia más interesante que he escuchado en mucho tiempo. Los enredos con DARPA, agentes rusos, agentes de Seguridad Nacional y secretos nacionales llevaron a un cuaderno secreto y una roca escondida en el Smithsonian. ¿Cuál es su próximo paso?

—Necesitamos dormir, y luego ver lo que hay en el cuaderno.

—Son bienvenidos a descansar aquí, si quieren. Iba a hacer algo de pintura. Me calma y me ayuda a pensar. Nadie los va a molestar aquí.

Doty se alejó y Mac se giró hacia mí.

—Esto es surrealista, pasar el rato en túneles secretos con el vagabundo más inteligente de Estados Unidos. ¿Estoy soñando?

—Todavía no. Durmamos un poco mientras podamos y evaluemos lo que Mark te dejó por la mañana. Banshee va a velar por nosotros.

Mac agarró una almohada y yo tomé la otra, mientras buscábamos acomodo en el colchón. Terminamos espalda con espalda, y el agotamiento superó nuestra incomodidad, ya que ambos nos quedamos dormidos. Sabía que Banshee descansaría a los pies de la cama con ambos oídos levantados.

CAPÍTULO TREINTA Y DOS

Domingo 22 de marzo
8:11 a. m.

Me desperté desorientado un tiempo después, sintiendo el calor de Mac todavía acurrucada contra mi espalda. Con el aturdimiento como una espesa niebla persistiendo en mi mente, miré a mi alrededor para descubrir la fuente de los crujidos y vi a Mac sentada en el escritorio, absorta en el diario a la luz de las velas, lo que no tenía sentido, ya que se sentía tan cálida contra mí. La comprensión se deslizó por mi cerebro somnoliento. Esperaba encontrar a Banshee, pero una mirada por encima de mi hombro confirmó el tranquilo sueño de Doty a mi lado. Me liberé de la manta y me uní a Mac.

—Ustedes dos se veían tan lindos juntos. No quería despertarte —susurró.

—Gracias. Acurrucarme con un tipo llamado Heródoto no estaba en mi carta de bingo este año. ¿Has encontrado algo?

—Me di cuenta de lo que Mark estaba tramando. Este diario documenta sus pensamientos sobre el proyecto durante los últimos tres años. No contiene ninguna investigación real, solo notas personales de su viaje. Todo comenzó hace unos diez millones de años, cuando esta pequeña cayó en un ámbar.

Mac acercó el ámbar a una llama, y la luz parpadeó a través de la piedra facetada, enviando patrones dorados a través de la habitación. La piedra encerraba el cuerpo perfectamente conservado de un insecto.

—Conoce a Tammy, una reina de su colonia en ese momento. Es miembro de una especie de termita que ha sobrevivido intacta durante los últimos diez millones de años. Lo más importante es que Tammy llevaba algunos huevos cuando cayó en el ámbar.

—¿Por qué es tan importante?

—Porque Mark descubrió una manera de extraer ADN de sus huevos.

—¿Mark recogió ADN de diez millones de años de antigüedad de una reina termita?

—Sí. A través de un proceso complicado que no está documentado aquí, aisló un conjunto completo de ADN del espécimen. Utilizó un láser para acceder a ella. Puedes ver el agujero aquí, si miras de cerca.

Giró el ámbar y señaló un pequeño rasguño en su superficie. Mirando más de cerca, podría convencerme de la existencia de un agujero, pero nunca lo habría notado por mi cuenta.

—Está bien, entonces tu hermano pudo aislar ADN de diez millones de años de antigüedad de la reina Tammy. ¿Planeaba devolverla a la vida para aterrorizar al mundo?

—No. Has estado viendo demasiada ciencia ficción mala. Además, no hay necesidad de eso. La especie de Tammy todavía prospera en República Dominicana.

—Tengo que preguntar. ¿Por qué nos persiguen los rusos y los agentes de Seguridad Nacional por el ADN de Tammy?

—Lo genial es lo que hizo con él. Lo comparó con una muestra de una reina moderna y estudió exactamente cómo evolucionaron a lo largo de un cuarto de millón de generaciones. La evolución es constante, pero necesitamos varias generaciones para ver sus efectos. Diez millones de años es el mayor tamaño de muestra jamás recogido en términos de número de generaciones y tiempo entre muestras, realmente una oportunidad única para descubrir la evolución.

—Pensé que Darwin había descubierto la evolución.

—Permítanme aclarar. Darwin describió por primera vez la evolución, pero Mark dio un paso más para cuantificar la evolución. Redujo los cambios en el genoma a lo largo del tiempo a una fórmula matemática compleja. ¿No ves lo que hizo?

Sus ojos emocionados brillaron.

—Solo soy médico.

—Estas fórmulas que descubrió definen los cambios en el ADN a lo largo del tiempo.

»Aunque los descubrió a partir de muestras pasadas, la fórmula podría aplicarse a las futuras. En este momento, la terapia génica se limita a agregar y eliminar genes del genoma. Esta fórmula permitiría a alguien evolucionar genes manualmente miles o incluso millones de generaciones en el futuro. Podríamos hacer cambios en un laboratorio que le tomarían a la Madre Naturaleza millones de años. Podríamos modificar cualquier gen y reinsertarlo en el genoma a través de un vector viral.

Me di cuenta de las implicaciones.

—Está hablando de la modificación genética a una escala nunca antes concebida. Podríamos usar esto para curar enfermedades genéticas. Este podría ser el mayor avance médico de la historia. Podríamos eliminar la mayoría de los cánceres y enfermedades autoinmunes.

—Cierto, pero también podríamos evolucionar genes para hacerlos más malignos y liberarlos a través de un vector viral. Si ese gen fuera específico de un grupo racial o étnico en particular, solo afectaría a esa población. Grupos enteros de personas podrían ser exterminados con esta tecnología.

—Estás hablando de un genocidio biológico.

—Sí. También podrías evolucionar dramáticamente a un ser humano para darle a esa persona una fuerza e inteligencia excepcionales. Podrías crear un ejército de superhumanos que dominarían a las personas existentes. La posible militarización de su investigación aterrorizó a Mark, razón por la cual la mantuvo en secreto.

—Es por eso que los rusos y Seguridad Nacional están tan desesperados por tenerlo. Quienquiera que lo controle tendría una enorme ventaja estratégica. Podrían desarrollar un gen para matar a sus enemigos y hacérselo saber. La mera amenaza de liberarlo garantizaría el cumplimiento. Sería el arma definitiva.

—Entonces, ¿sabes dónde está su investigación?

—Me dejó otra pista al final de su diario.

Sostuve el ámbar contra la llama de una vela.

—¿Quién iba a imaginar que la torpe caída en ámbar de la reina Tammy hace diez millones de años provocaría este extraordinario problema? De todos modos, ¿por qué la llamó Tammy?

—Es por «Atemporal a Través de Muchos Millones de Años». Solo tuvo una oportunidad de obtener la muestra. El proceso para extraerla destruyó cualquier resto de ADN. Ahora, es solo un bonito pisapapeles.

—¿Qué vas a hacer?

—Resolver su última pista. Aquí, mira la última página.

Me pasó el diario. La pulcra letra decía:

«Última pista, lo prometo. Buena suerte y te quiero»

Seguido de dos números:

«1256387420489 03125

46656312514387 42049»

—¿Cómo sabemos que esto es realmente la última pista? —pregunté.

—Reglas del juego. Mark siempre anunciaba la última pista y nunca mentía.

—¿Alguna idea al respecto?

—Las matemáticas son claras, pero el significado me confunde.

—¿Puedes explicar la pista de matemáticas a los simples mortales en la habitación?

—Claro. Es un código de sustitución. Uno a la primera potencia es uno. Dos al cuadrado es dos por dos, que es igual a cuatro. Tres al cubo es tres por tres por tres, que es igual a 27. Simplemente desglosamos el código a los números base. Aquí está el primer número.

Agarró un pedazo de papel en blanco y escribió los números mientras explicaba.

1 = 1

256 = 4 a la cuarta potencia

387420489 = 9 a la novena potencia

0 = 0

3125 = 5 a la quinta potencia

—Entonces el primer número es 14905.

—La señorita es muy lista.

La voz de Doty nos sobresaltó. Se había acercado sigilosamente detrás de nosotros mientras Mac explicaba.

—¿Cuánto de nuestra conversación escuchaste? —preguntó Mac.

—Todo, creo. Estos muros de piedra no absorben exactamente el sonido.

—Tu hermano descubrió cómo cuantificar la evolución de una termita de diez millones de años de antigüedad llamada Reina Tammy, y ahora tienes a los federales y a los rusos detrás de ti, y tu hermano hizo algunos cálculos sofisticados para obtener una pista final. ¿Me falta algo?

—No. Eso lo resume todo.

—Volviendo a la pista —volví a concentrarme.

—Explicaste el primer número ¿Y el segundo número?

—Haz las cuentas y te sale 65129.

—Bien, ahora tenemos 14905 y 65129. ¿Qué significan?

—Son números ordinarios sin propiedades especiales. No tengo idea de lo que significan.

—¿Cuál es el siguiente paso? —pregunté.

—Tenemos que llegar subir y salir de aquí, y yo necesito un baño largo y caliente, y cambiarme ropa. Lo descubriré con el tiempo.

Yo mismo me estoy poniendo un poco apestoso.

—¿Qué hacemos con el diario?

Mac agarró el diario con cariño y se volvió hacia Doty.

—¿Puedo confiarte esto? Es una de las últimas cosas que me dejó mi hermano. Me gustaría recuperarlo cuando todo esto termine.

—Puedes confiar en mí. Yo lo voy a cuidar bien.

—¿Cómo me pongo en contacto contigo para recuperarlo?

—Suelo salir cuando hace buen tiempo, sobre todo por la mañana. Te voy a enseñar dónde buscarme cuando salgamos de los túneles.

—Hablando de eso, debemos ponernos en marcha. Los federales van a querer saber dónde estuvimos anoche —señalé.

Mac pensó por un momento.

—Vamos a decirles la verdad. Pasamos la noche juntos. Vamos, hay que movernos.

Mac guardó el ámbar en su bolsa, y Doty nos llevó a lo que parecía ser un callejón sin salida y nos hizo señas para que guardáramos silencio y apagáramos las linternas. Deslizó a un lado un montón de escombros que resultaron estar sobre rieles sorprendentemente silenciosos, y nos deslizamos a través de la abertura. Deslizó la barandilla hacia atrás, y los escombros se parecían a los otros montones de escombros en el túnel más grande. Aseguró un pestillo en el fondo de la pila.

—Muy inteligente —dije.

—Tomó un tiempo construirlo, pero valió la pena el esfuerzo. Puedo trabarlo desde cualquier lado, por lo que permanece bloqueado todo el tiempo. Me da algo de privacidad y seguridad.

Doty nos guió con confianza a través del túnel. Pasamos junto a algunas personas desparramadas a los lados, pero nos ignoraron.

—La gente de aquí abajo es reservada —dijo.

Después de unos minutos, llegamos a una puerta con la cerradura desactivada. Doty empujó la puerta de un túnel de servicio que conectaba con la estación de metro. Mac encendió su bloqueador electromagnético para desactivar cualquier cámara en la estación. Un poco más tarde, nos paramos en el andén de la estación de metro Smithsonian. Doty tomó la escalera eléctrica con nosotros hasta el Paseo Nacional.

—No puedo agradecerte lo suficiente por todo lo que hiciste por nosotros. Probablemente nos salvaste la vida, o al menos, evitaste que nos arrestaran. Si alguna vez hay algo que pueda hacer por ti, por favor házmelo saber —dijo Mac.

—Estoy agradecido por la oportunidad de ayudar. Anoche fue lo más interesante que he vivido en mucho tiempo. Cuídense. Búscame aquí arriba cuando quieras recuperar tu diario. Lo voy a mantener a salvo.

Lo vimos caminar pensativo hacia el Monumento a Lincoln.

—Si no tuviera a la Reina Tammy en mi bolsa, pensaría que todo esto es un sueño.

—Se va a volver una pesadilla tan pronto como nuestros teléfonos vuelvan a estar en servicio. El Agente Duff va a estar por todas partes. ¿Piensas que van a ser más o menos de diez minutos hasta que nos encuentre después de que volvamos a encender nuestros teléfonos?

—Pienso que va a ser menos. Probablemente esté ansioso por nuestra desconexión de anoche.

Compramos tacos de desayuno, un café para ella y una Coca-Cola Light para mí en un camión de comida, y descansamos en un banco para disfrutarlos. Mac sacó nuestros teléfonos de la bolsa de Faraday y los encendió. Puso el cronómetro y mordió su segundo taco.

CAPÍTULO TREINTA Y TRES

Domingo 22 de marzo
8:57 a. m.

El técnico se dio cuenta de inmediato de que el teléfono de su lista de vigilancia prioritaria se ponía en marcha y otro teléfono sonaba dos segundos después. Rápidamente alertó al Agente Duff con datos de ubicación. Las unidades más cercanas lucharon contra el tráfico ligero el domingo por la mañana para encontrar a los sujetos. En su carro, con las luces encendidas, Duff estaba furioso y decidido a llegar al Paseo Nacional antes de que desaparecieran. Habían estado completamente desconectados de la red durante más de dieciocho horas, lo que era casi imposible en una ciudad con tantas cámaras como Washington.

Los primeros agentes tuvieron en la mira a los sujetos en cinco minutos e informaron de su tranquilo desayuno en el Paseo Nacional, mientras reían en un banco con el perro estirado a sus pies. Duff apagó las luces, se estacionó en doble fila y corrió a través de la hierba cubierta de rocío para pararse frente a ellos. Mac detuvo su temporizador y levantó su teléfono.

—Once minutos. Estoy decepcionada. Aposté a que ibas a estar aquí en menos de diez —le informó Mac.

Suspirando, el Agente Duff se sentó en el otro extremo del banco.

—Si te sirve de consuelo, mis muchachos los encontraron en unos cinco minutos.

—Es un trabajo sólido. ¿Qué puedo hacer por ti, Agente Duff, quieres un taco de desayuno?

—Con mucho gusto, gracias. Pasamos una larga noche buscándolos a ustedes dos. Supongo que no quieres contarme lo que estaban tramando.

—Doc y yo queríamos pasar un rato tranquilo juntos, así que fuimos al museo y luego pasamos la noche juntos. Apagamos nuestros teléfonos para tener privacidad y encontramos un hotel tranquilo.

—¿Supongo que no recuerdas el nombre del hotel?

—No lo recuerdo. Fue una elección espontánea.

Miró nuestra ropa arrugada e hizo un alarde de mirar por debajo del banco.

—¿Olvidaste tus maletas de viaje?

—Como dije, fue espontáneo. No empacamos nada.

El Agente Duff se limpió la salsa del labio superior y nos miró fijamente.

—Qué raro. Ayer te vimos en el museo, pero luego desapareciste al mismo tiempo que las cámaras se desconectaron, casualmente.

—Es curioso. Espero que su sistema vuelva a funcionar.

—Eso me lleva a otra extraña historia. Anoche, después de horas, alguien irrumpió en el museo, justo donde ustedes dos desaparecieron el día anterior.

—Eso es horrible. Espero que no se hayan llevado nada.

—Alguien irrumpió en una exhibición específica, pero no falta nada.

—Supongo que técnicamente no es un robo si no falta nada —observé.

—Cállate, imbécil. Estoy a punto de catearlos aquí mismo en el Paseo Nacional.

—¿Qué es exactamente lo que estaría buscando, Agente Duff?

—Los objetos

—¿Que no fueron robados? —preguntó Mac.

El Agente Duff hervía detrás de su intensa mirada.

—La seguridad del museo informó de un disparo y encontramos sangre en el lugar. No sabes nada de eso, ¿verdad?

—Estoy segura de que recordaría un tiroteo. Como ya he dicho, anoche disfrutamos de una velada tranquila juntos.

Nos observó atentamente, mientras terminaba el taco.

—Dejémonos de tonterías. No sé cómo lo hiciste, pero estuviste en ese museo anoche, y estoy bastante seguro de que encontraste algo relacionado con la investigación de Mark. Teniendo en cuenta el disparo y la sangre, y que nadie de mi gente estaba allí, nuestros amigos rusos deben haberte alcanzado. Tienes que sincerarte conmigo antes de que mueran más personas, específicamente tú. Dime lo que sabes.

Mac sostuvo su mirada.

—Lo siento, no podemos ayudar. No sabemos nada sobre el mal funcionamiento de las cámaras de seguridad, el robo al museo o el tiroteo. Pasamos una noche tranquila juntos y desayunamos aquí en el Paseo Nacional.

El Agente Duff se puso de pie y tiró el envoltorio de su taco a la basura.

—Personas peligrosas buscan esa información, y no puedo protegerte cuando desapareces así. No voy a perder el tiempo demostrando que tu historia de anoche es una mierda. Los dos sabemos que estuviste en el museo anoche. Después de que todo esto termine, agradecería una explicación. Por ahora, cuídate las espaldas. Gracias por el desayuno.

Se marchó furioso sin mirar atrás.

—Salió bien, pero no averiguamos nada nuevo —observé.

—Nos enteramos de que la mujer rusa se escapó anoche. No la encontraron.

—Cierto. Espero que haya tenido una noche miserable.

•   •   •

La noche de Alina había sido, en efecto, miserable. Se había acurrucado detrás de los cocodrilos de peluche y había caído en un sueño intermitente. Unas horas más tarde, dos guardias de seguridad registraron superficialmente la habitación, caminando por cada pasillo con sus linternas. La pasaron por alto entre las miles de exhibiciones y despejaron la habitación después de solo unos minutos. Alina logró volver a caer en un sueño inquieto.

Se había despertado rígida y completamente molesta. Su espalda no había apreciado la superficie dura y su muñeca palpitaba dolorosamente. Solo podía imaginar las bacterias arrastrándose a través de la herida. Necesitaba limpiarlo y comenzar a tomar antibióticos antes de que su mano comenzara a pudrirse. Odiaba a los perros.

Su partida no había sido nada destacable. Encontró una sala de descanso al final del pasillo, se puso una bata blanca abandonada y agarró un portapapeles. Ninguna de las personas con las que se cruzaba se fijó en ella, ya que mostraba sonrisas amistosas y breves saludos. Encontró una escalera y subió al nivel principal, dejó caer la bata y el portapapeles en el hueco de la escalera y entró en el salón principal para mezclarse con los turistas. Unos minutos después, salió por la puerta principal y tomó un taxi. Primero iba a ver a un médico y después al Director. Luego se encargaría de Doc, Mac y ese maldito perro.

CAPÍTULO TREINTA Y CUATRO

Domingo 22 de marzo
11:22 a. m.

Mac se sintió renovada después de un baño. Se vistió con un suéter casual y pantalones para una visita de fin de semana a su oficina. No tenía nada programado, pero estaba segura de tener mensajes y correos electrónicos a los que dirigirse y quería adelantarse a su semana laboral.

Solo unos pocos miembros del personal ocupaban los pasillos relativamente tranquilos del edificio Hart. Mac abrió la oficina de la Senadora, encontrándola felizmente vacía y silenciosa. Cerró la puerta con llave, preparó una cafetera y empezó a despachar sus correos electrónicos. Esperaba ponerse al día en un par de horas.

Después de una hora de trabajo, una llave giró en la cerradura y la Senadora entró. Al igual que Mac, se había vestido de manera informal con pantalones de mezclilla y una sudadera con la bandera del estado de California.

Mac se puso de pie para saludarla.

—Senadora, no la esperaba hoy.

La Senadora le hizo señas para que se sentara.

—Relájate. Estaba en el área y solo necesitaba recoger un archivo. ¿En qué estás trabajando?

—Poniéndome al día con los mensajes y correos electrónicos para terminarlos antes de mañana.

—Eficiente, como siempre. Escuché que ayer tuviste algo de emoción en el Paseo Nacional.

—No mucho. Alguien me arrebató la bolsa, pero la recuperamos.

La Senadora se concentró en Mac antes de sentarse frente a ella.

—Un agente ruso con inmunidad diplomática se fue con la bolsa de un Jefe de Gabinete del Senado en el Paseo Nacional, y el perro policía de su amigo lo detuvo. Parece terriblemente drástico, ¿no crees?

—Ciertamente me sorprendió.

—¿Habrían encontrado los rusos algo interesante en tu bolsa o en tu teléfono?

—Lo dudo, a menos que les importe el labial que uso. No llevo nada importante en mi bolso.

Los ojos de la Senadora se intensificaron hasta convertirse en una mirada fulminante que ponía nerviosa a la mayoría de la gente, pero Mac le devolvió la mirada con firmeza.

—Mac, sabes que es fundamental para nosotros encontrar el trabajo de Mark antes que los rusos, y es importante que lo hagas antes que esos idiotas de Seguridad Nacional. Puedo asegurarme de que llegue a las manos correctas.

Mac se armó de valor.

—¿Quiénes son las personas correctas, Senadora? ¿Por qué lo quieres antes que Seguridad Nacional?

La Senadora se echó hacia atrás con serenidad, aunque momentáneamente sorprendida por el desafío sin precedentes de Mac.

—Sé que esto es personal, ya que es el trabajo de la vida de tu hermano, pero podría cambiar el mundo. Si llega a las personas adecuadas, puede cambiar la sociedad para mejor, y eso es, por supuesto, lo que quiero. Ahora, ¿qué has encontrado? ¿Sabes dónde podemos encontrar la investigación?

Mac nunca había ocultado información a la Senadora, pero algo andaba mal. Por primera vez, la Senadora parecía desesperada, algo que Mac nunca había visto en ella.

—Lo siento, Senadora. Todavía no tengo idea de en qué estaba trabajando o dónde está su investigación.

—¿Y qué hay de estas pistas que te dejó?

—Todos callejones sin salida hasta ahora. Todavía estoy en el punto de partida.

La Senadora la evaluó unos instantes antes de ponerse de pie.

—Espero que quede claro lo importante que es esto. Espero actualizaciones inmediatas sobre cualquier desarrollo, y no voy a tolerar la deslealtad. Si quieres continuar en este cargo, me darás esa información.

La Senadora sacó un archivo de su escritorio y se marchó sin mirar a Mac, que miraba con incredulidad la figura que se retiraba. Habían trabajado juntas durante años en muchos proyectos estresantes, pero nunca había visto a la Senadora actuar así y, desde luego, nunca se había visto amenazado su trabajo. Por supuesto, tampoco le había mentido abiertamente a la Senadora. Mac volvió al trabajo, pero sus pensamientos seguían volviendo a la Senadora.

·   ·   ·

Alina se puso de pie ante el Director Petrov. A diferencia de Mac, no dejó nada fuera. La sanción por ocultar información al Director sería mucho mayor que la pérdida de su empleo. Ella se quedó en silencio y esperó su respuesta.

—Esta operación es de suma importancia, y estamos fracasando. Esto es inaceptable. Nikolai no pudo obtener su bolsa, y tú, una agente armada de la Dirección S, no pudo someter a dos civiles y un perro. Esto es una vergüenza para este departamento y para Rusia. Su incompetencia no puede ser tolerada.

El Director reflexionó sobre sus opciones durante un largo minuto. Finalmente, metió la mano en un cajón y sacó una sola bala que colocó en posición vertical en el centro de su escritorio.

—Tienes una oportunidad más, Alina. Quiero que esa información esté en mi escritorio dentro de cuarenta y ocho horas. Si fallas, personalmente dispararé esta bala en la parte posterior de tu cabeza.

Alina exhaló un suspiro de alivio, mientras salía de la oficina. Tenía una bala con su nombre, pero le habían dado tiempo para resolver el problema. No volvería a fallar.

·   ·   ·

Después de bañarnos y almorzar, Banshee y yo fuimos a la sala de urgencias, disfrutando del hermoso clima. Esperaba con ansias ver cómo estaba John y lo encontré hablando con un paciente en el área de médicos de la sala de urgencias.

—Dr. Pastone, no creo que sea seguro tomar este antibiótico con mi medicamento para el colesterol.

—Es perfectamente seguro. No interactúan entre sí.

—Eso no es lo que escuché. Alguien en mi grupo de Facebook tenía un amigo que tomó antibióticos y una pastilla para el colesterol, y tuvo un ataque al corazón y murió.

Esperaba que la cabeza de John explotara, pero para su crédito, su voz permaneció tranquila.

—Señor, lamento que un amigo de alguien de su grupo de Facebook haya muerto de un ataque al corazón. Es posible que haya estado tomando antibióticos y pastillas para el colesterol, pero eso no significa que le causarán un ataque cardíaco. Es posible que haya comido pollo para la cena. ¿Crees que eso le causó un ataque al corazón?

—¿Está diciendo que este medicamento no es seguro para tomar con pollo?

Me alejé a toda prisa antes de estallar en carcajadas. Sacudiendo la cabeza, John se sentó a mi lado unos minutos más tarde.

—¿Va a tomar los antibióticos? —pregunté.

—Decidió que probablemente era seguro, siempre y cuando los tomara con dos horas de diferencia con una dosis de equinácea en el medio, pero primero quiere confirmar el plan con su grupo de Facebook.

—¿Qué demonios va a hacer la equinácea?

—No sirve de nada, pero si lo hace tomar el antibiótico, por mí que se bañe en él. Las hierbas naturales y los grupos de Facebook me van a llevar a la jubilación anticipada.

—¿Cómo va todo en el frente empresarial?

—No podría ser mejor. Estoy hablando con siete hospitales diferentes que quieren alejarse de sus contratos actuales. Para la próxima semana, podríamos ser una de las diez compañías de personal de medicina de urgencias más grandes del país.

—Solo asegúrate de no abrir ninguna cuenta bancaria adicional en las Islas Caimán. No quiero oír hablar de tu grupo en las noticias en el futuro.

—No te preocupes. Vamos a mantenerlo limpio y hacerlo bien, aunque me quedo con una idea de su modelo de negocio.

—¿En serio?

—Sí. Voy a nombrar a mi nueva compañía de gestión DGITR, LLC.

—Por favor, dime que no significa Los Hombres Más Tontos de la Habitación.

Una enorme sonrisa se extendió por su rostro.

—¡A huevo que sí! Es un recordatorio de cómo hemos llegado hasta aquí. Gracias, de nuevo, por tu ayuda. Ni siquiera tendríamos este contrato sin tus conexiones.

—Estoy feliz de ayudar y me alegro de haber conocido a algunas personas interesantes en el camino. Administra bien el negocio y esas son suficientes gracias para mí.

—Disculpe, doctor. Gracias por arreglarme —una joven le sonrió a John desde el otro lado del escritorio.

—Por supuesto, Lola. No necesité arreglar nada. Este es mi amigo, Doc. Muéstrele por qué estás aquí hoy.

Lola abrió la boca y sacó la lengua, revelando un patrón de islas lisas y rojas en la superficie de la lengua.

—Eso es impresionante. ¿Qué le dijo el Dr. John acerca de eso?

—Me dijo que se llama lengua geográfica y que nadie sabe cuál es la causa, pero que no es grave y que no necesito ningún medicamento ni inyecciones. Dijo que hace que el helado sepa mejor.

—No estoy seguro de eso último, pero el helado no te va a hacer daño. Solo para estar seguro, probaría un helado hoy si fuera tú.

—Está bien. Gracias. ¡Adiós!

Lola saltó por el pasillo con un padre aliviado a cuestas.

—A pesar de toda la mierda loca y estresante que vemos aquí, a veces es bueno decirle a una familia que lo que tienen es inofensivo y no necesita tratamiento —dijo John.

—Estoy de acuerdo. Me encanta recetar helados. Voy a dejarte volver al trabajo. Voy a cerrar algunos historiales clínicos antes de que el administrador me encuentre, y luego me largo de aquí.

CAPÍTULO TREINTA Y CINCO

Domingo 22 de marzo
6:31 p. m.

Mac se dirigió a casa, agotada por los acontecimientos del fin de semana. Echó una lasaña congelada en el microondas y se puso unos pantalones de chándal y una vieja playera gris, increíblemente suave después de años de uso. Se acurrucó en el sillón con la cena y una copa de Chardonnay y contempló la última pista de su hermano.

Todavía le gustaba fingir que Mark estaba vivo y bien. Su diario y las pistas que le había dejado le hicieron sentir como si la hubiera estado observando, mientras ella jugaba su juego, y mentalmente le suplicó que le diera una pista. Dos números ordinarios de cinco dígitos no la llevaron a ninguna parte.

Dejó que la pista rebotara dentro de su cabeza, mientras bebía un sorbo de vino. Sabía que algo iba a desencadenar la respuesta con el tiempo, y que no podía forzarla. Se estiró bajo una manta con un buen libro y leyó hasta que el agotamiento la venció. Soñó con números sin respuestas.

. . .

Banshee masticó ruidosamente un hueso de cuero crudo trenzado mientras yo me metía en la cama. Habían pasado diez días locos desde que Mark me susurró sus últimas palabras. Ojalá lo hubiera conocido en su mejor momento. Personas como él resolvían problemas de los que el resto de nosotros ni siquiera éramos conscientes. Su uso de ADN de termitas de diez millones de años de antigüedad para curar el cáncer ciertamente calificó como un pensamiento fuera de la caja. Su reducción de la evolución a una fórmula matemática me parecía imposible. Por otra parte, Einstein redujo la relación entre masa y energía a una fórmula simple.

Abrí mi libro. Nada despeja mi mente como una escapada a un buen thriller, y pronto me perdí en un mundo ficticio donde todo es posible. Me reí del uso de un teléfono plegable por parte del personaje principal para llamar a su jefe. La tecnología avanzó rápidamente, y todos los libros se quedaron obsoletos una vez que la nueva tecnología alcanzó la obsolescencia. Terminé un capítulo y volví a la portada para revisar la fecha de publicación de 1999. Dejé el libro en mi mesita de noche y apagué la lámpara. En 1999, estaba en la universidad tratando de ingresar a la escuela de medicina y decidiendo qué veinte contactos almacenar en mi teléfono plegable. Los tiempos habían cambiado.

Cerré los ojos y despejé mi mente para entrar en ese apacible momento de semiinconsciencia antes de dormir, el único momento en que el pensamiento activo me abandonaba y mi cerebro podía emitir libremente ideas reprimidas. Vagamente consciente de un concepto que luchaba por abrirse camino hacia la conciencia, permití que se fortaleciera y estallara, lo que me hizo sentarme y jadear.

Banshee, dormido en el suelo junto a la cama, se puso en pie de un salto y gruñó, buscando en vano una amenaza.

—Relájate, muchacho. No pasa nada. Ven aquí arriba.

Banshee saltó sobre la cama y se acostó a mi lado, todavía desconfiado. Lo acaricié y lo calmé.

—Relájate. Todo está bien. Es posible que haya descubierto la última pista. Lo comprobaremos mañana en un teléfono limpio.

Banshee y yo dormimos profundamente toda la noche.

CAPÍTULO TREINTA Y SEIS

Lunes 23 de marzo
6:48 a. m.

Me desperté temprano y salí a correr seis kilómetros y medio con Banshee. De camino a casa, me detuve en el hospital. Tenía una teoría y no podía confiar en mis propios dispositivos electrónicos con Seguridad Nacional y los rusos monitoreándome. Me encontré con Greg, un enfermero que comenzaba su turno.

—Buenos días, Doc. ¿Estás aquí por negocios o por placer?

—Solo salí a correr. ¿Te importa si te pido prestado tu teléfono? Se me acabó la batería.

—Claro. Aquí tienes.

Abrí un navegador e ingresé la información que había descubierto la noche anterior. En el cuarto intento, apareció la respuesta y vitoreé en silencio, mientras cerraba el navegador y devolvía el teléfono.

—Pareces feliz. ¿Recibiste buenas noticias de mi teléfono, Doc?

—Lo hice, Greg. Gracias por prestármelo. Que tengas un buen turno.

Salí y llamé a Mac de mi teléfono, que no tenía problema con la batería.

—Buenos días, Doc. ¿Por qué llamas tan temprano?

—Quería ver si estabas libre para almorzar.

—No lo sé. Los lunes son una locura por aquí. ¿Puede esperar?

—Si, pero estoy bastante seguro de que quieres verme hoy.

—¿Puedes darme una pista?

—No en una línea compartida.

—Está bien. Hay que encontrarnos frente al edificio Hart a las 11:30. Tengo que correr.

Terminé la llamada y corrí a casa con Banshee, preguntándome cuántos otros se unirían a nosotros para almorzar.

· · ·

Alertado de la llamada, el Agente Duff alineó un equipo para seguirlos. En la embajada rusa, Alina se enteró de la llamada unos minutos después. Ella también planeaba seguirlos, mientras evitaba a los agentes de Seguridad Nacional que seguramente iban a estar cerca. Se puso un nuevo look para la reunión.

· · ·

Unos minutos más tarde, Mac nos encontró a Banshee y a mí descansando en un banco bajo un cielo húmedo y soleado. Mac se sentó a mi lado y colmó a Banshee de elogios y caricias en las orejas. Se inclinó hacia ella.

—¿Cuál es el gran misterio, Doc?

Le entregué mi teléfono y señalé su bolsa. Lo colocó en su bolsa de Faraday junto al suyo, la selló y se volvió hacia mí, levantando las cejas.

—Resolví la última pista.

—¿Cómo carajos lo hiciste?

No creo que el lado competitivo de Mac estuviera acostumbrado a quedar en segundo lugar.

—Anoche, por pura curiosidad, revisé la fecha de publicación de un libro que estaba leyendo. Apagué la luz y me di cuenta. Justo debajo de la fecha de publicación está el número de identificación del libro.

—El Sistema Internacional de Numeración de Libros —suspiró Mac.

—Así es. El número ISBN, un identificador único de diez dígitos de cada libro.

—Así que ahora solo tenemos que buscar el número ISBN.

—Primero, combiné los dos números, y ningún libro está asociado con 1490565129, pero si inviertes el segundo número, obtienes 1490592156, que sí corresponde a un libro. ¿Quieres adivinar cuál?

—¿No es La Telaraña de Charlotte?

—Un gran libro, pero no, son los *Principia* de Sir Isaac Newton.

Mac suspiró con una carcajada.

—Por supuesto que lo es. Mark siempre fue un fanático de los matemáticos históricos, e Isaac Newton era uno de sus favoritos. No me sorprende que eligiera Principia, uno de los libros más importantes sobre matemáticas jamás escritos.

—Tendré que confiar en ti en eso. Mi lista de lecturas se saltaba grandes libros de matemáticas.

—Seguramente tuviste que aprender algo de matemáticas para ser médico.

—Claro. Puedo convertir libras a kilogramos.

—Eso te pone por delante de la mayoría de los americanos.

—Es bueno saberlo. Ahora solo tenemos que averiguar qué es lo que hay en el libro que es tan importante.

—No creo que la pista quiera que nos fijemos en los escritos de Isaac Newton. Creo que Mark quiere que veamos una copia muy específica de los *Principia*.

—¿Cómo averiguamos qué copia?

—Caminemos unos diez minutos en esa dirección. Vamos.

Banshee saltó entre nosotros, mientras Mac empezaba a caminar bruscamente hacia el edificio del Tribunal Supremo.

—Como investigador tenaz, Mark consultaba a menudo textos poco conocidos. Por suerte, estamos justo al lado de la biblioteca más grande del mundo, la Biblioteca del Congreso.

Rodeamos el frente del edificio de la Corte Suprema, y di un primer vistazo a la Biblioteca del Congreso, y me detuve a admirar los detalles mientras Mac asumió su papel de guía turística.

—Este es uno de los tres edificios del Capitolio, el Edificio Thomas Jefferson. Al pie de las escaleras hay una fuente que muestra al rey Neptuno, el dios romano del mar, y su corte. Sobre la ventana del primer piso se ven treinta y tres cabezas etnológicas talladas sobre cada ventana. Estos representan diferentes razas étnicas, desde árabes hasta zulúes. Sobre el segundo piso las vidrieras son los bustos de nueve grandes hombres elegidos por el primer bibliotecario. Mi favorito es el busto de Dante.

—Es apropiado que Dante esté aquí. Esta búsqueda nos ha llevado a visitar algunos de los círculos del infierno.

—Ojalá no vayamos hasta el noveno círculo.

—¿No nos van a seguir los agentes? —pregunté.

—Sí, pero hay una entrada separada para los investigadores, y apuesto a que no tienen acceso. Sí. Podemos entrar rápidamente y perderlos dentro. El lugar es un laberinto gigante.

Nos abrimos paso entre los turistas que se mezclaban en el patio frente al edificio hasta una pequeña puerta etiquetada como «Solo Personal Autorizado». Seguí a Mac adentro para enfrentarme a un guardia de seguridad y a un detector de metales. Le pidió su pase y las luces se pusieron verdes después de que lo escaneó. Se lo devolvió y me pidió mi identificación, que escaneó en el sistema. Mi licencia no dio lugar a luz verde, pero imprimió credenciales para los dos autorizando el acceso a la biblioteca.

—¿Qué pasa con el perro? Solo los perros de servicio están permitidos en la biblioteca.

—Es un perro de servicio.

—Se parece más a un perro guardián, pero está bien. Solo mantenlo atado con correa.

Pasamos por el detector de metales y entramos en la biblioteca.

CAPÍTULO TREINTA Y SIETE

Lunes 23 de marzo
11:57 a. m.

Afuera, los agentes de Seguridad Nacional se apiñaron para crear un plan. El traslado para acceder a la biblioteca los había sorprendido. Decidieron que dos agentes los seguirían a través de la puerta de empleados, pero esperarían unos minutos para no llamar la atención de Doc y Mac. Los otros dos agentes utilizarían la puerta principal y tratarían de localizarlos. Una vez dentro, todos se dividían para buscarlos, manteniendo el contacto por radio.

Cerca de allí, una frustrada Alina apretaba los dientes mientras los observaba entrar en la biblioteca a través de la puerta restringida. Iba a tener que entrar por las puertas principales y buscarlos. Vestida como una turista, escudriñó la multitud en busca de una víctima, eligiendo a una mujer que mostró su pase a sus amigos antes de volver a meterlo en su bolsa, que no volvió a cerrar. Después de un leve golpe y un murmullo «perdón», Alina obtuvo un pase para entrar a la biblioteca.

•   •   •

Me quedé asombrado mientras miraba hacia el techo abovedado de la sala de lectura principal, increíblemente grande y lejana. Ocho columnas gigantes de mármol alrededor de la habitación sostenían figuras femeninas de tres metros de altura que representaban los rasgos característicos de la vida y el pensamiento civilizados. Dieciséis estatuas de bronce se alineaban en la balaustrada de las galerías, conmemorando a hombres cuyas vidas personificaban el pensamiento y la actividad representados por las estatuas más grandes. Las estaciones de lectura se alineaban en el suelo en forma circular, la mitad de ellas ocupadas.

Mac sonrió mientras observaba mi reacción.

—Puede ser un poco abrumador al principio.

—Estas estatuas son increíbles.

—Si miras hacia arriba, verás a nuestro viejo amigo Heródoto, conmemorando el campo de la historia.

—Quiero agarrar un libro, acurrucarme en una de esas sillas y leer por un día.

—Puedo arreglar eso, pero probablemente tengamos que seguir avanzando. Nuestros amigos nos van a alcanzar pronto.

Mac se acercó directamente al mostrador de información y le mostró su pase.

—¿Me puedes ayudar, por favor? Soy de la oficina de la Senadora Whitehurst y me gustaría ver los *Principia* de Newton.

—Siempre estamos dispuestos a ayudar. Se encuentra en la sección QA803. A45, parte de nuestra área de libros raros y colecciones especiales. Está en el segundo piso.

Mac abrió el camino escaleras arriba, acelerando el paso a medida que se acercaba a su objetivo. Luché por mantener el ritmo, mientras miraba maravillado en todas direcciones. Una mirada desde uno de los balcones que daban a la sala de lectura principal mostró a dos de nuestros amigos agentes corriendo por el piso. Me apresuré a alcanzar a Mac, que escaneaba los libros a su izquierda, mientras caminaba por un pasillo de estanterías. Se giró hacia mí con una sonrisa triunfal, mientras reverentemente sacaba un libro de la estantería.

—Aquí está. Vamos a ver qué me dejó Mark.

·   ·   ·

Alina se deslizó a través de la seguridad con su cuchillo de cerámica pasado por alto. Se detuvo para maravillarse con los voluminosos libros y estanterías que la rodeaban y se acercó a un mostrador de información con su sonrisa más amistosa.

—Hola, soy una maestra de matemáticas de Iowa. ¿Puedes, por favor, indicarme la dirección de los textos de matemáticas más famosos?

Planeaba buscar primero en el área de especialización de Lawton.

—Nuestros textos de matemáticas y ciencias se encuentran en esa área.

El bibliotecario señaló hacia una gran ala llena de libros.

—Muchas gracias. ¿Dónde estarían los más famosos de los más grandes matemáticos?

—El segundo nivel.

Alina ya se estaba moviendo hacia su presa.

·   ·   ·

Mac deja suavemente el libro en la mesa más cercana.

—Es un libro bastante grande. Espero que no tengamos que leerlo todo para encontrar otra pista —dije.

Mac frunció los labios y miró pensativamente el libro. Pasó las páginas con delicadeza, examinando el papel amarillento cubierto de palabras y diagramas. Pasó a la última página y anotó el número 590. Con casi 600 páginas de texto y diagramas para revisar, cerró el libro y lo miró fijamente, deseando una respuesta.

—Supongo que debemos empezar a leer —sugerí.

—No. Lo he leído antes. Newton no sabía nada sobre la evolución cuando lo escribió, por lo que la clave no está en sus escritos. Debe de ser algo escondido en el libro.

Mac revisó la portada por dentro y por fuera, pero no notó nada inusual.

—Creo que lo vamos a hacer de la forma difícil.

Se sentó y pasó cuidadosamente cada página después de escanear el texto. Me senté a su lado, y Banshee sintió que nos quedábamos un rato y se desplomó bajo la mesa a mis pies.

．　　．　　．

Alina se había preocupado de haber elegido el área equivocada, cuando escuchó voces que discutían en voz baja sobre un libro. Miró a la vuelta de una esquina y vio a Mac y Doc sentados en una larga mesa con un gran libro viejo abierto frente a ellos. Mac escaneó lentamente cada página. Alina quería verlo más de cerca. Se acomodó como una residente de Iowa y caminó por el pasillo, mirando con asombro todos los libros a cada lado de ella.

Doc la miró brevemente con un cortés movimiento de cabeza y sin ningún indicio de reconocimiento. Cuando él se dio la vuelta, ella se concentró en el libro para leer el título antes de continuar por el pasillo y desaparecer a la vuelta de una esquina. Decidió esperar hasta que encontraran algo antes de enfrentarse a ellos.

．　　．　　．

Mi atención divagaba, mientras Mac continuaba su estudio de cada página. Me fijé en una mujer de Iowa, o que amaba el estado, estampada en su sudadera. Sonrió cortésmente al pasar, mirando con asombro todos los libros que la rodeaban.

Banshee se tensó al acercarse y gruñó. Me agaché para calmarlo. Entrenado para ignorar a la gente, Banshee me alarmó, y ambos vimos a la turista desaparecer alrededor de una estantería alta y cargada. Volvió a agachar la cabeza, pero siguió mirando en su dirección.

—¿Qué te pasa, muchacho? ¿No te gusta cómo huele la gente de Iowa?

Banshee me ignoró y se reposicionó para mirar en la dirección en la que se había ido la turista. Echó la cabeza hacia atrás, pero sus oídos estaban levantados, atento a cualquier señal de peligro.

Mac inhaló bruscamente, cerró apresuradamente el libro y se volvió hacia mí con ojos radiantes. Se inclinó para susurrarme.

—Mark dejó su último mensaje en estas páginas.

Me dio un breve abrazo.

—Solo tenemos una oportunidad para esto. A Mark le gustaba escribir pistas con tinta sensible a la luz y que desaparecía. Creo que usó esa tinta aquí.

—¿No puedes tomarle una foto?

—No con nuestros teléfonos comprometidos. Lo voy a memorizar antes de que desaparezca.

—¿Puedes hacer eso?

Mac esbozó una sonrisa asesina.

—No soy tan inteligente como Mark, pero puedo hacerlo. Después de que lo abra, por favor no me distraigas.

Mac encontró la página y abrió el libro. Por encima de su hombro, vi un pedazo de papel metido en la encuadernación sobre la página original. La letra en la parte superior decía:

«Mac, si estás leyendo esto, algo terrible ha sucedido. Depende de ti decidir qué hacer con esta información. Con amor, Mark».

El resto de su mensaje contenía diez líneas de oraciones matemáticas complejas. Mac se concentró intensamente en las ecuaciones, mientras yo la observaba.

•   •   •

Alina no podía descifrar lo que decían, pero sus susurros emocionados sonaban como si hubieran encontrado algo. Ella los observó, encorvados sobre el libro. Deslizó el cuchillo de cerámica de su cintura y caminó en silencio hasta el final de la fila de estantes. Adoptando un aire de indiferencia, se acercó a unos pocos metros de ellos, se abalanzó sobre Mac, se llevó el cuchillo a la garganta y susurró:

—Quédate callado, o se muere.

CAPÍTULO TREINTA Y OCHO

Lunes 23 de marzo
12:36 p. m.

Banshee gruñó, pero reaccioné demasiado tarde. La amable turista de Iowa sostuvo un cuchillo en la garganta de Mac.

—Quédate callado, o se muere.

Levanté las manos en señal de rendición. A mi lado, Mac cerró lentamente el libro frente a ella y puso las manos sobre la mesa. Todavía gruñendo, Banshee estaba a mi lado, tranquila pero concentrada en la máxima alerta.

—Quiero agradecerles a ustedes dos por encontrar este libro para mí. Ha sido una larga persecución.

—¿Piensas irte de aquí con ese libro? —le pregunté.

—No, la princesa lo va a hacer por mí mientras tú y tu mascota esperan aquí. Mi cuchillo va a estar contra su hígado. Ya maté a su hermano. No tengo reparos en enviarla a reunirse con él. Levántate.

Mac se puso de pie lentamente, temblando furiosamente tan cerca del demonio que había asesinado a su gemelo. La mujer, con destreza, desplazó el cuchillo de su garganta a su espalda y le ordenó a Mac que recogiera el libro. Mac me miró a los ojos con esperanza y consuelo antes de mirar a Banshee, quien la observaba fijamente mientras se golpeaba el antebrazo izquierdo con tres dedos de la mano derecha.

Banshee ladró ferozmente, rompiendo el silencio de la biblioteca. Su rugido resonó en el techo abovedado y reverberó por toda la biblioteca, sonando como si un ejército de animales salvajes hubiera conquistado el edificio.

En el primer instante del ladrido de Banshee, Mac, preparada para la sorprendente cacofonía, golpeó con su talón el sensible empeine de su atacante y giró tan rápido que la turista que empuñaba el cuchillo no tuvo tiempo de reaccionar. Mac la agarró por la muñeca con el cuchillo y le lanzó dos poderosos puñetazos en el esternón de la mujer. La mujer dejó caer el cuchillo y luchó por respirar. Mac le dio un rodillazo en el pecho y ella se dobló. En un movimiento borroso, Mac agarró la parte posterior de su cabeza y la golpeó contra su rodilla alzada. Su dolor y furia canalizaron su fuerza y aplastaron la nariz de la mujer. Semiinconsciente, la atacante se desplomó en el suelo.

Las manos de Mac rodearon su cuello y la apretaron. Los ojos de la mujer, ahora indefensa, se abrieron de par en par por la conmoción y el miedo.

Aturdido mucho más por la violencia explosiva de Mac que por los ladridos de Banshee, le ordené que guardara silencio, aunque los ecos seguían resonando. Me acerqué a Mac, le agarré la parte superior del brazo y tiré de ella hacia atrás.

—Mac, no hagas esto. No es lo que eres.

—Ella mató a Mark.

—Se enfrentará a la justicia por eso. Déjala ir.

Mac recuperó el control de sí misma y finalmente la liberó. La asesina de Mark respiró hondo y empezó a sentarse, pero yo la empujé hacia atrás.

—Quédate quieta hasta que lleguen las autoridades. «GUARDIA».

Banshee se alzó sobre ella con los dientes al descubierto y emitiendo un gruñido bajo.

—Si te quedas quieta, no te va a atacar. Si intentas levantarte, él te va a someter.

Me aparté de ella y pateé el cuchillo debajo de la mesa. La mujer miró fijamente a la bestia que gruñía a centímetros de su cara.

—¿Estás bien? —le pregunté a Mac.

—Creo que sí.

—Déjame echar un vistazo a tu costado. Tienes algo de sangrado allí.

Sorprendida al ver la mancha de sangre que se extendía en su camisa, Mac dijo que ni siquiera había notado la herida.

—Bajo estrés, tu cuerpo libera adrenalina, que enmascara el dolor. Buena jugada con Banshee. Sus ladridos me sobresaltaron incluso a mí.

—Recordé la orden y esperé que él la obedeciera viniendo de mí.

—Eso significa que confía en ti. Felicidades, eres parte de su manada.

Levanté la parte trasera de su camisa para inspeccionar la herida.

—Nada grave. Tienes un corte limpio de un par de centímetros, nada que unos pocos puntos de sutura no puedan reparar, y te va a quedar una pequeña cicatriz para conmemorar este día.

Apliqué un poco de presión sobre la herida con la tela suelta de su camisa para ralentizar el sangrado.

—Gracias por apartarme de ella. La iba a matar. No es que no se lo merezca, pero me alegro de no haberlo hecho. Su confesión casual de que mató a Mark desató un fuego que me envolvió. No podía pensar con claridad.

Mac, conmocionada por su propio comportamiento, se sentó en la silla más cercana.

—Quédate tranquila. Creo que mucha gente va a estar aquí en un momento.

·   ·   ·

La biblioteca se había congelado con los sonidos de los ladridos de Banshee, pero después de varios segundos, los visitantes se dirigieron a las salidas, y los empleados y la seguridad convergieron en el disturbio. Los agentes de Seguridad Nacional, entre los primeros en llegar, encontraron a Banshee de pie sobre una mujer ensangrentada, mientras Mac estaba sentada exhausta con su blusa ensangrentada. Me dirigí a los agentes con las manos claramente abiertas frente a mí.

—Pueden bajar las armas. La mujer en el suelo admitió su responsabilidad en el asesinato de Mark Lawton y amenazó con matar a Mac. Por favor, llama al Agente Duff para que nos ayude.

El agente parecía feliz de pasar el lío a la cadena de mando. Resumió brevemente nuestra situación en su radio.

—Duff dijo que llega en quince minutos. Nadie se mueve hasta entonces.

Los agentes de Seguridad Nacional hicieron retroceder al personal y a otros curiosos. Llamé a Banshee a mi lado, y se sentó entre Mac y yo.

Los agentes sentaron a nuestra atacante y la esposaron. Con su permiso, me acerqué a revisarla antes de que llegara una ambulancia.

—Me llamo Doc, y voy a echarle un vistazo rápido a tú cara, si te parece bien.

—Sé quién eres. Soy Alina Morozova y tengo inmunidad diplomática.

—Felicidades por la inmunidad. Quiero asegurarme de que estés estable para el transporte al hospital.

Estaba neurológicamente intacta y no corría el riesgo de perder las vías respiratorias. Probablemente tenía algunas costillas fracturadas y posiblemente un pie roto, y su cara iba a requerir cirugía, pero no estaba en peligro inminente. Me pregunté por su historia, dada su tranquila capacidad para soportar ese tipo de palizas.

Me senté en la mesa junto a Mac, y ella abrió el libro en silencio y examinó la nota de Mark. Tomó mi mano por debajo de la mesa y la apretó, mientras miraba las ecuaciones. Vi cómo la tinta se desvanecía y Mac cerró el libro con serenidad.

Mientras esperábamos torpemente al Agente Duff, un silencio espeluznante nos envolvió, solo roto por la ruidosa respiración de Alina por la boca y el jadeo satisfecho de Banshee.

El Agente Duff interrumpió nuestras ensoñaciones individuales con seis agentes más detrás de él. Uno de ellos era un médico que comenzó una evaluación más exhaustiva de Alina, mientras el Agente Duff se sentaba frente a nosotros.

—Parece que ustedes dos tuvieron una gran mañana. ¿Te importaría explicar todo esto?

Miré a Mac y ella asintió para que le contara toda la historia. Cuando mencioné que el libro contenía la pista final, el Agente Duff me interrumpió.

—¿Estás diciendo que Mark escribió sus ecuaciones en ese libro? Muéstrame.

Mac abrió el libro y lo giró hacia él. Se quedó mirando confundido.

—¿Qué chingados es esto? Es una página en blanco.

Mac continuó la historia.

—Mark usó una tinta que se desvanece con la exposición a la luz. Cuanto más larga es la exposición, más se desvanece.

—Por favor, dime que tienes una foto del mensaje antes de que desapareciera.

—Desgraciadamente, no. Dado que ciertas agencias gubernamentales han intervenido nuestros teléfonos, no pensé que fuera seguro tomar una foto.

—¿Qué decía el mensaje?

—Mark dijo que dependía de mí qué hacer con su investigación, y luego enumeró sus cálculos. Desafortunadamente, esa bruja rusa de allí nos interrumpió y no tuve la oportunidad de copiarla. Me temo que la investigación se ha ido.

El Agente Duff hervía a fuego lento.

—No pudo haber desaparecido. Seguro que se puede duplicar su obra. Necesito esa información.

—Agente Duff, Mark tardó años en desvelar su descubrimiento. Dudo que pueda recrear su trabajo, incluso si tuviera décadas para intentarlo. De todos modos, no estoy segura de que se pueda confiar en la humanidad. Independientemente de nuestras filosofías, este asunto está concluido, excepto por el enjuiciamiento de ella por el asesinato de mi hermano.

El Agente Duff echó humo, mirando impotente la página en blanco. Cerró el libro de golpe y se volvió hacia Alina. Los médicos habían limpiado la sangre de su rostro para revelar su mueca de desprecio.

—Alina, ¿cierto? Te tengo en el asalto de la señorita Lawton, y estoy bastante seguro de que tu sangre te va a ubicar en el Smithsonian la otra noche. Todavía no te tengo por el asesinato de Mark, pero estoy seguro de que podemos llegar allí. ¿Tienes algo que decir en tu defensa? —preguntó el Agente Duff.

—Soy Alina Morozova, ciudadana de Rusia, y tengo inmunidad diplomática. Exijo que se me entregue inmediatamente a mi embajada.

—¿Tiene pasaporte diplomático en su persona?

—No.

—Entonces siéntate mientras hago una llamada.

Llamó a la embajada rusa.

—Este es el Agente Duff del Departamento de Seguridad Nacional. Tenemos a una mujer detenida que reclama inmunidad diplomática, pero no tiene identificación. Me dio el nombre de Alina Morozova. Por favor, conéctame con alguien que pueda confirmar o negar su estatus legal.

En espera con el acompañamiento de una mala grabación de Tchaikovsky, una voz ronca entró en la línea.

—¿En qué puedo ayudarle, Agente Duff?

—¿A quién le hablo, por favor?

—Hablas con Dmitri Petrov, agregado jurídico de la embajada. Tengo entendido que tiene a una de nuestras ciudadanas bajo su custodia, la Sra. Alina Morozova.

El Director Petrov usó la tapadera de un agregado legal, pero el Agente Duff sabía que estaba hablando con el espía ruso de más alto rango en los Estados Unidos.

—Así es. Reclama inmunidad diplomática.

—¿Puedo preguntarle la razón por la que está detenida?

—Usó un cuchillo para agredir y amenazar de muerte a un alto funcionario del Congreso para robar información vital para nuestra seguridad nacional.

—Me dijeron que ella es secretaria de uno de nuestros ministros de Comercio.

—¿Tiene inmunidad diplomática?

—Absolutamente no. Estoy conmocionado al enterarme de estas acciones ilegales que ha perpetrado contra un ciudadano de su país. La dejo en manos de su sistema legal. Por favor, dígale que ha dejado algo en mi escritorio, y si alguna vez la vuelvo a ver, me voy a asegurar de dárselo.

—Le voy a transmitir su mensaje, y espero que podamos dar por cerrado este asunto.

—Lo mejor para nuestros dos países es salir de esta desventura. Doy por cerrado el asunto de la camarada Morozova. Buenos días, Agente Duff.

Se paró frente a Alina.

—El Director Petrov dice que eres una secretaria sin inmunidad diplomática. También dijo que no interferiría con nuestro enjuiciamiento de tus crímenes. Quiere que sepas que la última vez que hablaste con él, dejaste algo en su escritorio, y si alguna vez te vuelve a ver, se va a asegurar de dártelo.

El color se esfumó de la cara de Alina al recordar la bala.

—Me gustaría hablar con un abogado.

—Estoy seguro de que lo vas a hacer, pero ese derecho está garantizado a los ciudadanos estadounidenses, no a los extranjeros que los atacan. Sus actividades, sancionadas o no, constituyen una amenaza a la seguridad nacional de este país y, por lo tanto, vas a ser detenida y juzgada como terrorista.

Alina continuó suplicando inmunidad, mientras los agentes la sacaban de la biblioteca.

CAPÍTULO TREINTA Y NUEVE

Lunes 23 de marzo
1:45 p. m.

—¿Qué va a pasar con ella? —preguntó Mac a Duff.

—La vamos a interrogar y si es inteligente, va a intercambiar información por privilegios, como hacer ejercicio al aire libre, pero va a ser nuestra invitada por el resto de su vida.

—¿Crees que pudiera ser intercambiada en un intercambio de prisioneros y salirse con la suya con el asesinato de Mark?

—No lo creo. El ruso en el teléfono es el espía de mayor rango en Washington, y la desautorizó por completo y prometió ejecutarla, si tenía la oportunidad. El fracaso acarrea graves consecuencias en Rusia.

—Pueden enviar a alguien más detrás de nosotros —señalé.

—No creo que tengas que preocuparte por eso. Lo intentaron y fracasaron, conscientes de que Seguridad Nacional ha recuperado lo que Alina luchó por tomar. Es más probable que reduzcan sus pérdidas, porque desde su perspectiva, nuestro gobierno obtuvo la información antes que su agente. No tienes nada más que ofrecerles, lo que me lleva a la pregunta de qué hacer con ustedes dos.

—No hemos hecho nada malo —afirmó Mac.

—Me has estado ocultando información desde el principio.

—Agente Duff, seguí los mensajes dejados por mi hermano según su último deseo. Eran mensajes personales para mí, y el gobierno no tiene derecho a ellos. Además, de todos modos, nunca hubieras resuelto ninguna de las pistas. La única razón por la que conoces este libro es porque lo encontramos para ti.

—Muéstrame la página otra vez.

Mac abrió el libro y nos quedamos mirando la página en blanco que había dentro. El Agente Duff lo miró de cerca desde diferentes ángulos, pero no pudo ver ni una pizca de escritura.

—Por favor, escribe exactamente lo que había en esta página, cada detalle que puedas recordar.

Mac recreó la nota lo mejor que pudo. Completó las palabras en la parte superior, pero le costó recordar las ecuaciones. Produjo tres líneas de números, y parecían incompletas. Se lo entregó a Duff con una disculpa.

—Lo siento, eso es todo lo que puedo recordar.

Duff miró los símbolos y negó con la cabeza. No tenía ni idea de lo que significaban, pero sospechaba firmemente de su inutilidad.

—¿Y tú, Doc? ¿Recuerdas algo que la señorita Lawton no sepa?

Ni siquiera tuve que mentir.

—Vi brevemente el mensaje, y los únicos números que entiendo en ese libro son los números de página.

—Voy a llevar el libro al laboratorio y ver qué encuentran los técnicos.

—Deténgase ahí, señor. Ese libro no va a salir de esta biblioteca.

Todos nos dimos la vuelta para mirar a quién hablaba, una mujer menuda y de pelo blanco que no toleraba tonterías. Se abrió paso entre un par de agentes para enfrentarse al Agente Duff. De hecho, ella se plantó firmemente ante él cuando apenas medía poco más de metro y medio de altura, pero su dedo estaba en su cara.

El Agente Duff dio un paso atrás.

—¿Quién es usted, señora?

—Soy la Doctora Paolini, la Bibliotecaria Jefe aquí, y ese libro está bajo mi cuidado.

—Dra. Paolini, entiendo que el libro es importante, pero se le ha agregado información con implicaciones para la seguridad nacional.

La Dra. Paolini centró su atención en el libro y parecía furiosa.

—¿Quién estropeó la página de nuestro libro?

—Mi hermano lo hizo, para ocultar información crítica. Le dispararon y lo mataron por ello.

—Lamento tu pérdida, pero eso no es excusa para insertar una página en blanco en la vieja encuadernación de un tesoro irremplazable.

—Al principio no estaba en blanco. La tinta fue diseñada para desvanecerse con la exposición a la luz. No necesitamos todo el libro, solo esa página —dijo el Agente Duff.

La Dra. Paolini explotó.

—He trabajado en esta biblioteca durante cuarenta años, y nunca hemos tenido una pelea a cuchillo en medio de nuestras preciosos estantes de libros con gente sangrando por todas partes y con una bestia salvaje ladrando como si la paz no volviera a reinar. Y nunca he dejado que el gobierno confisque o desfigure uno de mis libros. Nadie toca ese libro sin que esté presente mi conservador principal.

—Dra. Paolini, mi personal técnico tomará todas las precauciones para minimizar el daño al libro.

—Mis conservadores son los mejores del mundo.

Admiré el hecho de que la valiente académica pusiera al Agente Duff en su lugar, pero los ignoré mientras discutían.

—¿Cómo te sientes de la espalda? —le pregunté a Mac.

—Me está doliendo. Creo que la adrenalina analgésica se ha desvanecido.

—Podemos adormecerla en la sala de urgencias y cerrar la herida. Si quieres, podemos usar grapas, y puedes decirle a todo el mundo que es una mordedura de tiburón.

La incomodidad de Mac interrumpió su risa, pero al menos pude distraerla momentáneamente.

—Prefiero una cicatriz mínima, gracias.

—También podemos hacer eso. Vámonos de aquí.

El Agente Duff y la Dra. Paolini habían llegado a una tregua, en la que el conservador jefe iba a retirar la página con un daño mínimo a la encuadernación bajo la atenta mirada de los expertos técnicos de Seguridad Nacional. Me acerqué al Agente Duff.

—¿Ya terminamos? Necesito llevar a Mac a la sala de urgencias.

—Ni siquiera estamos cerca de terminar.

—Está bien, pero ¿podemos arreglarla antes de que continúen los interrogatorios? Puede ser más cooperativa si no está sangrando y no siente dolor.

—Uno de mis agentes los va a llevar y se va a quedar contigo. Después de que ella haya sido tratada, ambos van a ser llevados de regreso a mi oficina. Nada de tonterías, o te encierro hasta que califiques para la seguridad social.

—Vamos a atenderla y prometemos no huir.

Ayudé a Mac a ponerse de pie y la sostuve mientras caminaba cautelosamente hacia la salida, escoltada por Banshee y dos agentes.

En medio de una sala de lectura principal ahora vacía, les pedí a todos que se detuvieran por un momento y le di una orden a Banshee.

—AÚLLA.

Banshee aulló a las estatuas que bordeaban la habitación, el eco se intensificó por la cúpula de arriba. Le hice señas para que se callara, pero el sonido continuó reverberando desde todas las direcciones mientras salíamos del edificio.

CAPÍTULO CUARENTA

Lunes 23 de marzo
3:20 p. m.

Poco después de una escolta sin incidentes a la sala de urgencias, conseguí una habitación para Mac, quien se subió con cuidado a la mesa de examen y se dio la vuelta boca abajo.

—Necesito una siesta —suspiró.

—Siéntete libre de dormitar. ¿Quieres que haga uno de mis colegas o que lo arregle yo mismo?

—Hazlo tú. Confío en ti, sobre todo después de todo lo que ha pasado.

Reuní mis provisiones, le enrollé la camisa a Mac y le quité la venda. Una rápida inspección confirmó que el cuchillo había penetrado la piel, las capas de grasa y parte del músculo. Extraje un poco de lidocaína y añadí bicarbonato para minimizar la quemadura.

—Quédate quieta, esta parte duele un poco, pero luego no vas a sentir nada.

Introduje la aguja en la herida, bajo el borde de la piel, e inyecté lentamente la lidocaína. La mayoría de la gente odia las agujas, pero el escozor del medicamento causa el dolor. Con una inyección lenta, incluso eso es mínimo. Mac se tensó cuando empecé, pero se relajó enseguida.

—La parte dolorosa ya pasó. Lo voy a limpiar para prevenir la infección.

Irrigué la herida con un litro de líquido a alta presión, dejando un poco de suciedad, pero limpiando cualquier residuo. Una inspección posterior a la limpieza verificó que los bordes estaban rectos y sin mucha tensión.

—Última oportunidad. ¿Quieres una cicatriz bonita o una mordedura de tiburón ruda?

—Puede que me arrepienta de esto algún día, pero vamos con bonita.

—Sí, señora. Estoy cosiendo una capa profunda para juntar todo el tejido, y luego voy a cerrar la capa superior con pegamento para la piel. De hecho, tienes suerte. La herida tiene los bordes limpios, sigue las líneas naturales de la piel y no está bajo tensión. No podría haberte cortado en un lugar mejor para repararlo.

—Me voy a asegurar de agradecerle que me haya apuñalado en una zona conveniente.

—Dudo que la volvamos a ver.

—Todavía va a aparecer en mis pesadillas. Qué perra más malvada. Perdí el juicio por la forma en que mencionó tan casualmente haber matado a Mark. Me alegro de que me hayas detenido. No estoy segura de que me hubiera podido recuperar de haber matado a alguien así.

—Desafortunadamente, tengo algo de experiencia con eso. Cuando localicé a algunas personas malas en Houston, terminé encerrado en una habitación con un hombre loco que planeaba torturarme hasta la muerte. Pude sorprenderlo y lo estrangulé. Se desmayó en unos quince segundos, pero mantuve la llave de estrangulamiento durante cuatro largos minutos para asegurarme de que muriera.

—¿Te sigue molestando?

—Sí y no. Era una persona horrible que disfrutaba lastimando a la gente y que merecía la pena de muerte por sus crímenes, de todos modos, y tuve que matarlo para sobrevivir. No podía escapar y no iba a poder vencerlo en una pelea justa, si hubiera recobrado la conciencia. No me enorgullece haberlo hecho, pero sé que lo volvería a hacer. Probablemente salvé vidas al prevenir sus futuros crímenes.

—La defensa personal es diferente, Doc. Yo había optado por matarla después de neutralizar su amenaza.

Sumidos en nuestras propias reflexiones, terminé la reparación en silencio y me concentré en la alineación perfecta de los bordes del corte. Tomé una foto para enseñársela a Mac.

—¿Qué te parece?

—Se ve bien. Gracias, Doc.

—Mantenlo limpio, seco y no toques el pegamento. Va a desaparecer por sí solo de siete a diez días. Puedes bañarte, pero no frotes. Si se enrojece, se calienta, se hincha, se siente sensible o comienza a gotear líquido, es probable que esté infectado. Llámame y yo me encargo de ello. ¿Alguna pregunta?

—No, pero no tengo muchas ganas de ver al Agente Duff.

—Tranquila. Le voy a pedir a alguien que te traiga una camisa limpia, y podemos ir juntos a enfrentar sus preguntas.

•   •   •

Nuestros ya conocidos agentes profesionales y antipáticos de Seguridad Nacional nos llevaron de regreso a su sede y nos depositaron en una sala de conferencias. Dejaron la puerta abierta, pero un agente se quedó fuera. Un bar de refrescos despertó mi interés. Me dirigí directamente a las bebidas y las botanas.

—¿Quieres algo? Estos chicos tienen un buen surtido.

—Agua y un poco de chocolate, por favor.

—¿Algo en específico?

—Tú eliges.

Elegí M&M's para ella y chocolates rellenos de mantequilla de cacahuate y una Coca-Cola Light para mí. Al sentarme a su lado, deslizó suavemente su dulce hacia mí y tomó algunos de mis chocolates.

Disfrutamos de nuestras botanas hasta que llegó el Agente Duff, seguido de otros cinco agentes trajeados.

—Veo que se sienten como en casa.

Levanté el caramelo.

—Supuse que esto había sido comprado con dinero de los contribuyentes, así que técnicamente, ya es en parte mío. Por favor, sírvanse ustedes mismos, si quieren algo.

—Bueno, sabelotodo, este es el trato. Ustedes se sinceran aquí mismo, ahora mismo, con todo lo que saben, y no se presentan cargos, pero si me mienten o esconden información, les voy a hacer la vida imposible.

—Entiendo. ¿Vas a presentar a los demás en la sala?

—Son mis colegas.

—¿Tienen nombres?

El Agente Duff señaló cada uno de ellos.

—Permítanme presentarles al Agente Smith, al Agente Smith, al Agente Smith, al Agente Smith y también al Agente Smith. ¿Satisfecho?

—Lo siento. No entendí el nombre del cuarto agente.

Mac me puso una mano encima antes de que me arrestaran.

—Agente Duff, estoy lista para contar toda la historia, y vas a oír hablar de un diario que llevaba mi hermano. Contiene sus pensamientos y una de sus pistas, pero no hay investigación real ni nada que permita a alguien replicarlo. Entiendo que vas a querer revisarlo, pero después de que lo hagas, me gustaría que me devolvieran el original. ¿Trato?

—Muy bien. Mientras no tenga nada que ver con la seguridad nacional, te devuelvo el diario.

Mac comenzó con nuestra primera reunión en el hospital hace diez días. Articuló un resumen claro y conciso de nuestras investigaciones, sin omitir nada. Los agentes Smith tomaron notas además de su grabación, y el Agente Duff interrumpió solo para aclaraciones ocasionales. Mac concluyó con los eventos en la biblioteca.

—Es toda una aventura, pero estoy confundido. Dado que tu hermano sabía que la tinta iba a desaparecer, ¿cómo esperaba que guardaras la información?

—Estoy segura de que lo hizo por precaución para evitar que personas malintencionadas la obtuvieran. Sabía que yo iba a ser consciente de las limitaciones de tiempo que imponía y probablemente esperaba que tomara una foto antes de que el mensaje desapareciera para siempre, pero no podía hacerlo de manera segura, porque sabía que mi teléfono había sido comprometido por ustedes, probablemente también por los rusos. Confié en su juicio, así que dejé que la tinta se desvaneciera.

—¿No tenías ningún problema en ver desaparecer la obra de toda la vida de tu hermano?

—Elegí la obliteración en lugar de su militarización. Dejar que desaparezca no disminuye la brillantez de Mark, pero hace del mundo un lugar más seguro.

—Podríamos haber hecho mucho bien con sus descubrimientos.

—Podrías hacer un daño aún mayor.

—Comprometiste la seguridad nacional al dejar pasar esa información.

Mac se inclinó hacia delante y endureció la voz.

—Agente Duff, he hecho un juramento para proteger a este país y he servido con honor. No comprometí nada. Si hubiera dejado que los rusos se lo llevaran, entonces podrían acusarme, pero dejé que se destruyera a sí mismo en lugar de dejar que nuestros enemigos se lo llevaran. Cumplí con mi deber patriótico.

El Agente Duff se echó hacia atrás.

—Sabes que alguien más va a recrear su investigación.

Mac se echó a reír.

—Buena suerte con eso. Mark era un talento único y generacional. Si crees que puedes encontrar a alguien en LinkedIn para reemplazarlo, entonces te vas a decepcionar.

—El último punto es el diario. ¿Cómo encontramos a este Heródoto? —preguntó el Agente Duff.

—No lo vas a encontrar —dije—. Espera a que salga de los túneles y podemos preguntarle. Tiene una personalidad frágil y es un poco paranoico. No lo vas a conseguir a la fuerza, pero a él le gusta Mac y se va a entregar.

Acordamos verlo en el Paseo Nacional al día siguiente, y firmamos acuerdos de confidencialidad que prometían todo tipo de dificultades si alguna vez revelábamos algo.

El Agente Duff nos acompañó hasta la puerta.

—Tráiganme ese diario y no vuelvan a hablar de nada de esto, se acabó. Gracias por cooperar. Ahora, salgan de aquí.

Un agente nos llevó al Capitolio, donde Mac me dio un abrazo de despedida. Ella quería pasar a su oficina e iba a tomar el metro a casa. El agente nos llevó a Banshee y a mí a casa, y me acomodé en el sofá para ver algo de baloncesto.

CAPÍTULO CUARENTA Y UNO

Lunes 23 de marzo
6:58 p. m.

Mac pasó por el control de seguridad con expresiones de preocupación dada su blusa médica y su apariencia desaliñada, que no era su atuendo típico de Washington, incluso después de horas. Abrió la puerta de la oficina y se encontró bruscamente con la Senadora, de pie frente a la puerta abierta mirándola fijamente.

—Senadora, me asustó. No esperaba ver a nadie aquí tan tarde.

—Esperaba que pasaras por aquí. Oí que tuviste un día lleno de aventuras.

La Senadora sacó una silla de la mesa de conferencias y le hizo un gesto a Mac para que se sentara frente a ella. Mac se dejó caer en la silla.

—Pido disculpas por no haber podido estar en contacto esta tarde. Solo esperaba encontrarme con Doc para almorzar, pero él averiguó que la Biblioteca del Congreso tenía la última pista de Mark. Decidimos ir a comprobarlo, y apareció esa bruja rusa y me apuñaló.

—Escuché que estabas herida. Espero que no sea serio.

—Necesité diez puntos de sutura en la espalda, pero voy a estar bien. —Mac esbozó una breve sonrisa—. Luché contra ella. Estoy bastante segura de que le rompí la nariz.

—¿En serio? Yo no oí nada de eso.

Mac resumió el altercado y la Senadora redirigió la conversación.

—Volvamos al mensaje que dejó Mark. ¿Qué decía exactamente?

—Estoy parafraseando, pero decía que algo le había pasado para que yo recibiera su mensaje y que me tocaba a mí decidir qué hacer con él.

—¿Qué crees que quiso decir con eso?

—No es ningún secreto que Mark tuvo que reconsiderar su descubrimiento. Ofrecía potencial para un profundo avance médico, pero también para una terrible militarización. Sabía que podría matar a millones y alterar el equilibrio del poder mundial. Creo que sentía que los riesgos de su descubrimiento superaban los beneficios.

—¿Y qué piensas tú?

—He tenido unos días para procesarlo, y estoy convencida de que Mark tenía razón. Su descubrimiento es demasiado peligroso para la humanidad. La violenta desesperación de los rusos por obtenerlo lo demuestra.

—Tengo entendido que Mark escribió varias líneas de ecuaciones con tinta que desaparece. Háblame de ellos.

—Está bien informada, Senadora.

—Es mi trabajo estar informada. Ahora hábleme de las ecuaciones, por favor.

Su cortesía superficial irradiaba amenaza. Mac conocía a la Senadora lo suficiente como para darse cuenta de que estaba a punto de perder los estribos.

—Enumeró diez o doce líneas de ecuaciones complejas. Solo tuve un momento para mirarlos antes de que la rusa me atacara. Para cuando volví al libro, la tinta se había desvanecido hasta ser ilegible. Me temo que la información se ha ido.

La Senadora evaluaba rutinariamente las mentiras, una habilidad política requerida. Leyó atentamente las expresiones de Mac, pero no pudo determinar la veracidad de sus afirmaciones. El hecho de que Mac pudiera estar ocultándole información encendió una gran preocupación.

—Mac, he sido testigo personalmente de lo rápido que absorbes la información, y aunque tu memoria no sea fotográfica, está muy cerca. Me resulta casi imposible creer que no hayas memorizado esas ecuaciones.

—Normalmente, estaría de acuerdo contigo, pero con la impresión haberlo encontrado y luego de ser retenida a punta de cuchillo y obligada a luchar por mi vida, no pude concentrarme. La tinta se había esfumado antes de que pudiera memorizarla.

—¿Y esperas que crea que Mark estaba dispuesto a dejar que su mayor descubrimiento desapareciera para siempre después de solo unos minutos?

—Mark prefirió su destrucción a su mal uso. No se hubiera preocupado por su desaparición mientras viviera. Podría haber recreado sus propias ecuaciones de memoria. Sintiendo la amenaza a su vida, hubiera percibido una alta probabilidad de intención maliciosa, por lo que su voluntad de destruirla en caso de su muerte tiene mucho sentido.

—Tal vez los agentes puedan rescatar la información del papel.

—Tal vez, pero Mark me aseguró que después de que la tinta desapareció, desapareció para siempre.

La Senadora se puso de pie y se paseó detrás de la mesa, un hábito que revelaba una ansiedad poco común.

—Mac, nunca me has fallado antes. Estoy decepcionada de ti. Les he asegurado a personas importantes que tú ibas a obtener la información y yo me iba a asegurar de que llegue a las manos correctas.

—¿Quién exactamente tiene las manos correctas?

—Personas poderosas que iban a proteger la tecnología y usarla correctamente.

—¿Cómo se llaman?

La Senadora hizo caso omiso de la pregunta.

—Estoy segura de que estás cansada. Vete a casa. Piensa bien en lo que viste en ese papel. Si logras recordarlo, va a ser de ayuda para que sigas creciendo profesionalmente.

—¿Y si no puedo recordar?

La Senadora agarró su bolsa y abrió la puerta.

—Adiós, Mac.

La puerta se cerró suavemente, dejándola atónita de que la Senadora la había amenazado. Mac había insistido con todos en que no tuvo tiempo para memorizar las ecuaciones. Creía haber sido convincente, pero la Senadora claramente sentía que mentía. Mac se estremeció. Pasó los dedos distraídamente por la mesa, recreando las ecuaciones de Mark. Visualizó una imagen perfecta de la página y podría transcribir la obra fácilmente si quisiera. Se maravilló de la brillantez y la simplicidad de su descubrimiento. No pensaba compartirlo con nadie, jamás.

CAPÍTULO CUARENTA Y DOS

Martes 24 de marzo
11:47 a. m.

Mac se encontró conmigo y con Banshee cerca de la parada de metro a la hora del almuerzo. Se sentó a mi lado y acarició las orejas de Banshee. Parecía cansada y estresada.

—¿Has dormido algo? —me aventuré.

—No mucho. No podía dejar de pensar en lo que me dijo la Senadora anoche. Me amenazó implícitamente para revelar el secreto de Mark.

—¿Qué le dijiste?

—Le dije que no tuve tiempo para estudiar y memorizar la fórmula.

—¿Te creyó?

—¿Y tú?

—Lo que yo piense no importa, porque no la quiero, y no la entendería si lo tuviera. O no sabes la fórmula, o la sabes y eliges no compartirla. Cualquiera de los dos me parece bien.

Mac se acurrucó en mi brazo.

—Gracias. Creo que eres el único que realmente entiende por lo que estoy pasando.

Nos sentamos en silencio bajo la fresca luz del sol hasta que una figura familiar surgió de la escalera del metro.

—Aquí viene Doty a tomar un poco de aire fresco —saludé con la mano, y él sonrió cálidamente, mientras se unía a nosotros.

—Mucho tiempo sin vernos. ¿Cómo están las cosas arriba?

—Más emocionante de lo que nos gustaría —Mac le dio un resumen de nuestras aventuras recientes—. Quería ver si me puedes devolver el diario de mi hermano.

—Por supuesto. Está en mi escritorio donde lo dejaste. ¿Está bien si lo traigo mañana? Tengo algunas cosas que hacer esta tarde.

—¿Está todo bien? —pregunté.

Sus ojos se intensificaron.

—Sí. ¿Puedo encontrarme con ustedes aquí mañana más o menos a la misma hora?

—Nos vemos entonces. Cuídate.

Doty asintió y deambuló entre grupos de turistas.

—¿Qué crees que lo mantiene ocupado esta tarde?

—Ni idea. Es difícil predecir las actividades de un historiador brillante y solitario que vive en la clandestinidad. ¿Qué vas a hacer esta tarde?

—Vamos a ver a los Padrotes testificar ante el Congreso. ¿Quieres verlo? —sugirió Mac.

—¿Podemos ir?

Mac levantó su placa.

—Sí, estoy bastante segura de que podemos encontrar un asiento con esto.

—Es un placer conocer a una persona importante.

—Creo que mis días en la oficina de la Senadora están llegando a su final.

—¿De verdad crees que te despediría?

—No lo sé, pero no estoy segura de querer quedarme con ella. Creo que es hora de una nueva oportunidad y un nuevo comienzo.

—¿Qué vas a hacer?

—Ni idea. Vamos.

.   .   .

La audiencia, celebrada en una de las salas más grandes del comité, estaba abarrotada de gente. La placa de Mac nos daba acceso a los asientos reservados en la parte delantera. El Senado no parecía estar de acuerdo en muchas cosas, pero sobornar a los funcionarios del hospital para que proporcionaran atención médica deficiente aparentemente preocupaba a ambas partes.

Los tres directivos de Prime Medical Padrotes se sentaron a la mesa frente a veintiún senadores furiosos, quienes lanzaban acusaciones y preguntas difíciles, con la esperanza de ser el titular en el noticiero de la noche. Ojalá les importara de verdad la atención médica de calidad tanto como sus próximas elecciones.

—Sr. Prost, en su calidad de abogado principal de Prime Medical Partners, supongo que es consciente de que sobornar a un administrador de un hospital para obtener un contrato es ilegal. ¿Es eso correcto?

—Sí, Senadora.

—Entonces, ¿podría explicarme por qué, bajo su supervisión, no menos de treinta y siete ejecutivos fueron sobornados?

El propio abogado de Don se inclinó y le susurró al oído.

—Siguiendo el consejo de mi abogado, me apego a la quinta.

—Dígame, señor Prost, ¿conocía usted la cuenta bancaria en las Islas Caimán que realizaba estos pagos ilegales?

—Siguiendo el consejo de mi abogado, me apego a la quinta.

—Ciertamente está en su derecho de hacerlo, señor Prost, pero su miedo a la pregunta lo dice todo. Ahora, vamos a centrar nuestra atención en...

La audiencia continuó durante otros cincuenta minutos con preguntas difíciles del panel, seguidas de débiles negaciones o negativas a responder por parte de los ejecutivos.

—No parece que hayan logrado nada —observé.

—Esos tipos estaban bajo juramento, así que si cambian sus historias, pueden ser acusados de perjurio. Además, su negativa a responder preguntas básicas es una pesadilla de relaciones públicas. Estos tipos están acabados para siempre en la medicina.

Nos sacaron de la sala con el resto de la multitud, cuando una mano pesada se posó en mi hombro y me hizo girar. Banshee gruñó mientras miraba los ojos desorbitados de Don Prost. Se inclinó para susurrarme al oído.

—Lo hiciste, cabrón. Arruinaste esta empresa, y voy a hacer que mi misión sea joder tu vida.

—Buena suerte orquestando eso desde la cárcel.

Don me empujó hacia atrás y retiró el puño, y Banshee saltó entre nosotros y le ladró en la cara. Don retrocedió, y el alboroto atrajo la atención de un policía del Capitolio.

—¿Qué está pasando aquí? —preguntó un oficial.

Calmé a Banshee, mientras Mac se adelantaba con su identificación senatorial.

—Oficial, el señor Prost se acercó a mi amigo, lo amenazó, lo empujó y estaba listo para lanzar un puñetazo antes de que el perro le ladrara.

El oficial se volvió hacia mí.

—¿Es eso lo que pasó?

Enrojecido y sudando profusamente, los ojos dilatados de Prost brillaban y los vasos sanguíneos de su cuello latían con un ritmo antinatural.

—Sí, oficial. Como médico, me preocupa que el Sr. Prost muestra signos de consumo de cocaína.

Prost explotó y habría atacado de nuevo, si sus compañeros de trabajo no lo hubieran contenido. El oficial se volvió hacia él.

—Señor, ¿está usted bajo la influencia de alguna droga ilegal?

—No, y ese hombre me atacó primero. Ha estado mintiendo para arruinar nuestra empresa. Quiero presentar cargos.

—Oficial, tengo todo el episodio en cámara, si quiere ver lo que pasó —ofreció un reportero.

El oficial revisó las imágenes.

—Señor, dé la vuelta y ponga las manos detrás de la espalda.

Prost protestó, pero tres agentes más habían llegado para esposarlo rápidamente. Cuando se fueron, les pedí a los oficiales que esperaran un momento.

—DROGAS —señalé a Prost.

Banshee se acercó, olfateó y rápidamente se concentró en el bolsillo delantero derecho de sus pantalones. Banshee lo empujó con el hocico y se sentó.

—Oficial, es un perro policía entrenado. Sospecho que va a encontrar drogas en su bolsillo.

El oficial metió la mano y sacó un frasco de vidrio con polvo blanco. Lo sostuvo frente a la luz mientras las cámaras de los reporteros capturaban el momento. Se llevaron a Prost, seguidos por el grupo de reporteros.

—Eso fue inesperado —dijo Mac.

—Me di cuenta de su adicción la primera vez que nos conocimos. Iba a prisión de todos modos, pero ahora no podrá tomar otra dosis que pueda provocar más violencia. Dejémoslo por hoy.

—Podemos dejarlo por hoy. Tengo que volver al trabajo. Nos vemos mañana.

·   ·   ·

Mac regresó a la oficina, rebosante de actividad. Revisó rápidamente una pila de mensajes que esperaban en su escritorio, organizándolos por las llamadas que devolvería, las que su personal debía devolver y las que debían enviar a la papelera. Un mensaje de la Senadora le pidió que fuera a su oficina.

Mac llamó a la puerta de la Senadora. La llamó para que entrara y le pidió que cerrara la puerta detrás de ella. Mac se sentó frente a la Senadora y esperó a que hablara.

—¿Has pensado más en lo que discutimos el domingo?

—Sí, Senadora. Me he estado devanando los sesos, pero no he logrado progreso. No recuerdo lo que estaba escrito en esa página.

—Ya veo. ¿Y qué hay de ese diario que te dejó?

—Se supone que lo voy a recuperar mañana. El Departamento de Seguridad Nacional quiere verlo, por supuesto, pero Mark diligentemente mantuvo su investigación separada de sus pensamientos sobre el proceso. No contiene ninguna investigación ni sus resultados.

—Me gustaría ver ese diario.

—Estoy segura de que puede hacer arreglos para verlo.

La Senadora se inclinó hacia adelante.

—Quiero ver ese diario antes de que lo haga Seguridad Nacional.

Mac se retorció.

—Con todo respeto, Senadora, no quiero meterme en medio de una guerra territorial entre usted y Seguridad Nacional. Quiero dejar este asunto atrás.

—Ya veo.

La Senadora hizo una pausa y se dedicó a otros asuntos en los que quería que trabajara. Mac tomó notas y la Senadora la despidió abruptamente. Su relación se había deteriorado claramente.

CAPÍTULO CUARENTA Y TRES

Miércoles 25 de marzo
12:14 p. m.

Relajándonos en el mismo banco del día anterior, Mac y yo disfrutamos de la suave luz del sol y esperamos a Doty. Mac se desahogó sobre su drama en la oficina.

—Es raro que la Senadora esté más obsesionado con la investigación que los chicos de Seguridad Nacional. La tensión implacable en la oficina me pesa.

—Parece que es hora de seguir adelante.

—Claramente, pero encontrar un nuevo trabajo va a tomar tiempo. Las vacantes para los puestos de Jefe de Gabinete del Congreso son raras.

—Hay un gran mundo fuera de Washington.

—Sí, pero soy muy buena en lo que hago, y Washington es el único lugar que opera según las reglas que conozco.

—Ciertamente viven según su propio conjunto de reglas. ¿Viste la foto de Banshee en las noticias?

Un fotógrafo había captado a Banshee en toda su extensión ladrando en la cara de un sorprendido Don Prost.

—Deberías enmarcar eso. La gente debe saber que no deben meterse contigo.

—Disculpe —interrumpió un hombre de unos cuarenta años, vestido con pantalones caqui y un saco de vestir con una mochila de mensajero colgada al hombro.

—¿Puedo ayudarte? —pregunté.

Abrió su bolsa y metió la mano dentro. Al percibir nuestra tensión, Banshee se interpuso entre nosotros. La mano emergió con el diario de Mark, y Mac y yo exhalamos profundamente. Le ordené a Banshee que se relajara y se acostó a mis pies.

—¿Te lo dio Doty? —preguntó Mac.

El hombre sonrió.

—No, tú me lo diste.

Mac y yo nos quedamos mirando al hombre, sin dar crédito a lo que veíamos.

—Doty, ¿eres tú?

Él sonrió.

—Me preguntaba si podrían ver a través de mi nuevo aspecto.

—¿Qué te parece?

Giró para mostrar su nuevo atuendo.

—Te ves muy bien. Siéntese y cuéntenos lo que pasó.

Doty se sentó entre nosotros, entregándole el diario a Mac.

—Es hora de que vuelva a entrar en el mundo. Me hiciste darme cuenta de que tengo más que ofrecer. Ayer, fui al refugio a limpiarme lo mejor que pude y me corté el pelo, y me rasuré. Se siente bien estar de vuelta con ropa limpia.

—¿Cómo lo pagaste?

Doty sacó una tarjeta bancaria del bolsillo de su pecho.

—He tenido dinero en mi cuenta con un costo de vida muy bajo todo el tiempo.

—Bienvenido de nuevo. ¿Qué vas a hacer ahora?

Sacó un fajo de papeles de su bolso.

—Terminé mi investigación sobre la construcción de los primeros gobiernos estadounidenses. Tengo una cita con el decano de mi antiguo departamento esta tarde, y la voy a presentar para su revisión. Su visita me inspiró a volver a vivir. Gracias.

—Vaya, Doty, estoy tan feliz por ti.

Mac lo abrazó y le besó la mejilla. Se sonrojó y una sonrisa calentó su expresión de una manera que imaginé que no había sucedido en mucho tiempo.

—Gracias. Vuelvo a ser yo mismo, Danny Simpson. Heródoto vivía en los túneles, pero el Profesor Danny Simpson vive aquí, ahora.

Le dimos nuestra información de contacto y observamos cómo el Profesor se alejaba con determinación.

—Me alegra ver que algo bueno salió de este lío. ¿Qué vas a hacer con eso? —le pregunté.

Mac navegó por las páginas.

—Voy a leerlo una vez más. Aunque Duff prometió que lo iba a devolver, mi medidor de confianza se está agotando.

—¿Quieres compañía?

—Claro. La oficina de la Senadora puede esperar. Vamos a mi casa.

Caminé a su lado con Banshee manteniéndose alerta, como de costumbre.

·   ·   ·

Mac vivía en otra casa adosada convenientemente ubicada, una rareza ya que tenía una cochera para un solo carro, así como una vista decente del edificio del Capitolio.

—Me imagino que es difícil olvidarse del trabajo cuando tu oficina está a la vista —reflexioné ante el edificio histórico.

—Es un recordatorio constante de que, a pesar de sus muchos problemas, el gobierno de Estados Unidos sigue siendo uno de los mejores del mundo, y el Congreso es su rama más poderosa.

—Algunos jueces de la Corte Suprema podrían estar en contra de esa evaluación.

—El Congreso hace las leyes y controla los hilos de la bolsa. Decisiones de a dónde va el dinero y controla a dónde va el país.

—Comprendo lo difícil que va a ser para ti dejar el despacho de la Senadora, incluso después de lo que ha pasado.

—Es hora de un nuevo comienzo. Voy a hacer algo de comer para el almuerzo. Siéntete libre de leer el diario, si quieres.

Me senté en el sillón con él, mientras Banshee seguía a Mac a la cocina. Mark escribió en letras mayúsculas muy precisas con una pluma de alta calidad. Sus entradas fueron meticulosamente fechadas y cronometradas, pero el contenido varió ampliamente. Las primeras entradas reflexionaron sobre la dirección de su investigación. Inicialmente planeó descubrir una manera de definir los cambios en el ADN a lo largo del tiempo. Me adelanté hasta que comprendió la posibilidad de que estos cambios a lo largo del tiempo pudieran cuantificarse en una fórmula. Estas entradas detalladas ofrecieron una visión de cómo Mark procesaba los problemas.

Me adelanté hasta hace seis meses, cuando hizo un gran avance. Aunque estaba extasiado con su progreso, no dio detalles. Poco después, sus entradas se oscurecieron con la contemplación de Mark de cómo su descubrimiento podría convertirse en un arma. Luchó con la dicotomía de que sus hallazgos podrían resultar en un avance asombroso en la medicina, pero que el daño potencial podría ser aún mayor. A medida que pasaba el tiempo, se convenció de que las ramificaciones eran demasiado peligrosas para confiarlas a la humanidad. Sus últimas anotaciones, fechadas un par de semanas antes de su muerte, expresaban su preocupación de que estuviera siendo vigilado. Leí su última entrada y cerré el diario.

—Bienvenido de nuevo.

Mac terminó un sándwich en la mesa de la cocina con Banshee debajo.

—¿Cuánto tiempo llevo leyendo?

—Unos cuarenta y cinco minutos. Parecía que estabas en la zona, así que seguí adelante y comí sin ti. ¿Encontraste algo interesante?

—Todo el diario es interesante. Leí la mayor parte, pero es un viaje increíble a través de la mente de Mark. Detalló la evolución de su proceso de pensamiento.

—¿Qué te parecen las últimas entradas?

—Claramente, él sabía que su investigación era demasiado peligrosa para publicarla indiscriminadamente. Los sentimientos de culpa por la destrucción del conocimiento lo detuvieron. Sus pensamientos y emociones contradictorias son desgarradores.

—Los científicos están programados para compartir conocimiento, no para destruirlo.

—¿Confías en Duff?

—Tanto como puedo confiar en cualquiera que esté al servicio del gobierno, es decir, no mucho. Él tiene su propia agenda. El diario no lo va a ayudar a acercarse a sus objetivos, por lo que es muy probable que lo devuelva.

Banshee se puso en pie de un salto, gruñó con los pelos en alto y miró hacia la puerta principal. Se abrió de golpe y hombres enmascarados entraron en la habitación. Banshee se lanzó contra el primer hombre, pero el intruso estaba preparado y le disparó con una pistola eléctrica. Las púas se incrustaron en el pecho de Banshee y la electricidad recorrió su cuerpo, mientras caía con fuerza al suelo.

Reaccioné instintivamente y corrí hacia el hombre que había herido a Banshee. Con su atención fija en mi perro inmóvil y mi furia centrada solo en él, apunté a un punto siete centímetros detrás de su cara y atravesé a mi objetivo. Cayó al suelo, mientras las púas de la pistola eléctrica de un segundo hombre entraban por el costado de mi pared torácica y enviaban 50,000 voltios a través de mi cuerpo. Todos los músculos se tensaron en una conflagración de dolor. Aterricé convulsionando en el suelo junto a Banshee. Mi mente seguía funcionando, pero no podía concentrarme mucho más que en el dolor. Después de lo que parecieron años, la electricidad se detuvo y yo temblaba en el suelo.

Vi a un tercer hombre acercarse a Mac, también con una pistola eléctrica apuntándole, pero no la usó. En lugar de eso, extendió la otra mano.

—Dame el diario.

Mac dudó solo un segundo antes de darse cuenta de la inutilidad del desafío y le entregó el diario al hombre. Lo miró y se lo guardó en el bolsillo.

—Tienes una oportunidad de hacer esto de la manera más fácil. Escribe las fórmulas que te dejó, y nos vamos.

Mac se cruzó de brazos y miró en silencio al hombre, que se giró para asentir con la cabeza a su compañero, y yo recibí una segunda dosis de electricidad. Mis músculos, ya de por sí sensibles, ardían aún más a medida que la corriente me atravesaba. Finalmente, se detuvo, y una vez más luché por respirar y concentrarme en la escena frente a mí.

—Última oportunidad. Escribe las fórmulas.

Mac lloró, mirándonos a Banshee y a mí en el suelo.

—Lo juro. No llegué a verlas el tiempo suficiente para memorizarlas.

—Está bien. De hecho, prefiero el camino difícil.

Desplegó su pistola eléctrica y Mac se convulsionó en el suelo de la cocina. Se paró sobre ella, sacó una jeringa de su bolsillo y le inyectó la parte superior del brazo. Sus músculos temblorosos se relajaron, mientras sus ojos volvían a su cabeza. En ese momento, una aguja me atravesó el brazo y la oscuridad me consumió.

CAPÍTULO CUARENTA Y CUATRO

Fecha y hora desconocidas

Un dolor abrasador avivó la conciencia y me retorcí involuntariamente. Traté de forzar la relajación y me concentré en la respiración. Las respiraciones más profundas me hicieron sentir incómodamente apretado, pero me estabilizaron. Eventualmente, recuperé el control de mi respiración y evalué el daño.

Moví los dedos de los pies, experimentando solo un leve calambre en una pierna, una señal positiva de que no estaba paralizado. Curvé los dedos y gané confianza en un mayor control muscular. Abrí lentamente los ojos y una luz cegadora los abrasó. Jadeé y cerré los ojos con fuerza. A lo lejos, el habla penetraba en mi incomodidad.

—Doc, ¿estás ahí, Doc? Soy yo. Despierta.

Mi mente nublada procesó las palabras lentamente, tratando de identificar la voz familiar. Esta vez abrí los ojos lentamente, permitiendo que mi visión pasara del negro al gris y, finalmente, a la luz. Entrecerrando los ojos, comencé a descifrar una mesa de metal con las manos esposadas frente a mí. Un ligero movimiento de mi muñeca confirmó que mis propias manos estaban bloqueadas en su lugar.

—Bien, te estás despertando. Doc, mírame.

A un ritmo cómico, giré la cabeza a la voz familiar a mi derecha para encontrar a Mac mirándome. Con lágrimas en los ojos, esbozó una breve sonrisa aterrorizada.

—Me alegro de que estés despierto. Me estaba cansando de oírte roncar.

—No ronco.

Mis palabras confusas se abrieron paso lentamente desde mi garganta seca, como si el papel de lija raspara mi laringe mientras hablaba.

—Tenemos que concentrarnos en salir de aquí.

—¿Dónde estamos?

Mi niebla mental se disipó lentamente.

—Ni idea. Lo último que recuerdo es esa inyección, y me desperté aquí medio desnuda.

Me di cuenta por primera vez de que solo llevaba un sostén deportivo y ropa interior, y sus manos esposadas estaban encadenadas a la mesa, como las mías.

—Se llevaron tu ropa —observé.

—Tú no estás mejor vestido.

Miré hacia abajo para ver que solo llevaba puestos mis bóxers. Nada de esto tenía sentido. Nuestras sillas estaban atornilladas al suelo, al igual que la mesa de metal frente a nosotros. Las cuatro paredes desnudas que formaban una habitación tres por tres metros sostenían solo una cámara frente a nosotros y una puerta detrás de nosotros.

—No deben pagarle bien a su decorador. A las paredes les vendría bien un poco de color —murmuré, todavía sin comprender las ramificaciones de nuestra situación.

—No hay mucho aquí, excepto esa cámara y los accesorios en el techo.

Incliné la cabeza hacia atrás, causando otra ola de dolor cegador. El techo sostenía un gancho del que colgaba una cadena de metal.

—Eso no es bueno. ¿Quiénes chingados son estos tipos? —pregunté.

—He estado pensando en eso. Al principio me pareció que los rusos eran los más probables, pero el secuestro es un gran paso para ellos, especialmente a la luz de sus recientes fracasos públicos, y esos tipos de la casa no sonaban rusos.

—¿Podría ser Seguridad Nacional?

—No lo creo. Ciertamente pueden detener a terroristas, pero no estoy segura de que a ciudadanos estadounidenses, y no recibí ninguna pista de Duff de que siquiera considerara hacer algo como esto.

—Mac, esto podría ponerse muy mal rápidamente. Vamos a cooperar.

Los brillantes ojos de Mac se endurecieron hasta convertirse en un gris acerado.

—No puedo darles lo que no sé. Apenas vislumbré la información antes de que la tinta desapareciera. De todos modos, era demasiado complejo para memorizarlo. Nuestra única oportunidad es convencerlos de ese hecho.

—De acuerdo. Mantente fiel a la verdad.

Mi mente se había despertado por completo, y el miedo me retorció las entrañas. Probé las cadenas. Probablemente podría forzar las cerraduras, si tuviera las herramientas, pero no guardaba un juego de ganzúas en mis bóxers. Sin nada más que hacer, esperamos, viendo cómo la luz roja de la cámara parpadeaba cada tres segundos.

Nos sobresaltamos cuando la puerta que había detrás de nosotros se abrió. Dos hombres con orejeras tácticas, máscaras, pantalones cargo y playeras negras sin mangas que apenas disimulaban su físico entraron pavoneándose en la habitación, ahora claustrofóbica. Cada uno colocó un cilindro de metal sobre la mesa y el diario entre ellos.

—Espero que ahora entiendas lo serios que somos. Todavía puedes elegir el camino fácil. Escribe la fórmula.

—Te lo dije. No lo recuerdo —dijo Mac.

Sin dudarlo, levantaron los cilindros y nos los clavaron en el pecho. Una electricidad dolorosa nos recorrió el cuerpo. Nos pusimos a tensar las esposas mientras nuestros músculos se contraían y arqueábamos la espalda. La electricidad cesó de repente y, jadeando, nos desplomamos sobre la mesa.

—Estas picanas industriales para ganado se pueden ajustarse a cinco niveles diferentes según el tamaño del ganado. Lo que acabas de experimentar es el nivel uno, el más bajo.

Hizo clic en una perilla en la base del cilindro.

—La próxima vez, intentaré el nivel dos. Danos la fórmula.

—Ya te lo dije. No la sé.

—Es una lástima.

La puerta detrás de nosotros se abrió, y nos cubrieron con capuchas negras, bloqueando toda luz. Nos rociaron con agua helada y, al parecer, los hombres se fueron, cerrando la puerta tras ellos. Un zumbido anunciaba la llegada del aire gélido que soplaba desde arriba. Me estremecí violentamente, mientras una especie de música heavy metal a un nivel increíblemente alto nos asaltaba. Mi mundo entero se redujo a temblar y luchar por pensar en otra cosa que no fuera la cacofonía. Eventualmente, mi mente ya no pudo procesar nada y afortunadamente se apagó, mientras me desmayaba.

CAPÍTULO CUARENTA Y CINCO

Fecha y hora desconocidas

La música a todo volumen invadió mi conciencia, pero no tan fuerte, tal vez porque mi capacidad de oír había sido dañada. Todavía temblaba, pero soplaba aire caliente. Mi oscuridad encapuchada permaneció. El decrescendo progresó felizmente hasta la ausencia de sonido. Me zumbaban los oídos y nunca había apreciado más el silencio.

—¿Cómo estás? —preguntó Mac.

—Ese fue el peor concierto al que he ido en mi vida.

—Yo también. Le doy una estrella.

—¿Y ahora qué sigue?

—Creo que la segunda ronda. Lamento mucho haberte metido en esto.

—Soy un niño grande y perfectamente capaz de tomar mis propias malas decisiones.

—Sabes que nos van a matar, ¿verdad?

—Lo más probable. Incluso si pudieran obtener la información que quieren, estamos muertos, lo que demuestra las preocupaciones de Mark.

Caímos en una silenciosa soledad, sumidos en nuestros propios pensamientos. Nunca había contemplado realmente mi propia muerte, a pesar de enfrentarme a ella casi a diario en la sala de urgencias. Me preguntaba si mi inexistencia le importaría a alguien. Tenía amigos, pero no familia, que me echaran de menos, y nadie dependía de mí, excepto Banshee. Esperaba que estuviera bien y que terminara en un buen hogar.

La puerta se abrió bruscamente y alguien me arrancó la capucha de la cabeza. Entrecerré los ojos, mientras se adaptaban. Un tipo sin mascarilla se sentó frente a mí y sonrió, pero con ojos fríos y azul oscuro mirando a través del cabello rubio oscuro.

—¿Descansaron un poco durante el concierto?

—¿Por qué no dejas esta mierda y nos dejas ir? No conozco las fórmulas, y por mucha inseguridad machista que tengas que expresar aquí, todavía no las sabré —dijo Mac.

El hombre miró a su compañero que estaba detrás de nosotros.

—¿Escuchaste a esta perra? Quiere hablar de todo, excepto de lo que yo quiero saber.

Volvió a centrar su atención en Mac.

—¿Quieres adivinar cuánto tiempo estuviste escuchando esa música de mierda? Probablemente pensaste que estabas bajo esas capuchas durante horas. La verdad es que esa mierda duró solo treinta minutos. La próxima vez que les ponga esas capuchas, va a ser por mucho más tiempo, y les voy a echar agua fría todo el tiempo. Escribe las fórmulas para mí, y esto se acaba.

—¿Con nuestras muertes?

—Sí, ustedes los inteligentes nos entendieron, pero si me dicen lo que quiero saber, les voy a regalar una bala misericordiosa en la nuca. Si te resistes, las próximas semanas van a ser difíciles antes de morir de todos modos. Toma el camino fácil. Escribe las fórmulas.

Empujó el lápiz y el papel hacia Mac.

Tomó el papel y empezó a escribir, protegiéndolo con la mano izquierda. Dejó el lápiz y le dio la vuelta al papel, para que todos pudiéramos leerlo.

—¡VETE A LA CHINGADA, IMBÉCIL! —seguido de una cara sonriente dibujada en el papel.

El hombre negó con la cabeza.

—Tommy, agarra esa cadena.

Detrás de mí, el segundo hombre sacó la cadena del techo y la ató a mis manos esposadas. Me soltó las esposas de la mesa, hizo un gesto a la cámara y mis manos se elevaron con la cadena hasta que mis brazos estaban tan estirados sobre mi cabeza que mis pies descalzos apenas rozaban el suelo.

—Última oportunidad.

Mac señaló el papel y se volvió hacia mí, llorando:

—Lo siento, Doc.

Estaba a punto de decirle que no se preocupara cuando el primer golpe impactó en la parte posterior de mis piernas, seguido casi de inmediato por el mismo objeto contundente que golpeó la parte delantera de mis piernas. Luché por procesar un dolor abrumador. Miré y vi que el hombre detrás de mí blandía una porra de goma, dejándome las piernas en llamas infernales. Me di cuenta de que estaba gritando y apenas era consciente del hombre que le gritaba a Mac, mientras el dolor se extendía por mis piernas. Él asintió con la cabeza al hombre detrás de mí, quién me asestó tres golpes más en el pecho y la espalda. Luché por recuperar el aliento, mientras los músculos de mi pecho se congelaban. La agonía irradiaba por todo mi cuerpo. Llorando, Mac forcejeó con sus cadenas. El hombre agarró la picana y se la clavó en el pecho, provocando que arqueara la espalda sobre la silla. Se giró para enviar otra ráfaga a mi pecho, contrayendo los músculos ya inflamados. Nuevos niveles de dolor me recorrieron, abrumando mis sentidos.

Debí haberme desmayado de nuevo. Me desperté y escuché a Mac llamándome por mi nombre. Evalué mi situación. Todavía encadenado al techo, mis músculos se contraían por la electricidad, mientras mi pecho, espalda y piernas palpitaban con un dolor intenso. Hematomas oscuros se extendieron por mi pecho y piernas. Traté de minimizar el movimiento y simplemente respirar.

—Doc, ¿me oyes?

Traté de tranquilizarla.

—Estoy bien. No hay nada roto.

—Todavía no se ha roto nada —aclaró el sádico.

—Para nuestra próxima ronda, cambiaremos el palo de goma por un bate de béisbol, a menos que la señorita Maclaw lo entregue.

Mac se enderezó.

—¿Qué dijiste?

—Te dije que es mejor que me digas lo que necesito saber.

—Me llamaste señorita Maclaw. ¿Dónde escuchaste eso? ¿Cuándo fue la última vez que hablaste con la Senadora Whitehurst?

Los ojos del hombre se abrieron de par en par mientras miraba a la cámara.

—Nunca he conocido a una Senadora.

Mac miró a través de la cámara.

—Senadora, sé que está mirando. Entre aquí y háblame cara a cara.

—No hay Senadora, y tú vas a hablar conmigo.

—Cállate. ¡Ella está dando las órdenes a través de tus auriculares!

Mac se sentó serenamente, mientras observaba una profunda tristeza y decepción en sus ojos.

Los minutos transcurrieron en silencio hasta que la puerta se abrió para dar paso a la Senadora, quien despidió a los matones y se sentó tranquilamente frente a nosotros.

—Hola, Mac.

—Senadora.

—Lamento que hayamos tenido que llegar a esto. Ojalá se hubiera podido evitar.

—Todavía puede hacer lo correcto. No tiene que seguir adelante con esto.

—Lamentablemente, no tengo esa opción. Necesito esas fórmulas.

—¿Por qué, Senadora? ¿Por qué vale la pena secuestrar, torturar y asesinar?

—Es complicado.

—Parece que tenemos tiempo de sobra, y escuchar tu explicación es mejor que tener a ese aspirante a Babe Ruth practicando su bateo conmigo —balbuceé.

Apartó la mirada con cuidado, como si no pudiera enfrentarse a lo que había hecho.

—Me enteré de la investigación de Mark hace unos meses. Mi comité supervisa a DARPA y recibimos actualizaciones periódicas sobre sus proyectos. Su informe era deliberadamente vago y se centraba en los posibles beneficios médicos, pero las posibilidades militares eran obvias. Hablé con una gran compañía farmacéutica sobre la posibilidad de llevar al mercado este tipo de productos para combatir el cáncer, las enfermedades autoinmunes y otras dolencias. El descubrimiento de Mark valdría una fortuna para su dueño.

—¿Lo hizo por dinero? Ya es rica.

—Soy rica, pero no adinerada. Obtener esa investigación me catapultará más allá del estatus de multimillonario y me proporcionará fondos de guerra inmediatos para alcanzar la presidencia.

—Perra avariciosa. ¿Está dispuesta a hacer esto por dinero y poder?

—No solo por mí, sino también por mi país. Podríamos hacer que nuestra población sea más saludable y eliminar tanto dolor y sufrimiento, mientras nos convertimos en el país más temido de la tierra.

—Si quiere empezar a eliminar el dolor y el sufrimiento, le puedo ofrecer una sugerencia —dije.

La Senadora se giró hacia mí.

—No me gusta esto, pero es necesario. Necesito esa investigación. Por favor, dame las fórmulas y esto se acaba.

—Aunque la tuviera, no se lo daría, perra malvada.

—Obtendremos la investigación, eventualmente. Espero por tu bien que la consigamos pronto. Adiós, Mac. Lo siento.

La Senadora se puso en pie para irse.

—¿Qué hicieron con Banshee?

—Tu perro está bien. Lo sedamos y lo dejamos en la casa.

—Adiós, Doc.

La Senadora se fue, y nos echaron las capuchas sobre la cabeza. El agua helada me inundó y la música sonó a todo volumen hasta que volví a desmayarme.

CAPÍTULO CUARENTA Y SEIS

Fecha y hora desconocidas

La música se detuvo de repente, pero temí que el ritmo resonara en mi cabeza para siempre. La puerta se abrió de golpe y escuché discusiones indescifrables en el pasillo. Me preparé.

—Están aquí. Busca las llaves y que alguien me traiga unas mantas.

Me levantaron la capucha y el rostro preocupado del Agente Duff estudió el mío.

—Un momento, Doc, te vamos a quitar estas cadenas.

Se acercó a Mac, le quitó la capucha y le aseguró que estaba a salvo. Aturdido y dolorido, aún así logré sonreírle a Mac.

—Te ves de la chingada —dijo ella.

—Nunca he estado tan contento de ver al Agente Duff. ¿Cómo nos encontraste?

—Vamos a que los atiendan, luego les explico todo.

Otro agente llegó con las llaves y se paró en una silla para quitarme las esposas, mientras el Agente Duff me sostenía.

—¿Puedes ponerte de pie? —preguntó, mientras el otro agente liberaba a Mac.

Mac se puso de pie sin ayuda, pero mi primer intento de pararme por mí mismo me provocó un jadeo de dolor, y caí sobre Duff. Mis muslos se habían vuelto negros y azules.

—No me molesta si me ayudan —dije.

Con Mac a un lado y el Agente Duff al otro, me ayudaron cuidadosamente. Respiré hondo unas cuantas veces y me concentré en mi equilibrio. Estar de pie no dolía demasiado, pero caminar amenazaba con ser un desafío. Caminé unos pasos tolerables, y alguien con mantas bloqueó la entrada. Nos cubrió a Mac y a mí, y nos alejamos lentamente de la horrible habitación.

Entramos en un pasillo de azulejos de una casa contemporánea con obras de arte finas que recubren las paredes que conducen a una sala de estar bien equipada. Me ayudaron cuidadosamente a llegar a un sofá de cuero. Mac se sentó a mi lado, y otro agente nos entregó a cada uno una taza de porcelana de café humeante, que normalmente no bebo, pero su calor se sintió mágico. Mac extendió la mano para tomar la mía.

Otro agente nos trajo la ropa. Mac no esperó a tener privacidad y se puso la camisa y los pantalones mientras estaba sentada en el sofá. Suspiró, mientras se ponía los calcetines.

—Siempre apreciaré la ropa abrigada y seca. ¿Quieres ayuda?

Me miré el pecho, tan descolorido como mis piernas.

—Te agradecería mucho que me ayudes.

Mac y un agente me metieron cautelosamente en la ropa. Me recosté en el sofá sintiéndome mucho mejor.

El Agente Duff se sentó frente a nosotros.

—Sabes que necesito tus declaraciones completas, pero en este momento, ¿pueden identificar a los tipos que les hicieron esto? Tenemos a algunas personas esposadas en la habitación de al lado. ¿Se animan?

—Si alguien puede ayudarme a ponerme de pie, con gusto lo hago.

Caminé penosamente hasta la habitación contigua sin apoyo. Los dos torturadores estaban sentados esposados en el suelo.

—Sí. Ese es el tipo que hizo las preguntas y nos secuestró, y este tipo me golpeó.

El hombre en el piso nos sonrió, como si nos estuviéramos tomando unos tragos.

—¿Cómo están tus costillas, Doc?

Me invadió la furia ante las bromas de este insensible imbécil sobre su cruel forma de infligir dolor. Me acerqué a él y, con un grito primitivo, Mac se lanzó y aterrizó con todo su peso tras la rodilla, que clavó en las costillas del hombre sentado en las baldosas. Oí el crujido de sus costillas al romperse antes de que su propio grito resonara por toda la casa. El Agente Duff la levantó y la hizo retroceder.

—Vamos a llevarlos de vuelta al sofá. —Hizo un gesto con la cabeza a los otros agentes—. ¡Llévense a estos hombres, por favor!

De vuelta en el sofá, tomamos un sorbo de café y un médico nos ofreció ayuda. Le di las gracias y le expliqué que la porra de goma rompió el tejido blando, pero no rompió nada. Acepté una dosis fuerte de ibuprofeno y algunas bolsas de hielo.

El Agente Duff encendió su grabadora.

—Por favor, cuéntame qué pasó desde el principio.

—¿Banshee está bien? ¿Dónde está?

—Tu perro está bien. Lo dejaron sedado en la casa de la señorita Lawton. Un veterinario lo está cuidando ahora, y pronto te vas a reunir con él. Ahora, tu historia.

Mac comenzó con el robo, y su voz se quebró, al revivir la tortura que habíamos recibido, pero volvió a ser acerada cuando habló de la participación de la Senadora. El Agente Duff escuchó toda la historia sin interrupción.

—Gracias. Sé que fue difícil revivir eso. ¿Estás absolutamente segura de que era la Senadora Whitehurst la que estaba en esa sala y que ella dijo exactamente esas cosas?

Ambos reconocimos la exactitud de la declaración de Mac.

—Eso complica las cosas.

—Agente Duff, ¿cómo nos encontró? —pregunté.

Apagó la grabadora.

—Extraoficialmente, dejamos un par de micrófonos en la casa de la señorita Lawton. Planeamos eliminarlos tan pronto como nos diera el diario, y debido a que ya no eran una alta prioridad, no los estábamos monitoreando en tiempo real. Un agente revisa las cintas cada seis horas y me informó del altercado. Pudimos tomar una foto de la camioneta y la matrícula de la cámara de seguridad de un vecino. Interferimos su GPS para encontrarlos aquí.

—Nunca he estado tan agradecido por una vigilancia tan invasiva. ¿Dónde es aquí exactamente? —pregunté.

—Estamos en Virginia, a una hora de Washington D. C., en una hermosa finca de dieciséis hectáreas con un granero y esta casa de huéspedes, además de la casa principal. Estamos buscando a su propietario, pero estoy bastante seguro de que pronto va a ser propiedad del Tío Sam.

—Espero que la sala de torturas se remodele para convertirla en algo más positivo. ¿Qué pasa después? —pregunté.

—Por favor, quédense aquí, mientras hago algunas llamadas. Vayan a la cocina a ver si encuentran algo para comer. La despensa está llena.

Mac y yo nos animamos ante la sugerencia. Nos dejaron solos, pero vigilaron las dos puertas de la cocina. No estoy seguro de por qué se preocuparon en absoluto por seguirnos la pista. Tardaría unos veinte minutos en llegar a la entrada en mi estado actual.

—¿Qué se te antoja, Doc?

—Un sándwich de queso a la parrilla.

Mac calentó una sartén y juntó los ingredientes, mientras yo le daba las gracias y me sentaba a la mesa. Después de unos minutos, se sentó frente a mí con su propio sándwich. Mordí el sándwich y me di cuenta de lo hambriento que estaba. Mac lo devoró con la misma rapidez. Agarró mi plato vacío.

—¿Otro?

—Definitivamente. Gracias.

Mac regresó con más sándwiches y un plato con manzanas y plátanos en rodajas. Me sentí mejor de lo que me había sentido desde que comenzó nuestra terrible experiencia.

Las lágrimas brotaron de los ojos de Mac.

—Doc, lo siento mucho. No podía decir...

La interrumpí, señalando alrededor de la habitación y mis orejas. Mac entendió y continuó.

—Lamento que esto haya sucedido. No has sido más que amable tratando de ayudarme, y lamento mucho lo que te hicieron.

—Nadie esperaba esto. A ti también te hicieron daño, perdiste a tu hermano y fuiste traicionada por la Senadora.

El dolor de Mac se transformó en ira.

—No puedo creer que nos haya hecho eso.

—Algunas personas pueden justificar todo tipo de maldad por dinero y poder.

—Juro que no voy a dejar que se salga con la suya.

El Agente Duff interrumpió y se sentó a la mesa con nosotros.

—Se desconoce el paradero de la Senadora. Hasta que la encontremos, tenemos que mantenerlos a salvo y aislados. Ustedes son testigos presenciales de sus crímenes, y no sabemos cuántos otros trabajan para ella. Los vamos a trasladar a otro lugar.

—¿A dónde vamos?

—Es una sorpresa, pero es seguro y cómodo. Su helicóptero va a estar aquí en unos minutos.

—¿Helicóptero? —preguntó Mac.

—Es la opción más segura y eficiente.

Mac me ayudó a ponerme de pie, y salí caminando con una ayuda mínima de su parte, mientras veíamos el helicóptero aterrizar en un prado. Esperamos a que los rotores se detuvieran, y necesité ayuda para subirme, pero pronto nos abrochamos a los asientos.

—Técnicamente, esta es la segunda vez que nos secuestran —comentó Mac.

Me tomó de la mano, mientras el helicóptero se elevaba por encima de la idílica escena de nuestro tormento que rápidamente desapareció de la vista.

CAPÍTULO CUARENTA Y SIETE

Miércoles 25 de marzo
5:10 p. m.

Escuché el retumbar de las aspas del helicóptero y observé los bosques de hoja perenne pasar por debajo de nosotros para distraerme de la vibración que agravaba mi espalda y mis piernas inflamadas. Después de unos veinte minutos, aterrizamos suavemente en una plataforma de aterrizaje rodeada de árboles. El motor se apagó y un infante de marina amistoso abrió la puerta.

—Bienvenidos al Campamento David. Soy el Sargento de Artillería Bower, y les voy a enseñar sus cabañas.

El infante de marina me ayudó a salir del helicóptero con una fuerza sorprendente dado su tamaño. Me subí cautelosamente a la parte trasera de un carrito de golf, mientras el Sargento tomaba el volante.

—Nuestra primera parada es con el médico para que los revise.

—Eso no es necesario, Sargento —dije.

—En primer lugar, me ordenaron llevarte allí, por lo que es necesario. En segundo lugar, Doc, si no te importa que lo diga, no te estás moviendo muy bien. No va a tomar mucho, el equipo ya los está esperando.

—¿Qué le dijeron de nosotros? —preguntó Mac.

—Me dijeron que los habían maltratado y que necesitaban que los cuidaran hasta que se arreglaran algunas cosas. Nuestro trabajo es hacer que estén cómodos y mantenerlos a salvo hasta que los peces gordos decidan qué hacer. Llegamos.

Entramos en una cabaña, donde nos recibieron los militares. Una mujer llevó a Mac a otra habitación, mientras yo entraba en una sala de examen como cualquier habitación de un hospital importante.

—Que buenas instalaciones las que tienen aquí.

—Gracias. También contamos con una sala de traumatología y unidades de cuidados intensivos en el lugar. ¿Necesitas ayuda para ponerte la bata?

—Si no te importa ayudarme a quitarme esta playera, te lo agradecería mucho.

El soldado le quitó la playera con cuidado y miró fijamente al parches continuos de moretones profundos, que cubrían mi pecho y espalda. Mis piernas no se veían mejor después de quitarme los pantalones, mientras me apoyaba en la mesa.

—¿Por qué no me cuentas qué pasó mientras tomo algunos signos vitales?

Compartí la historia de nuestra captura y tortura con electricidad y las golpizas.

—Tus signos vitales se ven fuertes. Vamos a hacer algunos análisis de sangre para asegurarnos de que tus recuentos sanguíneos estén bien con todo ese sangrado. Te vamos a hacer un electrocardiograma para asegurarnos de que las descargas eléctricas no hayan afectado tu corazón. Tomaremos radiografías de las piernas y el tórax para asegurarnos de que no haya nada fracturado, y vamos a hacer una ecografía de los moretones más grandes en las piernas para asegurarnos de que no haya un hematoma profundo que deba drenarse. ¿Necesitas algo para el dolor?

—Por el momento no, pero definitivamente voy a necesitar algunos analgésicos para el camino cuando terminemos aquí.

El personal trabajó de manera eficiente y, en media hora, las pruebas estaban completas.

—Buenas noticias, Doc. Nada está roto; el corazón se ve bien; Y los laboratorios son normales hasta ahora. Algunos resultados están pendientes, pero estás autorizado a irte. Aquí hay un suministro de relajantes musculares y analgésicos, si los necesitas. Aplica hielo en esas áreas tanto como sea posible durante los próximos dos días, y luego puedes usar calor. Vas a estar adolorido, pero deberías recuperarte por completo en unas pocas semanas. ¿Alguna pregunta?

—No. Gracias por el servicio rápido. No pude haber recibido tratamiento tan rápido en mi propio hospital.

—Solo lo mejor para nuestros huéspedes en el Campamento David. Vamos a vestirte, y el equipo te va a llevar a tu cabaña.

El Sargento esperó con el carro mientras yo salía del edificio.

—¿Todo está bien, Doc?

—Sí. Las pruebas se veían bien y conseguí algunos medicamentos para el dolor. Me advirtieron que no me ofreciera como voluntario para volver a ser una piñata en el corto plazo.

—Puedes relajarte y dejarnos las cosas pesadas a nosotros. Un grupo de marines mantiene vigilancia constante en estos terrenos. Te vas a alojar en la cabaña Birch con cuatro habitaciones con una sala y cocina compartidas. La Srta. Lawton va a en una de las otras habitaciones. Son libres de caminar por los jardines, pero permanezcan en los senderos marcados y sigan las órdenes del personal. Hay mucha comida si quieres cocinar para ti mismo, pero también tenemos un chef de guardia. Personalmente, recomiendo llamar al chef.

—Gracias. ¿Cómo hago una llamada desde aquí?

—Eso es lo único que no puedes hacer en este momento. Las órdenes son para mantener su ubicación en secreto, por lo que no hay contacto con el mundo real. Lo siento, señor, pero ésas son las órdenes.

—En el trabajo se van a preocupar por mí.

—No te preocupes por eso. El Servicio Secreto está coordinando tu visita. Se van a poner en contacto con tu trabajo e inventar una razón para tu ausencia. Son buenos en este tipo de cosas. Pronto van a estar aquí con algunas de tus pertenencias personales.

—¿Irrumpieron en nuestras casas?

—Entraron bajo la autoridad del Departamento de Seguridad Nacional. Te van a traer ropa limpia y artículos de baño. Llegamos a tu cabaña.

La cabaña de madera parecía sacada de una estación de esquí. El hermoso interior contaba con techos altos, pisos y molduras de madera oscura, sofás de cuero y sillas mullidas. Acurrucada en uno de los sofás, Mac descansaba bajo una manta con un libro en la mano y una taza de té humeante en la mesa de café frente a ella.

—Te tomaste tú tiempo.

La preocupación brilló en sus ojos.

—Me hicieron pruebas extras porque me patearon el culo. A ti solo te electrocutaron.

—Si necesitas algo, solo tienes que levantar el teléfono —dijo el Sargento—. Está disponible las 24 horas y pueden responder cualquier pregunta.

—Gracias, Sargento —dijimos, mientras salía de la cabina.

—Esto es surrealista. ¿Qué quieres hacer? —preguntó Mac.

—Voy a acostarme en este sofá y tratar de tomar una siesta muy necesaria.

Lo último que recordé fue que Mac me cubrió con una manta.

CAPÍTULO CUARENTA Y OCHO

Miércoles 25 de marzo
7:16 p. m.

Los ladridos frenéticos fuera de la puerta me despertaron. Desorientado por el sueño profundo, vislumbré una sombra negra que corría por la habitación para posarse en mis brazos. Mi alegría absoluta adormeció el dolor inicial del peso de Banshee, mientras me ahogaba con besos. Finalmente, se calmó lo suficiente como para sentarse a mi lado, no sobre mí. Preví que se apegaría a mí durante los próximos días y admití que probablemente lo necesitaba.

Un hombre con un traje oscuro estaba cerca, esperando cortésmente a que terminara nuestra reunión antes de hablar.

—Soy el Agente Hammil del Servicio Secreto, y ese perro impresionante, me sorprende. Fue un poco difícil hasta que logramos calmarlo. Lo encontramos en casa de la Srta. Lawton, somnoliento y aun recuperándose del sedante que, evidentemente, le habían administrado. El veterinario lo revisó y dijo que estaba bien. Luego, cuando se le pasó el efecto del sedante, se puso cada vez más nervioso. Finalmente, alguien le dijo que íbamos a buscar a Doc, y pareció entender y tranquilizarse, aunque permaneció muy alerta.

Banshee no paraba de besarme al azar.

—Gracias, Agente Hammil. Que lo traigas aquí es la mejor sorpresa de todas.

—También trajimos ropa limpia y artículos personales para usted y la Srta. Lawton. Los vamos a dejar en sus habitaciones y nos vamos.

Banshee no pudo contener su emoción por nuestro reencuentro, aunque parecía alarmado por mis moretones, mientras su nariz examinaba minuciosamente mi pecho, espalda y piernas. Parecía molesto, y me imaginé que el tipo que me golpeó tuvo suerte de que Banshee no hubiera estado allí para verlo.

—¿Qué dices, buen chico? ¿Qué tal un paseo?

Banshee ladró y giró de emoción, mientras yo luchaba por ponerme de pie.

—¿Estás bien para un paseo, Doc?

—Puede ser un paseo corto. Quiero ver el lugar. Es poco probable que alguna vez vuelva.

Abrí la puerta y Banshee salió saltando, libre de su correa. Se merecía un poco de libertad después del estrés del último día. Mac y yo caminamos lentamente por un sendero con Banshee saltando delante de nosotros y dando vueltas de regreso. Mac extendió la mano y me agarró la mano mientras caminábamos.

—Lamento mucho que te pasara esto. Si hubiera pensado siquiera por un momento que todo esto iba a pasar, nunca te hubiera pedido ayuda.

—Dudo que alguien pudiera haber predicho que la Senadora nos iba a secuestrar y torturar, y que Seguridad Nacional nos iba a rescatar.

—Cuando estábamos en esa habitación con la música a todo volumen, todo lo que podía pensar era que preferiría morir antes que darle la investigación de Mark a esa gente, pero no tenía derecho a tomar esa decisión por ti.

—Por si sirve de algo, creo que tomaste la decisión correcta. Dar tecnología poderosa a personas malvadas no habría terminado bien para la humanidad. Sin embargo, me alegré mucho de ver al Agente Duff.

Más adelante, Banshee gruñó a un arbusto, mientras lo rodeaba.

—¿Crees que hay un conejito ahí? —preguntó Mac.

—Normalmente no se pondría nervioso por un animal pequeño. Tal vez simplemente está susceptible por el drama del último día.

Los gruñidos de Banshee se convirtieron en ladridos a todo pulmón, mientras el arbusto se levantaba para revelar a un soldado vestido con un traje de camuflaje. Nos sonrió.

—¿Puedes calmar al perro?

—Banshee, aquí. RELÁJATE.

Banshee se sentó a mi lado, pero mantuvo un ojo cauteloso en el arbusto parlante.

—Lamento molestarlos. No pensé que el perro sería capaz de olerme. Estamos probando un nuevo producto que se supone que disimula nuestro aroma. Parece que necesita un poco más de trabajo. Por cierto, soy el Sargento Collier, mi indicativo es Ardilla.

—Encantado de conocerle, Sargento, y lamento que mi perro te asustara. No sabíamos que había alguien por aquí.

—Se supone que no debes saber que estamos aquí, pero en realidad apreciamos la oportunidad de ponernos a prueba. No trabajamos con perros entrenados muy a menudo. Se rumorea que Scooby aquí es bastante talentoso.

—¿Scooby?

—Ese es su nombre en clave. Todo el mundo aquí tiene uno. Él es Scooby; tu eres Doc; y ella es Costillas.

—¿Costillas? —preguntó Mac con una ceja levantada.

—Sí, señora. Al parecer, le rompiste las costillas a un tipo antes de venir aquí. Debes haber impresionado a alguien, porque la historia se extendió hasta dar lugar al nombre.

—Espero que el bastardo esté sufriendo.

—Escuché que necesitó cirugía por una hemorragia en los pulmones. Ustedes disfrutan de su caminata y, por favor, permanezcan en los senderos. No se preocupen por nada. Están a salvo aquí.

El Sargento se adentró en el bosque, silenciosamente entre los arbustos y desapareció rápidamente de la vista.

—Me pregunto cuánta gente nos está observando aquí —dijo Mac.

—Probablemente sea un secreto de seguridad nacional, pero definitivamente me siento seguro.

Regresamos hacia la cabaña y terminamos nuestra caminata sin incidentes. Después de una cena rápida y sencilla que preparamos nosotros mismos, Mac se dedicó a leer un libro, pero yo estaba demasiado cansado. Tomé una de las pastillas para el dolor con abundante ibuprofeno y me metí en la cama. Banshee se acostó a mi lado y me perdí en un sueño sin sueños.

CAPÍTULO CUARENTA Y NUEVE

Jueves 26 de marzo
8:27 a. m.

Aunque todavía me dolía por la mañana, me levanté de la cama con mucha más facilidad. Encontré a Mac en la sala de estar limpiando los restos de un gran desayuno.

—Buenos días. Me sentí tan hambrienta que pedí el desayuno temprano. Espero no haberte despertado. Este chef es tan increíble como prometieron.

Banshee debió de estar de acuerdo, mientras su nariz trabajaba horas extras explorando los platos que ella colocaba frente a él, desapareciendo el último trozo de tocino. Pedí un waffle y tostadas francesas para mí, con un poco de pollo y tocino que planeaba compartir con Banshee. Cuando terminé de saborear el mejor desayuno que había probado en mi vida, alguien llamó a la puerta. La abrí y encontré al alegre Sargento de Artillería.

—Buenos días, señor, señora. Espero que hayan dormido bien, y sé que han descubierto al chef, así que estoy seguro de que comieron bien. Por favor, permanezcan en su cabaña esta mañana hasta que se les diga lo contrario.

—¿Está todo bien? —pregunté

—Sí, seguimos las precauciones de seguridad estándar cuando llegan los VIP. Disfruten de su mañana y llámenos si necesitan algo.

El sargento se marchó y otro soldado se quedó afuera de nuestra cabaña.

—¿Por qué todos creen que vamos a intentar escapar? —pregunté.

Mac me miró por encima de su libro abierto, que leía cómodamente acurrucada en el sofá bajo una manta.

—No tengo ni idea. Estoy feliz de permanecer encarcelada aquí durante mucho tiempo.

Caminé por las estanterías para elegir mi propio libro y me acomodé al otro lado del sofá. Aproximadamente media hora después, un estruendo se convirtió en un rugido mientras varios helicópteros sobrevolaban la zona. Mac me miró.

—Parece que los VIP han llegado. ¿Crees que es la Presidenta? —preguntó Mac.

—Es una buena suposición. Al fin y al cabo, este es su lugar. Vamos a tener que esperar y ver.

Volvimos a nuestros libros hasta que otra ronda de golpes en la puerta nos devolvió a la realidad.

—Probablemente sea el Sargento para darnos permiso para salir —dije, mientras abría la puerta para encontrarme cara a cara con Megan Taylor, Presidenta de los Estados Unidos.

Ella sonrió cálidamente y extendió su mano.

—Es un honor para mí conocerte, Dr. Docker. He oído hablar mucho de ti. ¿Les importa que entre para hablar con ustedes unos minutos?

Rara vez me quedaba sin palabras, me hice a un lado y le abrí la puerta. Se acercó a una Mac con los ojos muy abiertos que se quedó congelada en su lugar. La Presidenta la abrazó brevemente y le susurró al oído. Mac se relajó visiblemente. La Presidenta Taylor nos hizo señas a Mac y a mí para que nos sentáramos en el sofá, y ella eligió una de las sillas frente a nosotros. Dos agentes del Servicio Secreto se movían en la periferia, tratando de fundirse en el fondo.

—¿Quién es este buen chico?

—Ese es Banshee.

—He oído algunas cosas sobre él. ¿Puedo acariciarlo?

—Por supuesto. Banshee, «AMIGO. SONRÍE».

Banshee le dedicó su mejor sonrisa y se acurrucó en las manos de la Presidenta, mientras ella rascaba detrás de sus orejas, permitiendo un momento para que Mac y yo nos calmáramos.

—Una de las peores partes de ocupar la presidencia es no poder hacer cosas simples y normales como jugar con un perro. Gracias a ambos por su paciencia, mientras trabajábamos para enderezar esta situación. He sido plenamente informada de todo lo que ha sucedido hasta ahora. En primer lugar, ¿cómo se sienten? Tengo entendido que ambos resultaron heridos. ¿Necesitan algo?

—Estamos bien, señora Presidenta. Su personal médico es perfecto y la hospitalidad del personal ha sido inigualable. Gracias por el respiro y la oportunidad de quedarnos aquí —dijo Mac.

—De nada. El gobierno hace algunas cosas muy bien, y recibir invitados aquí es sin duda una de ellas. Tengo que pedirles su discreción con respecto a esta conversación. No tengo ningún derecho legal a silenciarlos, pero cuando terminemos, creo que van a estar de acuerdo en que este tema no debe discutirse en público.

—Sí, señora —dijimos al unísono.

—Muy bien. Cuento con eso. He sido completamente informada sobre la naturaleza de la investigación de Mark, incluyendo su potencial para ayudar a la humanidad o para destruirla. Como usted sabe, los rusos están muy interesados en adquirir esta investigación.

—Asesinaron a mi hermano.

—La mujer que disparó a tu hermano está bajo custodia y ha sido repudiada por los rusos. Nunca va a ver el interior de un tribunal, pero va a estar confinada en una prisión militar por el resto de su vida. Te puedo asegurar que ella no tiene ningún camino hacia la libertad. Espero que sea satisfactorio.

—Sí, pero ¿qué hay de los hombres que le ordenaron matar a mi hermano? ¿Va a enfrentarse alguna vez a la justicia?

—Desafortunadamente, no hay mucho que podamos hacer al respecto, porque tienen inmunidad, pero puedo decirle que han sido llamados a Moscú. Al parecer, Alina era su agente estrella, y su fracaso público no se reflejó bien en ellos. Aunque es probable que el Director Petrov no vaya a prisión, su carrera ha terminado. Para un hombre acostumbrado a una posición de poder, la irrelevancia debido al fracaso es un duro castigo.

—Supongo que debería ser suficiente. ¿Y la Senadora?

La Presidenta se reclinó en su silla.

—Esa situación es en la que hemos estado trabajando desde que salieron a la luz sus atroces acciones. La Senadora ha sido detenida en su casa en California, donde parecía que estaba haciendo las maletas para un largo viaje fuera del país. Actualmente se encuentra detenida en un lugar no revelado.

—¿De qué se le acusa?

—Se consideraron todo tipo de cargos, incluyendo traición, tortura, secuestro e intento de asesinato, pero no va a enfrentar ninguno de ellos en los tribunales.

—¿Qué? —gritó Mac mientras se levantaba.

Ambos agentes dieron un paso al frente, listos para intervenir, y Banshee se mantuvo alerta, sintiendo la tensión. Mac se sentó de nuevo, abatida, mientras calmaba a Banshee, y los agentes se retiraron. La Presidenta continuó con una explicación tranquilizadora.

—Llegamos a un acuerdo con la Senadora. Se le dio una opción. La primera opción era un juicio público por traición, en el que sería humillada, y nosotros buscaríamos la pena de muerte. Su reputación sería destruida y pasaría un mal rato antes de ser condenada a muerte. La segunda opción era que daríamos a conocer la historia de que había sufrido un derrame cerebral grave que la dejó tan incapacitada que requiere atención las 24 horas del día. Su tratamiento sería en un hospital militar con estrictas medidas de seguridad y sin visitas.

—Supongo que eligió la opción dos. ¿Qué va a pasar en realidad con ella?

—Va a estar en una situación muy parecida a la de la agente rusa. Veintitrés horas al día de aislamiento, una hora de ejercicio y sin contacto con el mundo exterior. Morirá sola.

—Merece la humillación pública.

—Si bien estoy de acuerdo con contigo, el daño al país puede ser sustancial. Tener una Senadora en ejercicio acusada de traición puede dañar a nuestro país más que fortalecerlo.

—¿Y su patrimonio? La Senadora vale casi cien millones.

—No hemos hablado de eso.

—Mi silencio va a costar cien millones.

La Presidenta se enderezó.

—¿Exigen cien millones de dólares?

—No quiero nada de eso para mí. Quiero que sea donado al fondo de investigación de DARPA en nombre de Mark. Es lo menos que podemos hacer para conmemorarlo.

La Presidenta lo consideró solo brevemente.

—Me voy a encargar de que suceda. Tenemos derecho a confiscar sus fondos, y una donación para la investigación en nombre de un héroe caído es una buena solución. He escuchado que eres buena encontrando soluciones prácticas a problemas complejos.

—Gracias. Tal vez pueda ponerla como referencia en mi currículum.

—Puedo ofrecer algo mejor que eso. Mi Jefa de Gabinete quiere dimitir por razones familiares. Me gustaría tenerte en cuenta para el puesto, si estás interesada.

—Sería un honor.

—Comenzarías como su Subjefa de Gabinete, trabajando con ella durante las próximas semanas. No hay garantías, pero si sale bien, el trabajo es tuyo.

—Gracias, señora Presidenta.

—Por favor, dime Megan. Vamos a pasar mucho tiempo trabajando juntas. Ahora, me temo que tengo que ponerme en camino. Son bienvenidos a pasar otro día aquí, si lo desean, y cuando estén listos, los pueden llevar de regreso.

La Presidenta se puso en pie para irse, pero me acerqué a ella.

—Disculpe, pero ¿puedo pedirle un último favor?

—Por supuesto. ¿Qué necesitas?

—Danny Simpson, un caballero que nos ayudó a escapar de la agente rusa en el Smithsonian, vivía en los túneles, pero desde entonces ha decidido volver al mundo. Solía ser profesor titular en Georgetown antes de la trágica pérdida de su esposa, y le gustaría regresar. ¿Podría hablar bien de él en Georgetown?

—Da la casualidad de que conozco personalmente al decano. Lo voy a animar a conseguir un puesto para el Sr. Simpson.

—Gracias, Señora Presidenta.

—Eso me recuerda. El Agente Duff me pidió que te devolviera algo.

Hizo una seña a uno de los agentes, que sacó el diario de Mark de su bolsillo y se lo entregó a Mac.

—Gracias —suspiró Mac.

—De nada, Mac. Ahora, si me disculpas.

Se levantó para irse, y Banshee siguió su paso a su lado.

—¿Te importa si Banshee pasa la tarde conmigo? No es frecuente que esté cerca de perros.

—Estoy seguro de que le va a gustar. Banshee, ve a ayudar a la Presidenta.

Banshee se fue con ella mientras salían de la cabaña.

—¿De verdad pasó eso? —preguntó Mac.

—Toda esta última semana ha sido surrealista. Me alegro de que hayas recuperado el diario de Mark.

Mac sostuvo el diario contra su corazón, metió las piernas debajo de ella en la esquina del sofá y lo abrió para leer los pensamientos de Mark desde el principio.

CAPÍTULO CINCUENTA

Jueves 26 de marzo
4:46 p. m.

Aceptamos la invitación para quedarnos una noche más en el Campamento David. A medida que el sol ardía bajo sobre las copas de los árboles de hoja perenne en el horizonte, el Sargento trajo a Banshee de vuelta a la cabaña y nos aseguró que había tenido un buen día con la Presidenta. Un agente del Servicio Secreto nos visitó al anochecer.

—Soy el Agente Wilson, y estoy aquí para asegurarme de que todos tengan sus historias públicas alineadas. Sra. Lawton, usted viajaba con la Senadora, cuando ella presentó síntomas de derrame cerebral, y se quedó con ella junto a su cama en el Hospital Walter Reed. No habló con nadie, excepto con los líderes del Congreso, sobre la condición de la Senadora. Usted no tiene ningún comentario sobre la situación, aparte de que desea que la Senadora se recupere por completo.

—¿Eso es suficiente para mantener la historia? —preguntó Mac.

—Debe serlo. El personal de Walter Reed está acostumbrado a garantizar la privacidad y contamos con un número limitado de personas de confianza involucradas. Se ha creado una historia clínica completa para ella, y muestran que ya ha sido transferida a un centro privado para recibir atención continua. Ese rastro no lleva a ninguna parte. Los líderes del Senado están felices de enterrar su mortificante corrupción, eso puede causar problemas de reelección para los miembros de todo su partido. Solo apegase a su historia. La Senadora se desplomó; te quedaste a su lado; y no tienes más comentarios.

—Bastante fácil. Solo tengo que recordar parecer sincera, lo que va a requerir algo de práctica. Es espeluznante lo fácil que es borrar a alguien de la vida pública.

El Agente Wilson se negó a comentar sobre esa observación y dirigió su atención a Doc.

—Se nos ocurrió una historia plausible para explicar tus lesiones. Mientras caminabas por un parque estatal de Maryland, te caíste de una colina y te golpeaste el pecho contra un árbol. Recibió tratamiento en un hospital local, se confirmó que no tenía huesos rotos y fue dado de alta con analgésicos. Existe un registro completo de esa visita en caso de que alguien la investigue. Solo faltó un turno, y uno de nuestros agentes llamó al Dr. Pastone para explicarle que finalmente estaba durmiendo en el hospital con la ayuda de algunos analgésicos y no pudo llegar ese día. Cuando llegues, bromea sobre la caída y muéstrales un poco de tus moretones en el pecho. Recuerda, menos detalles son mejores.

—Eso no es justo. Ella tiene la oportunidad de ser la empleada diligente que se queda al lado de la cama de su jefe, y yo soy el torpe que se cayó por la ladera de un pequeño acantilado.

—Lo siento, tenemos que trabajar con la información que nos dieron. La Presidenta también me pidió que les recordara amablemente que nada de esto puede ser compartido con nadie. Todos estamos de acuerdo en que el desorden público no beneficia a nadie y puede renovar las amenazas de seguridad contra ustedes y Estados Unidos.

—Estoy feliz de no volver a pensar en esa perra nunca más —musitó Mac.

El Agente Wilson se puso de pie y nos entregó a cada uno una tarjeta.

—Si alguien se vuelve demasiado entrometido o persistente, por favor llámenme y yo me ocupo de ellos.

—¿No te refieres a desaparecerlos, verdad? —preguntó Mac.

—No, pero se nos da muy bien engañar y trazar pistas falsas. Podemos dirigirlos en la dirección equivocada hasta que se rindan. Que tengan una buena noche y la mejor de las suertes para los dos.

El Agente Wilson se marchó y Mac negó con la cabeza mientras se sentaba a mi lado.

—El gobierno nunca deja de sorprenderme. Al parecer, apoya a todo un departamento de mentiras y encubrimientos.

—Debo ser más cínico. Me sorprende que no sea un puesto de pleno derecho en el Gabinete. «Secretario de Encubrimientos» suena bien. Buenas noches, Mac. Voy a dormir un poco antes de volver a la vida real.

—Buenas noches, Doc.

. . .

A la mañana siguiente, el Sargento nos ayudó a cargar nuestras maletas en el helicóptero.

—Gracias por visitar el Campamento David, y buen viaje. Asegúrate de cuidar bien a Scooby. Es un chico tan bueno.

—Scooby nos cuida muy bien. Gracias por todo, Sargento.

Aterrizamos en el aeropuerto Reagan después de solo unos treinta minutos. Dos anodinos sedanes del gobierno nos esperaban para transportarnos a casa. Mac me abrazó suavemente y le dio a Banshee una vigorosa caricia en las orejas antes de despedirse.

Banshee y yo viajamos tranquilamente por la ciudad en el espacioso asiento trasero. Apoyó su cabeza en mi regazo, mientras yo permanecía sumido en mis pensamientos. Washington DC nunca me iba a parecer igual. Túneles ocultos, investigaciones secretas y políticos corruptos desaparecidos revelaron un inframundo invisible para los turistas inconscientes que caminan entre los monumentos. Sopesé si el conocimiento de ello enriquecía mi mente o alimentaba inútilmente mi cinismo.

Me sentí como si hubiera estado fuera durante un mes, a pesar de que solo habían pasado un par de días. Guardé mi ropa, reconfortado por la rutina mundana, y me di un baño largo y caliente, respirando el vapor hasta que mi piel se arrugó. Me sequé con una toalla y evalué mis lesiones en el espejo. Aunque el dolor había disminuido, los espectaculares moretones aparecieron en su peor momento. Las sólidas contusiones negras y azules marcadas en mi pecho, espalda y parte superior de las piernas se desvanecerán con el tiempo, al igual que los recuerdos de pesadilla de su causa. Contento de estar de vuelta en el mundo real, me vestí con una sudadera suelta y suave y me senté para ponerme al día con mis correos electrónicos.

CAPÍTULO CINCUENTA Y UNO

Dos meses después

—Te vamos a extrañar, Doc. ¿Seguro que no puedes quedarte unos meses más? —preguntó el Dr. Pastone.

—Es hora de que siga adelante, pero me siento honrado de haber tenido la oportunidad de trabajar con todos ustedes. DC es la ciudad más intrigante en la que he vivido, pero el calor y la humedad se están volviendo desagradables.

—Quédate a pasar el verano para que sepas como es la vida en una olla de vapor —se rió.

—No es tu mejor argumento de venta, amigo mío. ¿Cómo va el nuevo negocio?

—Inscribimos a doce grupos que representan a doscientos sesenta y siete nuevos médicos. Ahora somos el quinto grupo de personal de urgencias más grande del país.

—¡Felicidades! Apuesto a que consigues aún más contratos.

—Definitivamente. Tenemos una lista de espera para unirse a nosotros, porque estamos agregando solo un grupo cada dos meses. Queremos que el crecimiento sea consistente, pero constante, para que podamos cuidar de todos sin problemas.

—Tengo más esperanzas sobre el futuro de la medicina ahora que los hospitales finalmente parecen ver valor en los grupos propiedad de médicos.

—La administración del hospital parece estar atrapada en un sinfín de problemas en general, pero sí prestan atención cuando pierden mucho dinero.

»Los contratos corporativos en todo el país están siendo reevaluados, y va a ser más difícil para ellos adquirir nuevos contratos después de que el fraude de aquí saliera a la luz. Si consiguen un contrato, espero que su supervisión y cumplimiento sean de un nivel mucho más alto. Ver a los ejecutivos ir a la cárcel tiene un efecto aleccionador en su enfoque solo en las ganancias.

Como era de esperar, el Director de Operaciones de Prime Medical Padrotes se había vuelto en contra de sus socios. El CEO y el abogado general enfrentaron una serie de cargos que amenazaban con pasar un tiempo significativo en prisión. Además, el abogado enfrentó cargos de drogas relacionados con su posesión de cocaína y su participación en la distribución.

—No le pudo haber pasado a nadie mejor. Cuídate, John. Quizás nos volvamos a encontrar.

—Eso espero. Buen viaje, Doc.

•   •   •

El calor de la mañana aún no era agobiante, así que Banshee y yo caminamos hasta la puerta de seguridad noroeste de la Casa Blanca, donde presenté mi identificación. Ya no estaba en la lista de vigilancia terrorista, así que el guardia me llamó y me dirigió a la entrada. Seguí el camino, donde me esperaba un agente del Servicio Secreto. Entramos en el edificio, y Banshee nos sobresaltó a mí y a todos los demás cuando ladró y se lanzó hacia adelante, activando el detector de metales. Los agentes instintivamente tomaron armas, pero Banshee rodeó emocionado a Mac, quien se arrodilló para agradecer sus besos. Todos se relajaron y rieron un poco, mientras ella me miraba.

—Este perro es un tesoro nacional. Respondo por él, pero todavía tienes que escanear a ese tipo.

Renuncié a mis llaves, pasé por los detectores de metales y devolví el cálido abrazo de Mac.

—Me alegro de verte, Doc.

—Me alegro de verte a ti también, Mac. ¡Buen lugar de trabajo! Espero que seas mucho más feliz aquí.

—Lo soy, gracias.

Colocó una credencial de visitante en mi camisa.

—Mantén esto contigo, o los agentes te van a desaparecer.

—Sabemos que eso está en su conjunto de habilidades.

Sonreímos sombríamente ante la broma privada.

Mac me guió por pasillos sorprendentemente estrechos, sinuosos y, a veces, incluso reducidos, hasta su oficina en el ala oeste. Mac debió haber leído mi mente.

—Todo el mundo se sorprende de la disposición confinante. Este edificio fue construido hace mucho tiempo y le vendría bien una remodelación, pero no hay espacio para crecer.

Mac entró en su despacho y me ofreció una silla.

—Esto está bien —observé.

—Es la segunda oficina más grande de la Casa Blanca. El único más grande es el Despacho Oval.

—¿Cómo te está tratando el nuevo trabajo?

—Es un reto, pero me encanta. Todo el mundo quiere pasar tiempo con la Presidenta, y yo soy la guardiana, así que soy apreciada u odiada, dependiendo de si tienen acceso a ella.

—Suena estresante.

—Para mí no. Muchas de las peticiones para ver a la Presidenta se deben más al ego que a la necesidad, por lo que precinto fácilmente de ellas. Los importantes son fáciles de identificar. Este trabajo requiere multitareas, flexibilidad y espontaneidad, por lo que me desafían constantemente y, ciertamente, nunca me aburro.

—¿Cómo es trabajar para la Presidenta?

—Me gusta mucho, tanto en lo personal como en lo profesional. Aporta toneladas de energía y un compromiso genuino para hacer del mundo un lugar mejor. Es exigente, pero justa. Escucha atentamente, considera las consecuencias cuidadosamente y toma decisiones rápidas.

—Parece que serías una gran doctora de urgencias.

—Lo haría, y eso también significa que podrías ser un gran Presidente.

—Lo dudo. Nunca he sido conocido por mis habilidades diplomáticas, y de todos modos, no creo que el país esté listo para que un tipo que vive de papas fritas, sándwiches de queso a la parrilla y pizza dirija el lugar.

—El trabajo del chef de la Casa Blanca sería sin duda más fácil. ¿Cómo te estás recuperando?

—Después de unas seis semanas, volví a la normalidad, y ahora todo eso es solo un mal recuerdo. ¿Y tú?

—Trato de no pensar en lo que pasó, pero va a tomar tiempo para que los recuerdos se desvanezcan. Todavía tengo pesadillas, pero no con tanta frecuencia. Extraño a Mark todos los días. Tengo un secreto emocionante para compartir con ustedes sobre su investigación. Por favor, no le digas a nadie.

—Creo que puedo guardar un secreto más.

Mac se sentó detrás de su escritorio, sacó el diario de Mark de un cajón estrecho y hojeó las páginas.

—No lo noté la primera vez, su comentario improvisado sobre investigar otras ramas de su investigación. No tenía tiempo para dedicarse a ello, porque quería responder a las preguntas más importantes, pero me hizo pensar. Tal vez haya una manera de usar su investigación de una manera más limitada para permitir aplicaciones médicas, pero no militares.

—¿Estás trabajando en ello tú misma?

—No, pero tengo la supervisión del programa en DARPA. Un nuevo grupo está tratando de averiguar cómo se puede utilizar la información para el avance médico, y gracias a una generosa donación de los herederos de cierta Senadora, están bien financiados.

—¿Les diste alguna pista para que empezaran?

—Es posible que los haya guiado en cierta dirección. Va a tomar algún tiempo y años de pruebas, pero su investigación puede conducir a avances médicos significativos.

Recogí el trozo de ámbar de su escritorio y lo sostuve a la luz.

—Es increíble que Tammy haya causado tantos problemas aquí. La pérdida de vidas, la destrucción de prometedoras carreras políticas y los incidentes internacionales ocurrieron porque ella cayó en ámbar hace algunos millones de años.

—Tal vez ella nos lleve a erradicar el cáncer algún día. Vamos, déjame mostrarte el Despacho Oval.

—¿Se te permite hacer eso?

—Hago el viaje varias veces al día. Está a solo veintiocho metros por ese pasillo, cuarenta y dos pasos a un ritmo normal y treinta y siete, trotando.

Optamos por un ritmo normal, y yo me quedé mirando con asombro la habitación, memorizando detalles.

—Parece mucho más grande en la tele.

—Todo el mundo dice eso. De hecho, es bastante acogedor aquí. Ven aquí, mira el escritorio.

Puse mi mano sobre el escritorio Resolute, el máximo símbolo del poder.

Mac se puso detrás del escritorio y sacó la silla.

—Siéntate.

—No estoy seguro de que sea una buena idea.

—Está bien. Siéntate en la silla más poderosa del mundo.

Me senté y la acerqué hasta el escritorio. La silla no se sentía diferente de cualquier otra, aunque no era particularmente cómoda, hecha a medida con respaldo de Kevlar para la figura mucho más pequeña de la Presidenta. Puse mi mano sobre el escritorio, y parecía un escritorio de madera cualquiera, pero aun así sentí la historia escrita en esta habitación. La puerta exterior se abrió, rompiendo mi ensoñación, y Banshee me alertó.

Momentáneamente sobresaltado, la Presidenta reconoció a Banshee y lo llamó. Banshee respondió rápidamente para recibir sus caricias en las orejas. Aproveché la distracción para ponerme de pie y empujar la silla en su lugar. Mac reprimió la risa mientras me miraba fingir que no me había sentado en la silla de la Presidenta.

La Presidenta Taylor dirigió su atención hacia mí, obviamente compartiendo la diversión de Mac.

—Me alegro de volver a verte, Doc. ¿Cómo te sentiste en la silla?

—La silla es demasiado pequeña para mí y el asiento es demasiado grande.

—Esa puede ser la descripción más acertada de ella, aunque creo que te sorprendería lo bien que te iría en ella. ¿Qué te trae aquí hoy?

—Me detuve para despedirme de Mac. Banshee y yo seguimos adelante.

Abrazó a Banshee.

—Es posible que tenga que emitir un Edicto Presidencial para convertirlo en el Primer Perro del país. —Debí parecer alarmado, porque ella se retractó rápidamente—. No te preocupes. Es todo tuyo, pero es bienvenido aquí en cualquier momento. Ahora, si me disculpan, estoy a punto de tomar una llamada con el Presidente de Francia. ¡Cuídate, Doc! Y gracias por mantener a Mac a salvo.

Salimos a toda prisa del Despacho Oval y Mac me acompañó hasta la salida de la Casa Blanca.

—No te desaparezcas. Tú y Banshee son bienvenidos aquí siempre.

—Te lo agradezco. Si tienes tiempo libre, ven a visitarnos a Florida. Vamos a estar allí al menos unos meses, y la playa siempre está abierta.

—Cuídate mucho, Doc.

Después de un último abrazo, nos dirigimos a través del jardín de la Casa Blanca.

—Vamos, Banshee, es hora de hacer nuevos amigos en Miami.

AGRADECIMIENTOS

La pregunta más común que recibo de los lectores es sobre la precisión de las condiciones y los tratamientos en la sala de urgencias. Son muy precisos en cuanto al contenido. Cualquier persona que trabaje en una sala de urgencias reconocerá los tipos de casos descritos. Condenso las historias para evitar una sobrecarga de detalles. En realidad, un trauma grave podría pasar horas en la sala de urgencias que tomarían más de cincuenta páginas para detallar todo, y nadie quiere leer todo eso. Aun así, estas historias ofrecen una representación realista de la vida en la sala de urgencias.

Si bien DARPA es una entidad real que realiza investigaciones de vanguardia en una variedad de disciplinas, el proyecto que describí aquí es totalmente ficticio. La idea de recuperar ADN de insectos encerrados en ámbar se hizo famosa gracias al brillante Michael Crichton en Jurassic Park. Si bien su historia se centró en las implicaciones de revivir el ADN antiguo, elegí usar el ADN antiguo como una vía para cuantificar la evolución. La idea de reducir la evolución a una fórmula matemática también es ficticia, pero es tan aterradora como intrigante. Actualmente, la tecnología nos permite agregar o eliminar genes, pero carecemos de la capacidad de personalizar o evolucionar un gen. La capacidad de hacerlo tendría usos asombrosos en la comunidad médica, pero la capacidad de convertir una tecnología de este tipo en un arma llevaría la guerra a un nuevo nivel. Que yo sepa, nadie está trabajando en una forma de cuantificar la evolución, pero ninguno de los genios del mundo comparte su investigación conmigo. Si alguien descubre esto después de leer mi libro, por favor mencióneme en su discurso de aceptación del Nobel.

Las descripciones del Cementerio de Arlington y la Tumba del Soldado Desconocido son precisas, pero no pueden hacer justicia a la experiencia. Si alguna vez estás en DC, tómate un par de horas de tu apretada agenda para caminar por los jardines y observar la ceremonia. Van a ser las dos mejores horas que pases en la ciudad.

Del mismo modo, las descripciones del Smithsonian y de la Biblioteca del Congreso son precisas, pero no pueden empezar a captar el alcance de sus posesiones. Uno podría pasar toda una vida recorriendo cualquiera de las dos instalaciones y aun así no tendría tiempo para revisar más del 1% de sus exhibiciones. Tómate un tiempo para visitar estos lugares y agradéceme más tarde.

Las descripciones del Campamento David se basaron en información disponible públicamente. Por alguna razón, mis solicitudes para visitar el lugar no fueron aprobadas.

Si bien estoy seguro de que hay túneles secretos en Washington DC, no pude entrar en ninguno de ellos, tal vez porque son realmente secretos.

La práctica corporativa de la medicina es un problema grave en la sanidad moderna que se está agravando. Prime Medical Partners es totalmente ficticio, y el nombre se usó solo para obtener el acrónimo de Padrotes, para describir su modelo de negocio depredador que utiliza a los profesionales médicos y a los pacientes como productos básicos para obtener ganancias. En ciertos campos de la medicina, los grandes grupos de inversión han comprado un gran número de consultorios, han extraído la mayor cantidad de efectivo posible de los grupos mientras apalancan enormes cantidades de deuda. En un par de casos, la bancarrota es el único resultado probable, y los grupos de inversión se van con enormes cantidades de efectivo y cancelan la deuda, dejando el sistema hecho pedazos. El dinero corporativo debe poder invertirse en la atención médica, pero el control de las operaciones y la toma de decisiones debe recaer en los médicos profesionales para garantizar la calidad de la atención.

Muchas gracias al equipo de Black Rose Writing por hacer posible este libro. Como una editorial independiente más pequeña, tienen recursos limitados y realmente logran cosas mágicas con su pequeño equipo. La increíble portada es gracias a Dave, mientras que Tony y Minna se encargan del marketing y las relaciones públicas. Justin está a cargo de las ventas, Mary Ellen ayuda con las ediciones y, de alguna manera, Reagan mantiene todos los proyectos en la misma dirección.

Por último, pero no menos importante, gracias a mi esposa, Tammy. Ha estado a mi lado durante más de treinta años y se merece mucho más que tener una termita antigua con su nombre. En mi defensa, la termita era una reina y una parte integral de la historia. Tammy es mi editora, y si el libro te ha resultado fácil de leer, dale las gracias. Puedo contar una gran historia, pero ella le da vida.

Gracias a todos los que se tomaron el tiempo de leer el libro, con un agradecimiento especial a aquellos que dejaron una amable reseña o calificación. Son increíblemente importantes para todos los autores, y si te tomas un momento para dejar una calificación o reseña después de leer un libro, el autor se sentirá muy agradecido.

Mantente al día sobre futuros proyectos en www.garygerlacher.com. Estoy bastante seguro de que Doc y Banshee se dirigirán a Miami en un futuro cercano. Ten cuidado y no intentes recoger una pelota de golf mientras manejas un carrito a toda velocidad, esa lesión se basa en una historia real.

SOBRE EL AUTOR

Gary Gerlacher es un médico de urgencias pediátricas que se capacitó y trabajó en varias salas de urgencias de Texas antes de abrir sus propias clínicas de atención de urgencia pediátrica. Sus treinta años en la medicina se han centrado en ampliar el acceso a una atención de alta calidad para todos los niños, y sus historias ofrecen una visión única del funcionamiento interno de la sala de urgencias.

Para divertirse, está abriendo un gimnasio competitivo de porristas con sus hijas gemelas, y le gusta jugar al golf y correr autos. Gerlacher se puede encontrar comiendo pizza de queso la mayoría de los días de la semana. Tiene tres hijos adultos y reside en Dallas con sus dos perros rescatados y su esposa Tamara. Visita www.garygerlacher.com para mantenerte al día sobre futuros libros.

LA SERIE DE SUSPENSO DE AJ DOCKER Y BANSHEE

NOTA DE GARY GERLACHER

El boca a boca es crucial para que cualquier autor tenga éxito. Si te gustó Ecuación Letal, deja una reseña en línea, en cualquier lugar que puedas. Incluso si es solo una oración o dos. Marcaría la diferencia y sería muy apreciado.

¡Gracias!
Gary Gerlacher